普 天 之 下 ・ 盡 是 好 書

普天 出版家族 Popular Press Family

凌雲 A-Plus Creative Company 文創

神秘妖艷的
泰國獵奇之旅

泰國異聞錄 全集

THAILAND
IBUNROKU

羊行中 著

萬毒森林·人骨皮帶

每個歷史悠久的國度，都流傳著神秘詭異的奇聞異事！
人皮風箏、養屍之河、雙頭蛇神、鬼妻娜娜、古曼鬼嬰、紅瞳狼人、巫蠱邪術、詭聞怪
正在泰國發生的驚悚故事，即將震撼你的視聽！
極度陰寒的文字盛宴，猶如一部情節緊湊的驚悚電影，帶你體驗絕對毛骨悚然的異域獵

出版序

詭異魔幻，神秘妖艷的異域獵奇之旅

妖鬼自有人類情感，作者羊行屮寫的雖是鬼神靈異之事，卻直指人心、寓意深遠。以多元素材創造一場異域冒險，人物鮮活，故事詭異離奇，可稱翻開書頁就捨不得放下的絕佳之作！

每個歷史悠久的國度，都流傳著神秘詭異的妖聞奇談！

中國五千年，茅山道術、湘西趕屍、黃河禁忌、苗疆巫蠱……等，神秘文化和民間怪談多不勝數。

當然，放眼海外，亦不乏詭異古老的故事。在泰國，有非常著名的鬼妻娜娜和雙頭蛇神；日本盛傳百鬼夜行，與傳奇的陰陽師；印度有不可磨滅的濕婆神傳說；韓國民間則流傳著九尾妖狐的恐怖故事……

知名懸疑作家羊行中以極度陰寒的文字盛宴，展開一段段讓人頭皮發麻的異域驚魂之旅，那些正在文明古國發生的靈異故事，即將帶給你徹底毛骨悚然的閱讀體驗！

●爆發性的懸疑情節，超展開的驚悚獵奇故事

姜南，綽號「南瓜」，一個醫學院的學生。從他接獲到泰國當交換學生通知的那天起，現實生活突然變得詭譎複雜，從此捲入一場異域冒險。

以飛機上消失的倩影，舷窗外看見的人皮風箏為開端，南瓜誤闖養屍河，又步入人跡罕至的萬毒森林。與好友月餅親眼見到古老村寨中的雙頭蛇神、目睹擁有美麗皮囊的蠱女，還踏進蝙蝠幽洞，處理人骨皮帶……

情節一步步開拓，全指向佛蠱之戰，也就是巫蠱與佛教之間的正邪對抗。要說這一切是意外，實際攸關南瓜一個隱藏多年秘密。他就像一個重擔在身的人，肩負絕不亞於宇宙祕密的沉重負荷。

另一個重要關係人，傑克，那藍得近乎銀白的瞳孔究竟隱藏何等秘密，一頭金髮之下的腦袋到底謀劃多麼深沉的陰謀？

正當兩人以為事情終告一段落，卻又跟著泰國異事組的老吳前赴日本。

在這個海上的日出之國，兩人遭遇更加離奇詭異的事件。豪華郵輪上停放的木棺，

午夜徘徊於十字路口的燈籠小童，深山老林的煙鬼，富士山下神出鬼沒的妖狐山姥……

他們被荒村鬼屋的冤鬼寄屍包圍，本以為是一場有死無生的戰鬥，幸好最終還是圓滿地結束。

●寫鬼寫妖，詭異魔幻，即將震撼你的視聽

在「異域密碼系列」中，妖鬼自有人類情感，可見淒美、癡狂、豪烈。一段段驚魂冒險以各國的民間傳說爲基礎，讀者可以在驚心魄的歷程中讀到不一樣的異域風情。多元的素材使得故事內容華麗豐富，人物更加鮮活，詭異離奇故事的背後原因更能讓人潸然淚下，回味悠長。

作者羊行中描繪這系列驚悚冒險故事十分傳神，奇幻迷離的手法，不露痕跡的鋪排，又富有浪漫主義色彩。他寫的雖是鬼神靈異之事，編織詭譎的氛圍，卻直指人心、寓意深遠。世間的人性醜惡和美好，還有命運作弄的無奈，無不在字裡行間如實呈現。

這絕對是讓人翻開書頁就捨不得放下的絕佳之作，靈異恐怖、推理懸疑、奇風異俗、鬼諭神蹟和野史傳說，全都融入情節，精采程度不在話下，喜好獵奇的讀者怎能錯過？

前　言

我曾經作為交換學生，在泰國讀了一年的書。這一年裡，我經歷無數恐怖詭異的事情，徹底推翻曾經堅定信奉的無神論。

泰國為什麼信奉佛教？泰國與蛇有何密不可分的關聯？

降頭術到底是什麼？古曼童真的是用死去嬰兒煉製的嗎？

許多寺廟裡的瓶瓶罐罐裡，到底是供奉的香油，還是屍油？

我的經歷，或許能找到答案！

夜深人靜時，可怕記憶如同邪靈鑽入大腦，刺痛神經。我無法入眠，只能守在電腦螢幕，對著鍵盤敲出一個又一個的字。

我寫下的一切，也許是幻覺，也許是現實。我無法下定義，因為不知道那究竟是巧合，還是命運的安排！

又或者，有一雙無形的手，在暗中操縱我的人生。

這只是我詭異一生的開始！

這只是——

開始！

序章

人皮風箏

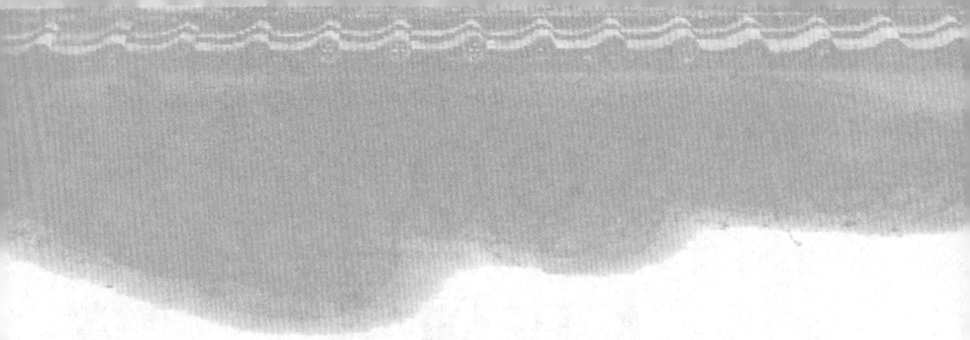

清邁是一座歷史悠久的文化古城，早在十三世紀，孟萊王就定都於此，以後長期作為泰國歷史上第一個王朝——蘭納王朝的都城。據說，孟萊王生性變態殘暴，用盡一切能夠想到的手段折磨虐殺戰俘和犯人，比如剝下人皮製成風箏……

搭上飛往泰國的飛機，有懼高症的我清晰感受到，機艙地板把我的腳向上頂與重心不停向下墜的落差感，不禁有些暈眩。

伴隨引擎的轟然聲響，這架巨大的銀鳥載著乘客穿越雲層，平穩地飛向泰國。隔著舷窗，曾經遙不可及的雲朵就在身下，我看著美不可言的畫面，想的卻是自己正在距離地面幾萬公尺的高空，一旦飛機失事，整個人絕對會摔得粉身碎骨。念及至此，不由得打了個冷顫，連忙收回思緒。

本來還有一個朋友要跟我一起去泰國唸書，說好了在機場見面，但是他沒有出現，電話也打不通，不知道發生了什麼事情。眼看時間到了，只好自行先登機，心中難免有些失落……

我閉目養神，構思此次到泰國當交換生爲期一年的日子。這個神秘又帶有濃厚佛教色彩的國家、時尚和落後、財富和貧窮、毒品與人妖，相對立的事物奇妙地交織在同一個國度，我不由得神往，甚至興奮得手心都微微冒汗。

「第一次去泰國？」坐在我身邊的漂亮女孩用不太流利的漢語問道。

一上飛機，我就注意到這個漂亮，且渾身透著高貴氣質的女孩。古銅色的健康膚色，棕色的長髮如瀑布般垂在高聳的胸前。一雙晶亮的大眼睛鑲嵌在俊俏的瓜子臉上，秀挺的鼻子下方是一張紅潤的櫻桃小嘴，笑起來左臉頰還有一枚小小的梨渦，與白瓷般的牙齒相映成輝。

當她走過來坐在我身邊時，我的心臟不爭氣地狠命跳動幾下。只是我偷偷瞥見她的眼睛時，覺得哪裡不太對勁，但又說不上來到底哪裡不對勁。

女孩主動搭訕，我不好意思裝作沒聽見。再說，我本來也想找機會套近乎，便忙不迭地點著頭。

女孩以熱情的笑回應，「去泰國哪裡？」

這一刻，我雙頰滾燙，心想這個女孩的氣場眞強，嘴裡結結巴巴地回答道：「清邁。」

「哦？」女孩眉毛揚了揚，興奮地說：「我跟你正好同路！也要去清邁！」

這個巧合讓我浮想聯翩，正搜腸刮肚，準備組織幾個比較合適的句子，女孩突然又說：「清邁有許多傳說！你知道嗎？」

我接獲通知前往泰國當交換學生後，立刻惡補許多相關知識（說來慚愧，基本上是用百度搜尋靈異故事和鬼片），對這個國度的傳說有一些瞭解。不過，女孩這麼問，我沒有隨隨便便就回答，萬一說錯豈不是很沒面子？

女孩看上去談興甚濃，又道：「清邁最著名的傳說，就是人皮風箏。想聽嗎？」

人皮風箏？

光聽這四個字，膽子不大的我就脊樑一陣惡寒，可當著女孩面，又不能露怯，於是硬著頭皮點了點頭。

以下是女孩的敘述——

清邁是一座歷史悠久的文化古城，最早稱為「蘭納」。早在十三世紀，孟萊王定都於此，此後長期成為蘭納泰王國的都城。

據說，孟萊王生性殘暴，用盡一切能夠想到的手段虐殺戰俘和犯人。比如：在腦門鑿個洞，再往裡面灌入滾燙的熱油；挖下眼珠，在血淋淋的眼眶裡養上一堆蛆；用燒得通紅的鐵絲插入耳朵，又從另外一側耳朵穿出……

（聽女孩的描述，我不斷腦補畫面，倒不覺得特別恐怖，只感到無比噁心，實在很難想像這麼漂亮的女孩竟能若無其事地把這些講出來。）

終於有一天，孟萊王試過所有的酷刑，再沒有新鮮花樣，整天悶悶不樂。

暴君身邊自然少不了讒臣和小人。見到孟萊王因為找不到新的虐殺方法而鬱鬱寡歡，這些人意識到升官發財的機會來了，成天絞盡腦汁思索各種變態的殺人方法。

後來，有一個叫卡迪的讒臣想出點子。他做了許多竹籤，其中十支有特殊記號，混雜後放入籤筒。家家戶戶都要抽籤，抽中的人家要獻上一個年輕子女，綁在皇宮前曬上三天三夜。之後，用烈火烘烤。等體內的水分和油脂烤乾，皮膚鬆弛，再拽起額前滿是褶皺的皮，不停灌入松油把人皮與身體撐開。末了，由後腦沿著脊椎一刀劃下，即可完整剝下整張人皮。

人皮經過脫水、烘烤、碾平，變得薄薄一張，且呈現半透明。將人皮製做成風箏，由抽中籤的十家放飛，誰家的風箏飛得最低，那一家就會受到虐殺。此外，整個剝皮、加工，到最終製成風箏的過程，都必須由該子女的父親親手完成。

孟萊王聞知這個主意，大呼過癮，重賞那名讒臣，立刻下了這道命令！

命令頒布後，全清邁人民怨聲哀道，紛紛逃亡。被追兵追上的，拴在馬匹後方活生生拖回清邁遊街示衆，直到血肉模糊，翻綻的皮肉都裹著塵土，氣絕而亡爲止。

各地出現暴動，但都被孟萊王的強大兵力鎭壓下去，起義者的死法更是慘不忍睹。人民終究被迫接受殘酷的命令，只能在心裡暗暗向佛祖祈禱，不要抽中那十支做上記號的竹籤就好。

抽籤那天，自是「萬家歡樂十家愁」。沒有抽中的，歡天喜地地回家了；而抽中的那九家，有的放聲大哭，有的則傻了，有的則瘋了似的大笑……

說巧不巧，當筒裡剩下最後兩支竹籤時，第十支做上記號竹籤還沒出現。在場的人看到還沒抽籤的兩個人，不由得一陣唏噓。

這一男一女都是孤兒。男的叫拓凱，被稱爲全清邁最英俊的男子；女的叫秀珠，是全清邁最美麗的女子。兩人自幼青梅竹馬，再過幾天，就是他們成親的日子。

許多人不禁都爲這對情侶潸然落淚，可誰都沒有注意到，在不遠處高台上監督的卡迪，臉上浮現一抹意味深長的笑容。

拓凱和秀珠知道兩人中必有一死，還會被製成恐怖的人皮風箏，相擁而泣。拓凱哭得甚至比秀珠淒慘，倒是秀珠堅強一些，抹了把眼淚，對著拓凱說了句「來生相見」，便要去抽決定生死的那根籤。

拓凱猛地拽住秀珠，搶在秀珠前頭抽了籤，跑上高台交到卡迪手裡。

卡迪拿著手裡的竹籤看了一會兒，宣佈拓凱沒有抽中，最後一個要被製成人皮風箏的，是秀珠！

「知道故事後來的發展嗎？」

女孩說到這裡，那雙大眼睛直勾勾地盯著我，帶著燦爛笑容問了一句。我被女孩盯得沒來由打了個冷顫，通體發寒，汗毛一根根都豎了起來，心裡有種難以言喻的不舒服。

在機上聽到如此虐心的故事，想當然不是什麼愉快的事情，偏偏這個傳說又讓我聽得入迷。此時，又聽女孩這麼問，我認真地想了想，問道：「他們殉情了？」

「沒有。」女孩的聲音空洞而悲傷，「拓凱娶了卡迪的女兒。」

「什麼？」我設想無數個結局，萬萬沒想到真正的結局竟會是這樣。

「沒想到吧？」女孩輕輕嘆道：「卡迪的女兒是一個怪胎！」

卡迪的妻子是他的表妹，兩人生下的女兒，聽說在出生的當下就把接生婆嚇瘋。誰也沒有見過那女孩，據後來僕人的說法，那女孩生下來就有一隻眼睛被額頭上多長出來的一塊紅紫色的肉坨遮擋住，下巴尖得異常，只有半邊腦袋，後腦像被刀削似的齊平，左手臂與軀幹有一層薄膜緊緊相黏。她沒有雙腿，像鯨豚的下肢，全身長滿細碎的鱗片，活脫脫像一條變種的蛇。

第一眼見到女兒，卡迪勃然大怒，當場就想殺掉這個怪胎。可畢竟是自己肚子掉下來的一塊肉，卡迪的妻子苦苦哀求，說既然佛祖讓她降生，自有祂的道理。於是，那女孩像狗一樣被關在屋子裡，除了送飯給她的母親，不得見任何人，只能隔著窗戶看蘭納城明媚的天空。

母愛固然偉大，但偶爾也會不經意對女孩流露厭惡的表情，深深地刺傷了她。

相對於外貌，女孩擁有黃鶯般的歌喉，異常聰明的頭腦。然而，常年被鄙視和嘲笑，以及被禁錮在幽閉環境，使得她的心腸變得比蛇蠍還惡毒。

在那間幽暗潮濕，長滿綠苔的屋子裡，經常出現蛇、蜘蛛、蜈蚣、蟾蜍這類的毒物。有時肚子餓了，她會像蛇一樣爬來爬去，捕抓這些毒物果腹。有次，爲了抓一隻老鼠，意外在牆洞發現一本殘舊的書。書頁上沒有字，全是稀奇古怪的圖畫，聰慧的她居然透過圖畫弄懂其中的意涵。

那是一本蠱書！

有一天，她隔著窗戶，看到英俊的拓凱和美麗的秀珠送來玫瑰，霎時爲拓凱深深著迷。不知有多渴望取代秀珠，站在拓凱的身邊，挽著他壯實的臂膀。

她瘋狂嫉妒秀珠，又間接得知孟萊王沒了新的虐殺方法，因而鬱鬱寡歡，腦海立刻浮現一種蠱術，找機會向父親提個主意，便有「人皮風箏」的誕生。

其實，卡迪動了手腳，籤筒中的最後兩支籤都做上記號。拓凱抽中了特殊籤，衝上高台的那一刻，愛情終於被恐懼和求生慾望擊潰。當卡迪悄聲地說，拓凱可以活下來，只是得犧牲秀珠，娶他女兒。

拓凱答應了……

人皮風箏殘忍的製作過程，只是蠱術的其中一個步驟。被殺的九戶人家子女和風箏飛得最低的那一家人，根本只是一個騙局的犧牲品。

放飛人皮風箏，吸取太陽的陽氣，即可完成這個蠱術最後的程序——換皮！

秀珠的皮是拓凱親手剝下來的。

拓凱悲傷不已，垂死的秀珠勉強睜著一雙美麗的眼睛，說出「來生再見」時，拓凱含淚答應了。那天，所有親手剝去子女肌膚的父親們都瘋掉了，唯獨拓凱冷靜得有些殘酷。

放飛風箏結束，其中一只人皮風箏被送進府邸。

換皮的過程無人得知，但當拓凱看見卡迪的女兒時，幾乎不敢相信自己的眼睛。他聽說未婚妻是個怪胎，心中充滿恐懼，可是見到和秀珠長得一模一樣的人出現在面前，又聞到奇異的香味，不由得心神蕩漾，完全被迷住了。

拓凱不知道的是，卡迪的女兒用了屍油製作的迷情香水，可以讓心儀的男子完全陶醉，哪怕面前是一隻母豬，也會瘋狂愛上對方。而那些屍油，就是藉由烈火烘烤十個人，一點一滴慢慢提煉出來的。

（女孩說到這裡，向空姐要了一杯水潤喉。我則聽得心中萬般滋味，不知道說什麼好。）

成親那天，前往卡迪家祝賀的人絡繹不絕。當他們看到新娘長得與秀珠一模一樣，也都萬分驚訝，但他們的注意力很快就被香味四溢的晚宴菜色吸引。拓凱也癡迷地望著新婚妻子發呆。

誰也沒有注意到，新娘即便笑容如花，眼神卻透著深深的悲傷和淒厲的怨氣。

宴席上，唯獨一位德高望重的僧侶，雙手合十，靜默不語。

泰國是佛教之國，對僧侶非常尊重。眼下擺在這位僧侶面前的珍饈佳餚多不勝數，他卻完全沒有動過筷子。

宴席進行到一半，新娘和新郎來到僧侶這桌表達謝意。僧侶看著新娘，把那一杯素酒倒在地上，仰天長笑而去，只留下一句話，「劫是劫，報是報，人皮裹蛇心，患難無眞情！」

此時此刻，賓客皆如饕餮般圍著佳餚，大張著肥幫子，吃得滿嘴油光，根本沒有人在意僧侶說什麼。

徒弟緊跟著師父出門，走了很遠才開口詢問原因。

這時候，僧侶長嘆一聲，「你總是貪口腹之欲，殊不知已經中了邪蠱！還好你跟隨我多年，不像那些凡夫俗子，只爲六欲而活。」說罷，從懷中掏出一節竹筒，拔開塞子，裡面馬上探出一條翠綠色的小蛇。

下一秒，僧侶捏住徒弟的嘴，把那條小蛇塞進去。那速度之快，徒弟還來不及反應，小蛇已經順著喉嚨鑽進胃。

不多時，徒弟滿臉痛苦，在地上翻滾抽搐，最後忍不住哇地吐出來。地上的嘔吐物竟不是剛才吃下的美味佳餚，而是一隻隻沾滿黏液的癩蛤蟆、蜘蛛、蜈蚣……

「人皮換體，屍油製香水，再用蠱蟲製飯，迷惑眾人的心神，如此凶煞的草鬼術已經多年沒有出現，不曉得她是怎麼掌握的？但是，她又不懂祛除人皮和屍油裡的怨魂，不出一刻鐘，必然會被厲鬼反噬。」僧侶眼神悲切地看著遠處的卡迪府邸。

徒弟露出驚愕的表情，擦了擦嘴，剛想開口詢問，瞥見地上的毒物又忍不住再次嘔吐。

僧侶掐著手指算，「太遲了，厲鬼現身，凶煞之氣再也攔不住了！」

話音剛落，徒弟看到張燈結綵的府邸上空，數個白色陰魂騰飛而起。它們糾纏在一起，竟然匯聚成一隻厲鬼，依稀是秀珠的模樣。

厲鬼陰森森地望著院落，雙手向上舉起，淒厲的女人慘叫聲響徹雲霄。接著，一張血淋淋的人皮從院落飛起，像一只風箏飄在空中。它發出陰森的怪笑，空洞的眼睛冷冷注視著卡迪府邸，院落傳來此起彼伏的驚呼和慘叫。

僧侶已經盤腿入定，嘴裡不停唸著咒語。徒弟遠遠望去，那張滴著鮮血的人皮宛如有生命，不停在起降半空，每次落下，都會傳來更淒厲的慘叫和更多的驚呼聲。

那張人皮每覆蓋上一個人，就緊緊裹住。隨著嘶啦一聲響，人皮脫離，被覆蓋的人登時被活剝了人皮，剩下紅色的肌肉紋理，青色的血管猶若蚯蚓般附在軀體上。掙扎著跑沒幾步，便搖搖晃晃地倒臥在地上，痛苦地抽搐，留下一道道怵目驚心的血痕。

這下更多人像瘋了似的湧向大門。奇怪的是，明明眼前就沒看到東西，敞開的門卻像被東西擋住，所有人怎樣都出不去。徒弟定睛一看，這才發現幾個陰魂幽幽地佇立在門前，阻擋驚恐逃竄的人們。

不多時，卡迪府邸成了充斥血腥氣息的修羅地獄，絕大多數人都成了剝皮血體，倒臥在混著泥土的血漿裡，顫顫巍巍地抽動著。

只有一個人，傻子般坐在血泊中，癡呆地看著無比恐怖的一切。

他是拓凱。

過了一會兒，那張人皮輕輕飄到他的面前，落到他的手中嚶嚶哭泣。同一時間，飄浮在上空的厲鬼也發出聲幽幽嘆息。

「秀珠，我錯了。」拓凱捧著人皮喃喃低語。

突然間，空中的厲鬼消失，那張人皮從拓凱手裡飄起，落在地上，登時變成赤裸全身的秀珠。烏黑的長髮覆蓋秀挺的雙峰，渾圓的臀部連結修長的雙腿，依舊跟生前一樣奪人目光。

「現在知道錯有用嗎？」秀珠輕嘆著，托起拓凱的下巴，在他的雙唇落下一吻，「你還愛我嗎？」

拓凱渾身一震，癡迷地盯著秀珠的身體，「愛！」

「哈……」秀珠的聲音忽然變得尖厲，「愛？你有資格說愛嗎？既然愛，就變成我吧！」

最後一個字落下，秀珠的前額開裂，重新變回一張薄薄的人皮，嗖地覆蓋在拓凱身上！

徒弟目瞪口呆地看著發生的一切，僧侶則是口中不停唸咒。

此時，拓凱的外貌已經完全變成秀珠，神色茫然地踩著屍體，從滿是血泊的院落走出。路過僧侶身邊時，雙手合十地說：「謝謝大師！」

僧侶忽地圓睜雙目，厲聲喝道：「這是劫數，我無力阻止！望以後好自爲之！」

待變成秀珠的拓凱消失在夜色中，僧侶起身向院內走去，對徒弟說：「隨我去清除孽障吧。」

一個時辰後，曾經奢華喧鬧的卡迪府邸化作一片大火，映紅半邊夜空，師徒倆並肩走向黑夜。

「師父，我剛剛看見好像有條蛇的屍體。」

「嗯。」

「師父，這到底是什麼邪術？居然這麼厲害！」

「不可知的東西不知爲好，何須糾結？」

「哦。」徒弟沒有再發問，假裝收拾衣服，落後了僧侶幾步遠。接下來，把一本殘破且沾染血跡的書塞進綁腿裡。

傳說在這裡告一段落，女孩久久都沒有再出聲。我意猶未盡，想到傳說故事中的情節，既毛骨悚然，又無比眞實，忍不住問道：「故事到這裡就結束了嗎？變成秀珠的拓凱呢？像蛇的屍體是怎麼回事？徒弟往綁腿裡塞的書，是不是讒官女兒從牆洞裡翻出的書？」

女孩看著舷窗外的白雲，聲音變得沙啞，「拓凱變成秀珠後，遊走世界各地，誰也不曉得他是一具被人皮包裹的屍體，也沒有人知道他到底在尋找什麼。」

說完這句，女孩伸了個懶腰，我好像聽到輕微的布帛撕裂聲。她順了順頭髮，起身往洗手間的方向走去。

暫時沒了聊天的對象，我閉上眼睛，回憶傳說故事的每個情節，不知不覺間，居然睡著了……

飛機輕輕一晃，我猛然驚醒，空姐正用溫柔甜美的聲音廣播，「各位乘客，飛機即將降落泰國曼谷國際機場，請各位繫好安全帶。飛機下落時，或許會讓您造成短暫不適，請保持輕鬆，深呼吸……」

我連忙繫上安全帶，這才發現身邊依然空空如也。記得我睡著之前，那女孩去了洗手間，怎麼過這麼久還沒有回來？

我連忙按下服務鈴，空姐很快地走過來，對我半彎著腰，說道：「先生，飛機即將降落，請問還有什麼需要嗎？」

我輕聲問道：「請問剛才坐我旁邊的那個女孩去哪裡了？」

空姐疑惑地看著我，「先生，您的身邊一直沒有其他乘客。」

我心裡一驚，「什麼？怎麼可能！」

鄰近的其他乘客聽到我和空姐的對話，都見鬼似的偷瞄著我。從他們投遞過來的眼神，我讀出「你身邊確實沒有人」的訊息。

我方才看到的那女孩是誰，告訴我那個傳說是什麼意思？我到底是真的見鬼，還是幻覺？紛亂的思緒和莫明的恐懼不停衝擊我的神經，使得腦袋隱隱作痛。看見我單手揉著太陽穴，空姐關切地問：「先生，您還好嗎？是不是不舒服？」

我連忙擺擺手，尷尬地笑道：「不好意思，剛才睡著做了一場夢，現在還有些迷糊呢。」

「先生，機上經常有乘客會出現精神錯覺，大部分都是懼高症和幽閉環境恐懼症患者。您只轉移注意力，放鬆精神，等一下就會比較舒緩。」

空姐的話讓我的心踏實不少。

由於飛機就快降落，空姐也必須儘快回到自己的座位上，並繫上安全帶。她站起身，最後又說了一句，「其實您身邊這個座位本來是一位先生，不知道爲了什麼沒有登機。我記得他好像叫拓凱，聽名字應該是泰國人。」

拓凱！一陣徹骨的涼意從心底慢慢散發，冰凍了我的血液和身體。我扭動著脖子，發出咯咯聲響，望向身邊空無一人的座位，似乎看見一隻鬼坐在那裡，撥弄著手中的枯黃色人皮。

我越想越害怕，連忙把視線移向窗外。

天氣晴朗，曼谷的高樓大廈如若多米諾骨牌般排列，一推就會歪倒一整排。景色讓我的精神放鬆了許多，相信自己剛才是因爲懼高症產生錯覺，那只是一場夢。

一場太眞實的夢。

這時候，舷窗外有東西一閃而過，又被一陣風吹了回來。我仔細看去——空中，飄著一只枯黃的人皮風箏。

西元二〇〇三年，對蘭納古國遺址的考古發掘過程中，媒體發現這支考古隊伍裡竟有僧侶和以紗布遮臉的人員。期間，官方嚴密封鎖相關消息。在經歷半個月的發掘後，這支考古隊伍神秘失蹤了！

根據當地村民的說法，當晚大約凌晨一點四十分左右，聽到考古隊駐紮地傳出激烈的爭吵，還出現奇異的光芒。但是，任憑記者怎麼打探，負責守衛的部隊就是守口如瓶。轟動一時的「蘭納考古隊神秘失蹤事件」，也引起其他各國的興趣。之後，僅流出有限的資料，這支考古隊伍的目標是蘭納古蹟，而考古人員中萬綠草叢一點紅，只有一個女性，名字就叫……

秀珠。

第1章

養屍河

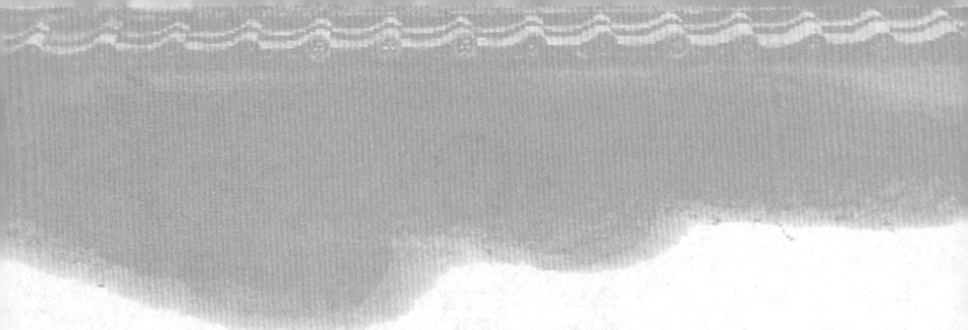

泰國是著名的觀光大國，濃厚的佛教文化和奇異的風俗，以及神秘人妖、佛牌、降頭術，吸引一批又一批的遊客踏上旅程。但他們不知道的是，當踏上這片充滿奇俗異情的土地時，神秘的降頭術已經下在他們身上……

01

下了飛機，我還在爲剛才那件奇怪的事情緊張不已。

一切實在太眞實，眞實得讓我光想起那個酷刑都覺得皮疼。加上那女孩莫名其妙失蹤，使我更分不清眼下到底是一場夢，還是存在於眞實世界。

腦子恍恍惚惚，直到離開機場，我才回過神。使勁甩了甩頭，努力不讓自己再去想，就當作一場夢吧。

我下意識地看了看身旁大片的落地窗，玻璃反射我模糊的身影。人們來來往往，臉上掛著各式各樣的表情，根本沒有人注意到我。我突然感到很孤獨，彷彿是隱形的，他們看不見我，偌大的天地之間就只有我存在。

這種感覺，源自於一個秘密，一個我不能對任何人提起的秘密。

我嘆了口氣，重新融入人群，茫然地走著。

人皮風箏、秀珠、拓凱像是不願散去的陰魂，不停在我眼前轉來轉去。爲什麼我會遇到如此詭異的事情？

難道跟我那個不能說的秘密有關？

隔著玻璃看了看外面，泰國的天空比中國的天空晴朗透徹許多。此時已是深夜，天空的顏色深沉得像藍寶石，哪裡有什麼人皮風箏的影子……

不知何故，我隱隱感覺此趟到泰國當交換學生不會那麼順利，但既然人都來了，也只能硬著頭皮面對。

有了這個決定，我心裡輕鬆不少，抬頭尋找機場出口的標誌。

曼谷的機場有兩個，分別是廊曼國際機場和蘇凡納布國際機場。我搭乘的班機降落在蘇凡納布國際機場，熙來攘往的人群裡，各色皮膚、各種服飾的人都有，在中國境內倒是少見。轉念一想，同樣的道理，我在泰國人眼中，不也是老外一個。

比較麻煩的是，抵達曼谷已經是晚上十一點多，人生地不熟，加上我的英語不太利索，萬一打車被宰個千八百塊，還是好的。假使稀裡糊塗地被送到什麼奇怪的地方，又下藥給整成人妖，那就真成了「出師未捷身先死，長使英雄淚滿襟」。

於是，我依照事前準備好的策略，決定先在機場裡待上一宿，等到天亮再搭乘機場快線AE4到達曼谷華南蓬火車站，沿途還可以看見勝利紀念碑。白天在火車站買好車票，順帶遊覽大皇宮一帶，夜晚再搭上前往清邁的火車，既節省時間、省下住宿費，又可以玩。

大概是太過勞累，本來我還拿著手機玩《神廟逃亡》，玩著玩著，居然不知不覺地睡著。

一覺醒來，外面好大的太陽，恍神了好一會兒，才想自己是在泰國，一拍大腿，著急地趕往火車站。

結果可想而知——票賣完了。

我算了算學校的報到時間，再等第二天的火車不太現實，只好操著一口破英文找到長途客運站，趕上最後一班前往清邁的巴士。買了票，心裡總算踏實點，在車站旁邊匆匆吃了頓據說很有名的「泰國咖哩蟹」。沒什麼特別的感覺，倒是螃蟹有一股怪味，估計不太新鮮。

看著候車的乘客大包小包堆積如山，我對晚上的大巴之旅不抱任何期望。想像一輛悶罐車，車頂說不定還捆綁著一大堆炸藥包似的行李……

但是，等車子來了之後，我不禁一笑。

那是一輛非常先進的雙層巴士，也有不少外國背包客搭乘，空調開得很強，全然沒有我想像中的悶熱。

坐下後，隨意打量車廂裡，也許是最後一班車，又是夜車的緣故，滿車就十幾個人。我歪著腦袋，總覺得有什麼地方不符合常理，但乍一想又想不出哪裡怪，索性不再去想。

隨車小姐分發給每位乘客一瓶礦泉水，又另外準備了熱咖啡，大大超出我的想像。也許是頭天晚上在機場睡多了，也許是咖啡的作用，我有些興奮地睡不著。車上放映電影《關鍵下一秒》，片中尼可拉斯凱吉扮演一名擁有預知能力的魔術師。這部影片我已經看過，結尾非常經典，此時重看，又體會出不同的感想。

不知不覺間，巴士已經駛出市區，進入連綿不絕的山區。對此，我略覺得奇怪，在泰國旅遊書看過詳細的路線圖，依稀記得好像沒有經過山路。不過，那些旅遊書的內容只是參考，「條條大路通羅馬」，去清邁肯定也不會只有一條路。

司機大多熟門熟路，走的這條說不定是近路，我也就沒有多在意。看著窗外黑暗中的山景，巴士似乎駛入深山，周圍滿是高大的亞熱帶植物。月光夾雜著繁茂的樹影，樹葉在夜風的拂動下簌簌亂動，宛如一具具站立的屍體左搖右擺。挺拔的椰子樹掛著一顆顆椰子，從我的角度看去，倒像掛滿人頭的巨傘。

聯想一展開，我不由自主地全身發冷。

鄰近的乘客都已經進入夢鄉，甚至發出輕微的鼾聲，我緊了緊毛毯，準備強迫睡覺。忽然間，巴士發出刺耳的煞車聲，慣性定律讓我收不住勢，腦袋重重撞上前座的椅背，疼得不得了。

車上所有人都被驚醒，操著各國語言罵了起來。我捂著腦袋，一陣憤怒，抬頭看去，卻發現隨車小姐面露驚恐之色，雙手合十低聲唸著什麼。司機則叼著煙，半晌不發一語，臉色煞白地盯著擋風玻璃正前方。

我坐在後排，看得不夠眞切，依稀可見好像有東西擋在車前。使勁揉了揉眼睛，站起身再看，登時渾身汗毛都豎了起來。

慘白色的月光下，有兩個人筆直站在路中央，漠然地注視著我們！

所有乘客都看到那兩個人，也許是環境氣氛使然，有人發出驚恐的尖叫，有人議論紛紛，車裡嘈雜聲一片。

我喉嚨乾渴得厲害，再仔細看去，更強烈的恐懼襲來。

02

那不是兩個人，而是兩尊雕刻得維妙維肖的木頭人。

倘若是兩個活生生的人，我會嚇一大跳，但不至於感到如此恐怖。可是，在這重巒疊嶂的大山裡，深夜撞見兩尊木頭人立在蜿蜒山路中央，氣氛實在非同一般了。

是誰把它們放在這裡的？目的是什麼？

此時此刻，我聯想到泰國的種種詭異傳說，內心陣陣發冷，手腳冰涼。難不成我們遇上蠱咒之類的東西？

氣氛極爲詭異，車廂裡逐漸安靜下來，僅剩細若遊絲的禱告聲，依稀還能聽見所有人劇烈的心跳聲。我觀察著每一個人面容，靈光一閃，終於明白剛上車時那種不符合常理的感覺是怎麼回事。

這輛巴士上，除了司機和隨車小姐是泰國人，其餘的乘客全都是外國人。

泰國是著名的旅遊大國，但滿車都是外國人的機率，應該沒這麼高。其餘的乘客似乎沒意識到這點，我卻坐不住了。

來之前，我看過一部泰國鬼片，內容敘述在泰國山區的小村落裡，世代傳承一種邪蠱。人死之後，屍體放入棺材，不掩埋，而是扔進全是各種蛇類的大坑。每日以活人熬煉出的屍油餵養毒蛇，任由毒蛇在屍體鑽進爬出。期滿七七四十九天，捕出所有的毒蛇，放到大缸裡砸成肉醬。用這些肉醬塡滿屍體被毒蛇撕咬鑽出來的孔洞，蓋上棺蓋，並放入河裡，泡上九天再撈出。打開棺蓋時，屍體已經不見，層層皮屑和碎肉裡躺著一個新生嬰兒。這個嬰兒就是死去的那個人藉由蠱術獲得新生，且保留生前的全部記憶。

由於畫面太過血腥，又異常眞實，讓我連續好幾天都做惡夢。而我之所以聯想到這部電影，是因爲煉製屍油的活人，都是由村人僞裝成司機，對不知情的外國旅客下迷蠱，載運回村落裡的。

這一切竟然這般相似！

我的呼吸變得急促，似是影片中的一幕幕即將發生在我身上。我慌張地望向駕駛座前的擋風玻璃，幸好除了那兩尊木頭人，再沒出現其他的異常狀況。

然而，我雙眼忽地一疼，像有兩根針刺入眼睛，又直接貫穿後腦般的疼痛，眼淚都流了下來。

視線模糊之際，我弄清疼痛的來源——那兩尊木頭人居然在看著我！

它們的眼睛射出碧綠色光芒，在黑夜裡劃出一道筆直光線，穿透車窗和其他乘客的身體，直接刺入我的眼睛。

感受到強烈的疼痛，我清楚認知到這絕非因爲驚恐產生的錯覺。我閉上眼睛，眼前殘留著方才驚鴻一瞥見到的木頭人——臉很長，幾乎占了全身三分之一長，短小的軀體刻著奇怪的花紋，雙手幾乎垂到地上，兩條腿卻只有手臂長短，活像兩隻變異的狒狒。

這會兒，眼皮依舊有刺刺的感覺，我知道它們還盯著我，想掙脫，卻發覺身體絲毫動彈不得。腦子有種被燒紅鐵絲攪動的劇痛，耳裡嗡嗡作響，只聽見快要爆掉的心臟擠壓大量血液直沖頭部的嗖嗖聲。

車廂裡瞬間大亮，應該是司機把走道的燈打開。

緊接著，眼前一黑，好像有人站起來擋住光線。眼皮傳來的刺痛感消失，取而代之的是高度緊張後肌肉鬆弛的酸麻。

我睜開眼睛，一個人從前排走過來，坐在我的旁邊。我很排斥陌生人距離我很近，於是往旁邊挪了些。

「你……是中國人？」坐下的是個金頭髮的外國帥哥，看上去和我年紀差不多，一雙淺藍色的瞳孔非常顯眼。

這種詭異的情況下，我實在沒興趣多談，點點頭當作回答。慶幸的是，木頭人眼中射出的綠光消失，這個金髮外國人誤打誤撞幫我解了圍。繼而，我又發現，其他人似乎都沒受到影響，這到底怎麼回事？

「我叫傑克，加拿大人，來泰國學習。我很喜歡東方文化，對亞洲各國的語言都懂一點。」金髮傑克用熟練的中文自我介紹。

出於禮貌，我回覆他，「我叫姜南，大家都叫我南瓜。」

「你的父母幫你取了好名字！」傑克眼中透著欣喜，一頭金髮在月光下發出迷人的色澤。

只是他那句話揭開我內心深處最痛的一道傷疤。

我忘記當前的處境，鼻子一酸，心底像長出無數堅硬的刺，扎得生疼，「我沒見過我的父母。」

「噢……對不起。」傑克這句抱歉並不能緩解我心裡的疼痛。

誰能體會一個孤兒從小到大遭受的白眼和開家長會時的失落呢？

大概不會有人知道，被百分之九十九學生厭惡的家長會，竟是我最想參加，且最羨慕別人的一件事。哪怕能被父母罵上幾句，那也是幸福的……

「我們現在的處境很危險。」傑克也許爲了掩飾尷尬，故意岔開話題。

我低唔一聲，同時有些好奇他爲何會找我聊這個話題。又想到我閉上眼睛的時候，他幫我擋住木頭人射出來的詭異綠光，莫非不是巧合？難道他知道些什麼？念及至此，我的目光下意識地對上他淺藍色的眼睛，瞳孔邊緣沒有異常，應該沒有帶瞳孔變色片。

「還沒搞清楚狀況前，最好不要下車。」傑克笑了笑，似是知道我在尋找什麼。我越發覺得突然出現的傑克透著一股說不出的神秘！以他一個年輕外國人身份，好像知道某些特殊的事情，而且對我十分瞭解……

「如果下了車呢？」我舔了舔乾燥的嘴唇。

傑克面色一冷，臉上剎那籠罩森森的寒意，「你會變成活屍。」

聞言，我打了個寒顫，不曉得該怎麼接話，只好別過頭，將視線落向窗外。車外，夏蟲吟唱，月光細細碎碎地灑落林間。除了那兩尊木頭人，一切如常。大部分乘客恢復鎮定，催促司機繼續向前行駛，有幾個人還躍躍欲試，商量著要下車和木頭人拍照留念，再將它們挪到路邊。

我沒心思聽他們說話，心頭沉重得像壓了一包水泥。司機和隨車小姐用泰語交談幾句，可能因爲整車都是外國人，沒顧及有人聽得懂，音量比正常講話大了點。兩人的對話中，反覆出現兩個音節，我曾經在泰國鬼片中聽過，翻譯成漢語就是「草鬼」！

中國的苗族地區，蠱又稱「草鬼」，相傳寄附於女子身上，危害他人。那些所謂有蠱的婦女，則被稱爲「草鬼婆」。

傳說，製造毒蠱的方法，將多種帶有劇毒的蛇蠍、蜥蜴等放入同一器物內，使其互相齧食、殘殺，最後唯一存活的毒蟲便是蠱。蠱的種類極多，有蛇蠱、犬蠱、貓蠱、蠍蠱、蛤蟆蠱、蟲蠱、飛蠱等。造蠱者可利用蠱術，讓施術對象生病，甚至死亡。

宋仁宗慶曆八年，曾頒行介紹治蠱方法的《慶曆善治方》。就連《諸病而候論》、《千金方》、《本草綱目》裡面也有對中蠱症狀的細緻分析和治療醫方。

明朝鄭和下西洋時代，泰國忽然出現蠱術，還大放異彩，成爲這個國家最神秘的秘術。關於這件事情，衆說紛紜，最主流的觀點就是爲確保航行安全，鄭和船隊聚集了中原各類能人異士，其中不乏善使蠱術的苗族高手。然後，不知何故，蠱術在泰國流傳開來。

正當我胡思亂想的時候，巴士劇烈晃動一下，接著傳來沉悶的咚咚聲響，像是有東西撞上。車廂晃動得越來越厲害，可外面分明什麼都沒有，究竟是怎麼回事？

突發如此變故，乘客們剛剛平息的心情又被攪得不得安寧。

隨著咚咚聲越來越密集，車廂左右呈四十五度來回傾斜，整輛巴士如若巨浪中的小船，所有人都驚恐得牢牢抓著座椅把手。

慌亂間，我瞥見司機表現超乎尋常的冷靜，他喊了幾句，隨車小姐有些不情願地搖了搖頭。見狀，他又憤怒地大吼，隨車小姐才勉強離開座位，拉開車門附近的儲物箱，拽出一個籠子。

籠子裡裝著一隻渾身漆黑的公雞。

03

司機搶過籠子，打開車門衝了下去。他從腰間抽出一把匕首，又把公雞拎出籠子，掐著雞頭，對著雞脖子就是一刀。

一團血霧從雞脖子的斷口噴出，公雞的身軀重重掉落地面，還撲棱地拍著翅膀。那兩條腿抽搐著，不時掙扎幾下，最後一動也不動了。許多外國人驚魂未定，又看見這血腥的一幕，不自覺瞪圓眼睛、張大嘴巴。

這時候，最讓人不可思議的事情發生了。

雞頭在司機手裡四處張望，時不時張嘴咯咯叫著，和脖子斷開的身體又重新站起來，平平穩穩地走著。這如此詭異的情景，徹底斬斷乘客們緊繃的神經，所有人反而忘記尖叫，目光呆滯地坐著。

司機拿著雞頭，在兩尊木頭人的眼睛點上雞血，又在車身不停塗抹。他手上、身上都沾滿雞血，看起來特別猙獰。

那個沒有頭的雞身走進樹林，巴士恢復平穩，咚咚聲也逐漸消失，唯獨空氣中殘留濃厚的血腥味。

隨車小姐情緒非常激動，打開車門，走到司機面前，指著車裡的我們，又指向不遠處的森林，雙手胡亂揮舞著。

司機陰森森地看了看我們，微微一笑，不知說了幾句什麼。隨車小姐倏地安靜下來，眼裡透出和乘客們相同的呆滯，木然地站立在原地。

從那一刻起，傑克沒有再說話，只是不停抽著煙，還往我手裡塞了一根。

我本來是無煙不歡的主，但對洋煙的味道實在不感興趣，何況傑克呼出來的煙聞上去更有種說不出的怪味。加上現在這個局面，我提不起半點興致，便順手把煙夾在耳朵上。

隨車小姐走上車，身體僵硬，步伐很不協調，有點像鴨子走路的姿勢。她沒有出聲，目光掃視著所有人。

「裝出和其他乘客一樣的反應。」傑克低聲說道。

起初，我以爲他們是因爲過度恐懼，導致的反應遲鈍。此刻，經他這麼一提，才覺得情況不對勁，好像所有人都失去意識。我來不及多想，扳正身體坐著，儘量讓眼神變得呆滯。但是，胸腔裡的心臟越跳越猛烈，血液沖擊著肺部，就快要喘不過氣。

接著，隨車小姐說出一連串句子，語調平得如同從石縫中擠出來，音節很像在網路上聽到的佛經。

話音剛落，所有乘客呆愣愣地站起身，和隨車小姐用同樣的姿勢走下車。

而那個司機，不知道什麼時候消失不見了。

「他們被控制了。不過，你不用害怕，有我在。」傑克也站起身，低聲說道：「跟著他們下車。」

「到底是怎麼回事？」我實在忍不住了，終於把內心的強大疑惑問出口。

不曉得還要面對什麼樣的未知恐懼，現在只有我和傑克是清醒的，這種要命的緊張感徹底擊潰我的心理防線。我甚至羨慕那些被控制的乘客，因爲他們起碼不用再抵抗恐懼的侵襲。

有的時候，知道反而比不知道幸福很多。

傑克死命抽著煙，煙霧繚繞中，煙頭一亮一滅，但不是常見的紅光，而是幽藍色的光……

「我們遇上屍蠱了，這附近應該有條養屍河。」

屍蠱？養屍河？

我眞的在泰國碰上蠱？

我打從心底不願接受這件事情，可眼前發生的一切又讓我不得不接受。

「隨車小姐也被控制了。」傑克走在我身後，「我來不及多解釋，但你不要害怕，跟著隊伍向前走。我先破蠱，隨後跟上。」

我心裡暗自打定主意，下了車就跑，鬼才會「明知山有虎，偏向虎山行」！車外，月色大好，樹林特有的潮濕溫潤空氣吸入肺裡，讓我精神一振。如果沒有發生這件怪事，此處倒是中途小憩的好地方。

腳踩潮濕的路面，我心裡稍稍踏實點，悄悄觀察著四周。隨車小姐帶著乘客們開始往樹林裡走，傑克則一溜煙閃到巴士的後方。

很明顯，傑克已經跑了。我心裡暗罵自己傻瓜，還在這裡傻站著幹什麼。打定主意，轉身要跑，卻發現自己根本跑不了。

這個隊伍像一塊巨大的磁鐵，牢牢吸著我，讓我無法脫離。我使勁停住腳，身體向後仰，依舊被那股吸力拽得一個踉蹌。此時，如同有一條隱形的鍊子把所有人拴在一起，只能跟著前面的人往樹林裡走。

我使勁回過頭，恨恨瞪著傑克消失的方向，心想：我就是做鬼也不會放過你！

又想到不知等會兒要面對什麼，心裡倒不害怕了。我膽子小，但到了該解決、面對問題的時候，反而會冷靜下來。這種性格，是一個孤兒在成長過程中，歷經種種磨難鍛鍊出來的。

巴士前方的那兩尊木頭人不見了！

傑克剛剛說要去破蠱，難道他真的沒有逃走，是在想辦法解救大家？

我有點慚愧，身體依然不受控制地向前走，不過情緒穩定下來，靜心觀察著周遭，盤算該如何脫身。

萬萬沒想到，這片樹林看著並不茂密，走進來才發現雜草叢生，每走一步都很費勁。不多時，我的T恤已經被橫七豎八的樹枝扯破好幾道，鞋裡也進了碎石，磕得腳底生疼。

每個人之間都保持約莫一米的距離，從我的角度看不到前方的事物，唯獨聽到潺潺流水聲。

難道是傑克所說的養屍河？

不遠處，傳來司機的吆喝，伴著清脆的銅鈴聲，失去意識的隊伍加快了速度，腳步聲變得急促。

在中國湘西，人們最忌諱的夜間趕路。因爲當地常有少則三兩個人，多則七八個人排著整齊的隊伍，默不作聲地向前走。而且，走在最前面的人時不時低聲呼喝，搖著銅鈴。萬一碰上這樣的隊伍，輕則重病幾天，重則當場死去，直接加入行列。

這就是至今科學也無法解釋的「湘西趕屍之謎」。

至於「趕屍」到底爲了什麼，誰也說不清楚。有的說，是爲了送死者返鄉；也有人說，是爲了修練某種魘術……

現在我眼前的情形，不正像「趕屍」嗎？

唯一不同的是，隊伍中全是喪失意識的活人。我突然很想念本來應該和我同行的朋友。假使有他在，以他的能力，或許有辦法解決。

我現在該怎麼辦？難道就裝成這個樣子，等不知道有沒有逃走的傑克前來解救？

忽然間，一隻手搭上我的肩膀。隔著T恤的薄衣料，我能清晰感覺到濕黏的冰涼觸感，頓時全身僵住。同時，詫異地發覺自己脫離那股奇怪的吸力控制。

藉著地面上的影子，我看到有一個人直挺挺地站在我身後。對方身體異常寬厚，竟然長著三顆腦袋，其中一隻手向我伸來的當下，兩顆腦袋撲通落在地上。

04

「別出聲，是我！」

是傑克的聲音。

我緊繃的神經這才放鬆，雙膝軟綿綿的，一點力氣沒有。雙手撐著地，不停地哆嗦，渾身絲毫不著力，衣服也早已被冷汗浸透。

「千萬別發出聲音。」傑克緊盯著前方黑漆漆的樹林，「他們都被養屍河裡的冤魂附體，一旦受到驚嚇，就會立刻變成瘋子。」

「什……什麼是養屍河？」突如其來的驚嚇使我的思緒紊亂。

「這個解釋起來很複雜……」傑克的雙手往褲子隨意一擦，留下兩抹血紅的手印。

身處這麼詭異的環境，即便傑克的出現讓我安心不少，但依然對他保留一份警惕。

傑克盯著我的眼睛，「你現在戴著瞳孔變色片，我還是知道你眼睛的真實顏色。眼睛有這種顏色的人，會看到許多別人看不到的東西。很多年前，我也曾經碰過一個這樣的人……」

這個當下，我如同被閃電劈中，傑克怎麼會知道這件事？

「你來到泰國，絕對不是巧合或運氣好。我也不知道其中的原因，但你的人生即將被改寫。」說著，傑克嘆了口氣，「我們誰也不能掌控命運，或許你就是我們要等的那個人。」

這幾句沒頭沒腦的話，我乍聽根本無法消化。經過一陣細想，這次來泰國當交換學生確實有蹊蹺。

那天，我和月餅（應該和我一起來泰國的朋友）在小館子吃飯，順手幫一個喝得酩酊大醉的清潔工老大爺結了酒錢。老大爺沒有感謝我們，反過來一定要我們拜他爲師，根本是穿越劇看多的老瘋子。我們倆當然沒搭理他，隔天就接到學校通知，得以前往泰國當交換學生。

「養屍河的陰氣十分難纏，一會兒你跟著我，按照我說的做就行。」傑克扒了扒黃金般燦爛的頭髮，從背包裡取出兩條紅繩，一條繫在自己左腕，另一條丟給我，示意我照樣繫上。

「你到底是誰？」我拿著紅繩，問了句跟廢話沒兩樣的話。

傑克沒有搭腔，又從兜裡掏出一盒煙，扔給我一根，「該告訴你的時候，我就會告訴你。把這根煙放嘴裡嚼，是艾草做的，辟邪用的。剛給你抽，你又不抽。」

「你眞的是加拿大人？」我覺得眼前這個英俊的金髮老外一點也不像老外。

「這個以後會告訴你。」傑克微微一笑，露出整齊潔白的牙齒。瞧我還在愣神，他不由分說幫我把紅繩繫在手腕，又把煙塞進我嘴裡，「快點，不然就來不及了！」

艾草獨特的味道讓我鼻子發酸，但頭腦倒清醒不少。傑克又從包裡掏出幾根桃木釘咬在嘴裡，拿起一根，對著剛才掉在地上的東西釘下。

原來從他肩膀掉下來的腦袋，是那兩尊木頭人的。他先前就是抱著它們拍我的肩膀，難怪看影子顯得身體特別寬闊。

木頭人眼睛上的雞血已經被擦掉，傑克用手掌一拍，桃木釘就牢牢釘了進去。我在一旁看著，都覺得自己的掌心隱隱生疼，這不曉得得有多大的手勁啊！

如此四下，兩尊木頭人的雙眼都嵌入桃木釘。我隱約聽見幾聲淒厲的叫喊，木頭雕刻出的眼球流出濃稠的鮮血，幾股淡淡的灰氣從鼻孔裡飄出。

我全身一冷，彷彿有一塊冰硬生生塞入身體，緊跟著一股強大的吸力把我拽向木頭人。這一刻，手腕上的紅繩忽然像燒紅的鐵絲，發出暗紅色的光，越來越緊地箍著，且溫度奇高，幾乎快要到燙傷的程度。

傑克跪在地上，單手緊握著繫著紅繩的手，臉色煞白，看來也在忍受同樣的痛苦。

我不知自己還能堅持多久，疼得連話都說不出。再者，冷熱兩種極端感覺的刺激，使我的神智逐漸模糊。

紅繩陷進皮膚，手掌因為血脈不通呈現灰白色。就在這個時候，體內冰冷的感覺全向手腕湧去，如同破洞的輪胎，灌入的氣體會從洞口溢散。涼氣順著手腕上的傷向外冒，直到再無冰冷的感覺，那條紅繩才鬆了下來。

我大口喘著粗氣，傑克看樣子比我好不了多少，歉疚地對我一笑，「對不起，沒想到這兩股屍氣如此厲害，我一個人真的頂不住。幸好紅繩是用佛祖台前的燈繩做的，不然還眞不好說。」

聽著這句話，我細細琢磨後，忽然明白自己上當了！

我被他利用了！

05

傑克知道木頭人裡的兩股屍氣，光靠他一個人是扛不住的，必須要有人分擔。而被他挑選的那個人，就是什麼都不知道的我！

我在學校圖書館裡曾翻過一本殘卷，上面介紹了許多不可思議的事情，記得有那麼一段：艾草，驅蟲寒、避毒物，但在有陰氣的地方使用，會招陰氣上身。

剛才傑克利用我的恐懼，強塞到我嘴裡的艾草根本不是爲了辟邪，而是要把木頭人所帶的陰氣引上我的身，替他分擔一些。如果我方才扛不住，搞不好現在已經變成死人。

他根本不是幫我，是把我當做一個誘餌！

想清楚這點，我打從心底對他感到厭惡。雖然他也算是救了我，但是這種做法，我說什麼也無法接受。

傑克估計沒料到我會想到這一層，笑得很燦爛。

「在泰國，百分之九十的人都信奉佛教。他們相信人死後有靈魂，而河水是最純潔的東西。爲了讓靈魂安息，很多泰國人選擇把屍體擦洗乾淨，抹上香料，並葬在河裡。

久而久之，河裡聚集太多的靈魂，變成最兇險的養屍地，成了煉惡蠱、凶靈的術士最喜歡的地方。由於養屍地陰氣太重，術士也不敢輕易涉足，只能找機會用蠱術控制活人先行進入。冤魂吸飽陽氣，留下一具具沒有靈魂的活屍，正是熬屍油、培養蠱蟲最好的材料。」

「如果我沒猜錯，那個司機是蠱者。打從看見路中央擋著兩尊木頭人，我就覺得不對勁，又看到他用雞血下血蠱，才意識到這一點。」傑克最後道出這句。

我聯想平靜的河面漂浮著一具具泡得發白腫大的屍體，水裡一群肥膩的河魚咬食屍體，心裡頓時一陣噁心，同時越來越討厭傑克，「那你在巴士裡怎麼不先告訴我？剛剛怎麼不阻止他們？」

傑克從木頭人眼中拔出桃木釘放回包裡，若無其事地說：「以我的能力，還不足以當場破除血蠱，等他們走了之後，蠱力減弱，才有機會。」

我心裡怒氣更盛，大聲喊道：「所以，當你發現自己控制不住木頭人裡的陰氣，就決定拉我當墊背！你有沒有想過，如果我扛不了那股陰氣呢？對你來說，無非是一條微不足道的人命罷了？既然如此，你和那些術士有什麼區別？」

「不……不是你想的那樣……」

沒等傑克解釋，我已經按捺不住怒火，一拳擊向他的臉頰。

傑克沒料到我說動手就動手，毫無防備之下，那張英俊的臉蛋被我打得正著，仰面摔倒在地上。看著他的窘樣，我心頭一陣快意，略略舒服了點。

「你要相信我。」傑克爬起來，抹了把鼻血，既沒生氣，也沒還手，態度反而更加誠懇。

這點倒出乎我的意外，心裡有些後悔，方才那一拳是不是打重了？

「你的出現絕不是巧合。在泰國，有個流傳上千年的傳說，我們家族世代都在尋找那個人。只有……」

雖然我對剛才衝動的一拳有些內疚，可是完全不相信他這番話。

傑克的話還沒說完，忽然皺起眉頭，側耳聆聽著什麼。本來夜晚很安靜，不知何時颳起冰冷的夜風，樹葉攪動著月光，某種奇怪的聲音若隱若現地夾雜在風中，既像是哭泣聲，又像是哀怨的細語。

傑克臉色一變，往樹林深處奔去，「來不及解釋了！不管你相不相信，跟我來了就知道！再耽誤，就要出大事了。」

我十萬個不情願，但想到要獨自留在這片陰氣森森的樹林裡，咬了咬牙，還是跟了上去。

傑克跑得不快，我很快就追上他。跑了二、三十米，眼看樹木越來越稀少，前方人

06

我一看，方才慌亂中，不知何時撿了一截木棍。

「Shit！」傑克奪過木棍，咬破中指，在上面畫了幾個拐彎的符號，甩手扔了出去。

看著他一連串的動作，要不是口中冒出洋文，我還以爲他是茅山道士的傳人。

「那是槐木，最容易招鬼。」傑克把手指放在嘴裡吮了吮，「拿著它等於替冤魂製作GPS定位系統！」

這句玄學結合科學的解釋讓我哭笑不得，「你一個外國人怎麼懂這些？」

「嗷！」還未等傑克答話，河邊的人群裡爆出野獸般的嘶吼。

我向前望去，所有被控制的人都半匍匐在地上，看不到他們的表情，但可以想像那呆滯的眼神。

他們的身體有節奏地左搖右擺，嘴裡不時發出吼聲，如同參加某種邪教的儀式。人群最前方站著兩個人，從背影看應該是司機和隨車小姐。司機雙手高舉向天，嘴裡不停發出奇怪的音節，隨車小姐卻一動也不動。

不消片刻，平靜的河水產生了變化，像是河底有個巨大的火爐，把河水煮開了。河面冒起大大小小的氣泡，翻騰陣陣水浪，似乎有東西要出來。

月光下，我隱約看到水浪竟是黑色的！

司機對隨車小姐招了招手，隨車小姐動作僵硬，機械地走到司機面前。接著，我親眼目睹令人毛骨悚然的一幕——司機撕開隨車小姐的衣服，直接把手插進她赤裸的胸膛！

隨車小姐猶如不知道痛般，依舊筆直站立著。司機的手猛地往回一抽，拽出一樣東西，在他的手裡有節奏地跳動著。

那是隨車小姐的心臟！

她胸口的傷口卻奇異地癒合，完全看不出一絲痕跡。我徹底被這情景驚呆，結結巴巴地說：「傑……傑克，該怎麼辦？」

然而，身邊沒有人回應。

我扭頭看去，發現傑克又不見了，連忙四處尋找他的身影。果然，在人群最右邊的草叢裡，發現有個人半蹲著悄悄往前走。

我深呼一口氣，慢慢向人群後方挪動。即使我不曉得能做什麼，但是怎樣都無法眼睜睜看著他們成爲某種邪術的犧牲品。

當時，我並不知道，這個自以爲勇敢的行動，會造成不可挽回的後果。

傑克在不遠處發現我的舉動，連忙揮舞雙手阻止我。我剛想收住腳，倉促間被橫出來的樹根絆了一跤。

此時，司機雙手捧著仍在跳動的心臟，正對著宛若沸騰的河水唸咒，水裡隱隱冒出無數個圓圓的東西。聽見我摔倒的聲音，他愣了一下，倏地看向我這個方向。那群被控制的外國人也隨著他僵硬轉過身，視線齊刷刷地落在我身上。

下一秒，司機發出幾句簡單的音節，那群人頓時沒了正常人類的姿勢，全都爬行跳躍著撲向我。他們露出兇狠殘忍的眼神，如同一隻隻在非洲大草原獵食的鬣狗。

「是塞拉摩效果！」傑克大喊著從草叢中跳出來。

聞聲，那群人愣了愣，轉頭向傑克撲去。

「制止他！」傑克最後又吼了一句，轉身向密林深處跑去，把那群人引開了。

司機看到傑克，臉色大變，加快念咒的速度。同時，水裡那些東西也加快冒出頭的速度。

那是一群裸體的人！

不，應該說，是屍體！

河屍空洞的眼眶積滿軟爛的黑泥，腐爛的軀體黏著一條條褐色的水草，搖搖晃晃地走向岸邊。每往前跨出一步，都會有碎肉塊撲通掉進河裡。

見狀，我好不容易鼓足的勇氣蕩然無存，心臟彷彿被一隻無形的大手死死捏住，揪緊生疼。

剛才傑克叫我制止他，我應該怎麼制止？

慌亂中，我想著傑克那句話。司機沒多理會我，狠狠攥緊手中那顆心臟，血漿混雜著碎肉霎時從指縫流出。

隨車小姐硬生生倒下，四肢不規率地抽搐。河屍緩慢地圍向隨車小姐還溫熱的屍體，低聲嘶吼著聚成小圈，俯下身體搶食。我甚至聽見它們咀嚼碎肉，牙齒磨骨的聲音，還見到一段類似腸子的東西被拋出來。

我連忙別過頭，不敢繼續看著隨車小姐被一群河屍分食下肚的畫面，否則搞不好會被當場嚇瘋。眼下我已經沒有勇氣再做什麼，滿腦只想逃得遠遠的，可雙腿軟綿綿，半點力氣都沒有，跟灘爛泥一樣坐在地上。

司機冷冷地看著我，從他的眼神，我讀出自己即將成爲一具屍體、是河屍食物的含義。河屍大概已經把隨車小姐吃了個乾淨，又慢慢站起身，肢體非常不協調地向我走過來。

直到這時候，我才體會到什麼是發自內心最深處的恐懼——喊不出聲音，大腦沒有意識，全身毫無力氣，僅能眼睜睜等待死亡的降臨。

「快跑！」隨著傑克的一聲大喊，那頭熟悉的金髮從密林中鑽出，身後還是跟著那群被控制的人。

我這才從極度恐懼中回神，心裡說不出來的感動。從一開始，傑克就拼命保護我，現在又冒著前有河屍後有追兵的危險來解救我，我先前竟懷疑他的動機。

想到這裡，我又覺得有些奇怪，好像哪裡有些不正常。再仔細看，才發現那些人並非追捕傑克，倒像他的人馬跟在後方。

「盧薩卡格！」傑克指著河屍吼道。

那些人嚎叫著撲向河屍，河屍的行動不如人類靈活，紛紛被撲到在地。他們咬著河屍的喉嚨，撕扯它們軀體上的腐肉。但是，河屍根本不知道疼痛，任由他們撕咬，扣住人類肋骨下方，往兩邊一扯，熱氣騰騰的內臟隨著大量的血漿立馬從身體裡流瀉而出……

07

此時此刻，這裡如同修羅戰場，空氣中充斥濃厚的血腥味，隨處可見殘破的肢體和森森的白骨。

傑克咬破中指，在手臂畫出的一圈圈圓環，散發出耀眼的紅色光芒。他滿頭金髮無風而飄揚，雙眼竟也冒出紅光，如同兩盞紅色LED燈！

我心裡一震，傑克居然有雙跟我一樣的眼瞳。只是我的眼瞳是單純的紅色，而傑克眼瞳則能夠迸射出刺目的亮光。

司機臉上肌肉不停抽搐，變得越來越猙獰，一邊後退，一邊指揮河屍擋在身前。傑克揮舞胳膊衝向司機，鮮血化成的圓環也越來越亮，如同一柄彎刀，所到之處，河屍紛紛被切開，根本無法阻擋他前進。

原本司機還算鎮定，看到這種情況才真正慌了起來，急忙扯破上衣，露出精實的肌肉和各種奇怪的紋身符號。

傑克如一尊落入地獄裡的神，大步踏踩著河屍和人類的斷肢徑直向前，剎那已經來到司機跟前。還未等司機有所動作，那隻綻放紅光的手深深插進司機的胸膛。

忽然，一切都靜止了。

我像是看了一場恐怖奇幻電影的觀眾，坐在濕漉漉的泥地，大口喘著氣，心有餘悸地等待最華麗的結局。唯獨蟲鳴聲和濃厚的血腥味，在在提醒我，這是現實中發生的事。

傑克嘴角掛著驕傲的微笑，對司機說了幾句我聽不懂的泰語。司機低頭看了看插在自己胸口的手臂，又抬頭對上傑克的視線，嘴角滲出一抹鮮血。

他卻詭異地笑了！

這笑容裡，有憐憫，還有一絲嘲弄……

傑克意識到什麼，急忙向外抽手。司機的胸膛卡著傑克的手，慢慢往身體裡吸著。發覺大勢不妙，傑克一隻手摁著司機的肩膀，雙腿抵地，用盡力氣向外掙扎。可是，他那隻手竟也陷入司機的體內，兩人猶若燒軟的蠟燭，相互一接觸，彼此便融為一體。

「姜南！」傑克雙手已經完全沒入司機身體，轉過頭對我大吼，「我上當了！這個局是為我們設置的！他們的目標是咱們倆！你不要過來，快跑！我姐姐找到了你，讓我保護你去清邁。你對我們部族非常重要，來到泰國是因為……是因為……」

說到這裡，傑克的臉也融進司機的身體裡。

只見他的身體猛地向外一掙脫，臉上連著幾條黏糊的肉，衝著我燦爛地笑著說：

「對不起，我不能保護你去清邁了。」

沉悶地咕嘟一聲，傑克整個人被司機吞噬，完全消失了。我嚥了口唾沫，眼睛酸酸的，壓抑地就快喘不過氣。

傑克就這麼死了？他的姐姐是誰？我該怎麼辦？這一切到底是怎麼回事？

這會兒，司機伸長脖子呼了口氣，身體透著紅光，比方才高大許多，繫在腰上的皮帶都繃斷了。

我緊張地攢的拳頭，指甲深陷肉中，卻感覺不到疼痛。扭頭看向四周，想找到合適的東西和司機拼命，哪怕我不是他的對手，也不能活著被他吸入身體裡。

奇怪的是，司機根本沒理睬我，逕自走到隨著小姐破碎的屍骸旁邊，將一截又一截白骨塞入體內。

我撿起腳邊的粗木枝，踩著河屍的斷肢衝過去，使出渾身力氣瞄準頭砸下。豈料，木頭砸在司機的腦袋上，像是擊中一坨麵團，深深陷了進去。我用力向外拔，卻動不了分毫。

接著，司機一揮手，我立刻被強勁的力道震出去，仰面躺在地上。

當下，我既驚恐又絕望……

「哈哈哈哈……」司機忽然狂笑起來。

那聲音非常奇怪，宛若好幾個人同時在笑，其中也有傑克的聲音。

司機對我說話，表情猙獰，又或冷冷嘲笑，時而夾雜憤恨。語調也完全不同，仔細聽去，是三個人用我完全不懂的語言在說話。他的外形忽然開始變化，頭髮金、棕、黑三種顏色來回變換，臉也忽圓忽窄。

最終，當他再抬起頭，居然變成了傑克。

難不成是傑克在司機體內戰勝了他？

「傑克！」我不由得激動地大聲吶喊。

喊完的瞬間，我意識到面前站的並非傑克。他的眼睛裡，完全沒有傑克的那種親切和讓人溫暖的笑意，而是透著貪婪兇狠的目光。

「傑克」舔了舔嘴唇，活動手腳，似乎十分滿意這具新的軀體。發覺他冷冷地注視著我，我感覺到靈魂即將出竅的死亡前兆，內心裡卻很平靜。或許是這一晚的經歷實在太慘烈，神經早已麻木，即使面對死亡也沒有太大情緒起伏。

就在這時，那道熟悉的紅光又從「傑克」身體裡迸射而出，化成一條條細長的紅線，掃射河屍的殘塊，發出滋滋的炙烤聲。當紅光掃過我的時候，體內有種奇異的感覺。我清晰地認知身體變得不同，好像有什麼東西被觸發。

「傑克」痛苦地大吼著，雙手帶著狠勁扯著金黃色的頭髮，「姜南，這是我最後能幫你的了！」

是傑克的聲音！

話音剛落，那些紅光重新繞回，在他身邊聚成紅色的光圈，又迅速擴張。砰地一聲，強大的氣流把我衝出好遠，後腦不曉得撞上什麼，頓時天旋地轉，看見的最後畫面是「傑克」赤身躺在地上……

08

後腦一陣鑽心的劇痛！

我勉強睜開眼睛，眼前一堆白影晃來晃去，強烈襲來的暈眩使我忍不住一陣噁心，張嘴吐了出來。

噪雜的聲音帶著驚慌，我的臂彎處一陣冰涼，全身放鬆，不知不覺又睡了過去。

再次醒來時，後腦不再疼痛，僅是木木地發麻。我覺得喉嚨乾渴得如同火燒，四肢就像針扎一樣疼痛。一名帶著口罩的護士急忙按住我肩膀，示意不要起身，又拿著棉棒沾水塗抹著我的嘴唇。

她對我說了幾句話，我沒有聽懂，不過從她的發音判斷，自己應該是在泰國的某間醫院。

水帶來的涼爽讓我的不適舒緩了些，看到渾身纏繞繃帶和手背插著的針頭，使勁回想自己為什麼會在醫院裡。越想越頭疼，卻什麼都想不起來。唯一的印象就是我在中國登上飛機，即將到泰國當交換學生，剩下的記憶一片空白。

我已經抵達泰國了嗎？為什麼我一點印象沒有？想到這兒，我恐慌地從病床上坐起來。

門外傳來急促的腳步聲，進來幾個穿著警察制服的人。其中一個身材不高，皮膚黝黑的員警對我說：「請保持冷靜！」

「我……我怎麼了？」

「您搭乘的巴士在前往清邁的途中發生事故，全車燒毀，除了您之外，其餘乘客無一倖免。根據鑑識組調查，您所坐的位置正好是衝擊力道最強，撞車的一瞬間，您被甩出車體，算是不幸中的萬幸。」在國外，難得能遇上說一口流利漢語的員警，「您能描述一下當時的情況嗎？」

我出車禍了？

劇烈的撞擊讓我喪失記憶？

我茫然地看著員警，搖了搖頭，因為實在想不起到底發生什麼事。

員警一臉失望，「醫生說你的後腦受到撞擊，可能導致記憶紊亂或喪失，有可能恢復，也有可能永遠恢復不了。您現在什麼都記不得？」

我理了一下思路，告訴員警我的狀態，不僅完全想不起車禍當下發生什麼，就連怎麼來泰國的都忘得一乾二淨。

這時候，進來一名醫生，拿著手電筒，扒開我的眼皮照了照。我想起自己眼睛的秘密，急忙躲閃，卻被護士和員警壓制住。

可是醫生似乎沒發現我的瞳孔呈現紅色，收回手電筒，對員警說了幾句泰語。

他們倆語速極快地交談，還時不時看著我。我被盯得心裡發毛，下意識撇過頭，向窗戶看去。茶色的玻璃清晰地反射著我的模樣，我意外發現自己的瞳孔變成正常的黑色。

床邊還放一張報紙，邊角沾著油，不知被翻了多少遍。紙上的泰文我看不懂，但是對那張圖片有點印象：樹林間的小道上，有一輛撞進山體的巴士，車頭凹進一大塊，地上滿是火燒後的焦痕，還有許多被燒成炭的屍體……

我覺得那張圖似乎少了點什麼，或者說是少了一個人，可反覆思索，依舊記不起來。至於，我爲什麼能夠在失去記憶後，又重新記起這些事，是後來的事了……

每年，世界各地都有遊客搭乘巴士發生交通事故的新聞。這類交通事故，往往以外籍遊客居多，最著名的例子就是斯里蘭卡「空車事件」和泰國「懸車事件」。

在「空車事件」中，旅遊巴士由烏瓦省駛向薩巴拉加穆瓦省，卻在途經一條山路時，不慎掉下懸崖。將巴士打撈上岸，車廂裡沒有遊客的遺體，搜救隊也未在他處發現任何罹難者。

「懸車事件」發生在泰國清萊。一輛滿載外國遊客的巴士出發後，卻沒有抵達目的地，車內所有人都聯繫不上。半年後，一支自助驢友團於萬毒森林邊緣探險，偶然發現一輛巴士懸掛在茂密的樹上，車內空無一人。

第2章

人蛹

在世界著名的旅遊國度，遊客經常在街頭巷尾看到馬戲表演，有扔火棒的、有吞劍的、有扔飛刀的，當然還有許多魔術表演。其中，最吸引人的就是大變活人。

不過，如果魔術師邀請你，或者跟你同行的夥伴參與魔術時，你最好拒絕！

01

在醫院裡，員警反覆盤問了我好幾天，我的記憶絲毫沒有恢復的跡象。倒是作爲唯一的倖存者，我一時成爲新聞人物，常有扛著相機的記者堵在病房門口要對我進行採訪。

關於這點，不得不提泰國人的一個優點，就是禮貌。

記者提出採訪請求，護士總在第一時間徵求我的意見。可我剛經歷車禍，喪失一段記憶，自然沒有心思接受採訪。

照著我的意思，護士向記者婉言謝絕。我隔著門窗，看到記者表情失望，但依然雙手合十，禮貌地向我道別，沒有人在外面偷拍我的照片拿去做新聞。

恢復清醒後，我和清邁大學校務部取得聯繫。幾乎不到半天，校方就派人過來，詢問我是否需要協助，並特許我安心養病，等身體康復再去學校報到。前來探視的那個人還告訴我，如果我是泰國人，醫療費用完全免費，不過也不要緊，校方答應全額負擔我就醫的全部費用。

這種在中國少有的濃濃人情味，讓我異常感動，索性安心養病。唯一有些擔心的是，我幾乎每天都打電話給月餅，但他的手機卻始終處於關機狀態，不知道是不是出了什麼事情。

為此，我與在中國就讀的大學聯繫，那邊說盡速回覆。然而，我足足等了三天，都沒有接到回音。後來，我又打了許多通電話，但都沒有人接。

還有一點讓我不明白的是，我的紅瞳莫名其妙消失了。紅色眼瞳困擾我多年，害我從小就被嘲笑、被當作異類，不知道為什麼突然變成正常的黑色。

住院這段期間，我經常對著鏡子看，越看越覺得陌生，只能安慰自己：也許這次車禍改變了我的某種生理狀態。

之所以有這種的感覺，全因為我的傷口癒合速度出乎意料地快。連醫生都萬般驚訝，居然在十天之內，我就恢復得像不曾受過重傷。

清邁大學接到我即將出院的電話，派來一個叫滿哥瑞（Mangrai）的泰國人帶我到學校。

泰國人的名字也跟中國人一樣，分為姓和名兩部分。不過，排列順序是名在前，姓在後，和中國人的習慣不同，這點倒與西方國家類似。

滿哥瑞是那人的名，姓是賢崩，全稱應該是「滿哥瑞．賢崩」。他介紹自己的名字時，一臉驕傲的神色。

我當下不曉得為什麼，後來才明白，原來西元一二九六年，國王孟萊王在清邁遇見代表吉祥的白鹿，同時出現的還有五隻白鼠，決定在此建立都城。而滿哥瑞正是王族後裔，難怪他介紹自己時掩飾不住傲色。

在泰國，稱呼對方之時，會在名字之前加上一個稱謂。不論結婚與否，在男人的名字前必須加「乃」（Nai）；已婚女人稱為「娘」（Nang），未婚女子則稱「娘少」（Nangsau）。不過，這些稱謂僅限於書面語言的第三人稱，不能直接用在口語上稱呼對方。

假使一般口語中的第二、第三人稱，不論男女，也不論婚嫁與否，一律用冠稱「坤」（Khun），即是先生或女士的意思，以示尊敬。同時，只簡稱名字，不叫姓。以稱呼滿哥瑞為例，我必須叫他「坤滿哥瑞」。

滿哥瑞個子不高，五十來歲，有著泰國人特有的黑瘦、濃眉、深目的特點。鼻樑架了一副金框眼鏡，笑起來，臉腮會不自覺地抽搐幾下。

這幾天，我在醫院養病，順便學習泰語。不學不知道，一學才發現自己的語言天賦如此強大，短時間內就掌握簡單的泰語，也能對上幾句口語。

滿哥瑞幫我收拾行李，辦了出院手續，帶著我擠上一輛撒羅（samlor）。他帶著歉意告訴我，學校的公務車比較少，希望我見諒。

一路上，我觀賞窗外風景，感到非常新鮮。相較於我，滿哥瑞則是長吁短嘆，反覆表示清邁原本不是這樣的。這個被稱爲「北方玫瑰」的城市，具有歷史意義的傳統木造房子已經被鋼筋水泥代替，隨著商業化和旅遊業的高度發展，早已找不到寧靜安詳，人心也都被金錢和慾望腐蝕。

我不以爲然，隨著人類文明的發展，原本舊有建築被替代是必然的過程。清邁以屏河爲界，西半部的老城擴建，綠樹成蔭，空氣特別清爽，連天空都是蔚藍的海洋顏色，加上時不時出現的大象、僧侶，還有各式佛塔，我還以爲自己到了天堂。

滿哥瑞看我對他的話沒什麼反應，多少有些失望。他又指著我們坐的這輛撒羅告訴我，現在就連這種人力三輪車都不多見，早已被裝上發動機的嘟嘟車（tuk-tuks）取代了。

聽罷，我忍俊不禁，心想：這也算是値得懷念的東西嗎？也許我是眞的無法體會一個老人對記憶中那座城市的深沉懷念。

人力三輪車載著我們在來回穿梭，眼前景物忽然一變，低矮的木房和老舊的馬路取代高樓大廈襯托出的繁華。

滿哥瑞眼睛一亮，興致勃勃地告訴我，目前來到的是老城區，這裡才是眞正的清邁。說完，又指著不遠處金光燦燦的尖頂寺廟，問我有沒有興趣參觀清邁最古老的寺廟，清邁寺。

車禍對身體帶來的傷很容易康復，可是對心理造成的影響需要一段時間的療癒，觀光旅遊不失爲一種辦法。於是，我高興地答應了。

滿哥瑞興致高昂，說如果運氣好的話，得到寺院長老的同意，可以觀看菩歇騰塔瑪尼佛像——一尊十釐米高的水晶佛。它是孟萊王建都時，從南邦帶到清邁的，已經有幾百年歷史，除了在阿育塔雅停留短暫時間，一直保存在清邁。四月宋可蘭節，也就是泰國新年上，它還會參加遊行典禮。

下了車，我跟著滿哥瑞走進清邁寺。

他的表情變得莊嚴而虔誠，遙看著寺廟雙手合十，喃喃低語。我看身邊許多泰國人都是這樣，倒是一些跟團出遊的遊客一直嘻嘻哈哈，四處合影留念，和這裡的氣氛格格不入。

看著這個老爺子認眞的態度，我暗自慚愧，又想到還要在泰國待上一段時間，入境隨俗是免不了的，便學著他的方式一路虔誠地拜了過去。

滿哥瑞讚賞地說：「你和那些人不一樣。」

不多時，我們來到清邁寺規模最大的塔——昌龍塔。這座塔約有三層樓高，剛才我看到的金色尖頂，就是這座塔的頂端。整座塔是方形的，塔底由灰泥製的一排排大象支撐。

那些大象雕塑栩栩如生，非常傳神，我正讚嘆泰國人獨具匠心的創造力，忽然瞥見昌龍塔旁邊的灰瓦白牆小屋前聚集一堆人，瞧他們的裝束都是遊客。相較於他們，路過的泰國人皆一臉厭惡，急匆匆地走開。

遊客們倒是時而驚呼、時而讚嘆，亂轟轟的，十分聒噪。看這樣子，他們包圍圈的中央應該有表演。我好奇心起，想過去看看，滿哥瑞卻阻攔我。

我這個人好奇心強，別人越是不允許的事情，越是想摻和。因此，我口中不情願地答應滿哥瑞，脖子卻不由自主地扭向那群人。

滿哥瑞搖搖頭，扶了扶眼鏡，不再勉強我，「想去看，就看吧。只是看了，就別後悔。」

聽到這句話，我如同得了解放令，三兩步走過去，擠進人群裡面。

果然，和我猜想的差不多，遊客圍成的圈子正中央，有個留著絡腮鬍的男人盤腿坐著吹笛子。在他面前，擺著七個大小不一的圓缸，有點像醃醬菜的大罈子。

這橋段挺像印度戲蛇人，只要吹響笛子，蛇就會從蛇簍裡面探出身子，跟著旋律扭動身體。可是，這些缸對於蛇來說，實在是太大，裡面裝的應該是別的東西。

絡腮鬍嘁了口唾沫，吹響笛子，仔細聽，很像人在臨死前淒厲地喊叫。

遊客們滿臉興奮，可能剛才已經看到缸裡面有什麼東西，還有散亂一地的各國鈔票，甚至有些人拿著數位相機、ＤＶ等著。

笛聲的高音部分簡直是一個人遭受酷刑發出的痛苦嚎叫，我聽得很不舒服，也沒了再看下去的興致。正想擠出人群，碰巧瞥見那七個缸裡面，慢慢探出一坨坨腐白色圓形物體。

當那些東西從缸裡探出時，我終於看清楚了。

那是一個個大小不一的人頭。

02

那些缸裡養的，居然是人！

「這是人蛹。」滿哥瑞低聲說道。

這時候，遊客們興奮地大喊大叫，臉上帶著殘忍的狂熱表情。

我的目光牢牢鎖定在缸裡探出的人頭，強烈的噁心和恐懼竟讓我忘記移開視線。

那些人（如果他們還可以被稱為人）頂著光禿禿的腦袋，暗黃色的液體從腦門順著脖子流回缸裡。眼皮深深陷進眼眶，眼珠看來是被挖掉，耳朵則成了兩團紅色的肉坨。鼻子的位置只有兩個黑漆漆的洞，不停向外流著液體，雙唇亂七八糟地縫著線，僅能發出嘶嘶的聲音。

最小的那個缸裡探出的腦袋，比成年人的腦袋小上許多，頭皮還在微微顫動，依照我所知的醫學知識判斷，那是未滿一歲嬰幼兒的頭。

我心裡升騰起一股憤怒，「這是怎麼回事？」

「剛才就告訴你了，看了不要後悔。」滿哥瑞鄙夷地看著那些興奮的遊客，「這些『人』是用屍水養大的。當然，前提是，咱們還能稱呼他們爲『人』。」

來泰國之前，我認眞做了許多方面的功課。此刻，親眼目睹人蛹，使我想起一則不知眞假的新聞。

一對新婚夫婦，選擇到泰國度蜜月。兩人在曼谷街頭逛夜市的時候，看到一群人圍著看魔術表演，一時興起也湊了過去。魔術師精采的表演博得觀衆們的掌聲，和滿地作爲打賞的鈔票。最後，安可的戲碼「大變活人」，魔術師請求圍觀的群衆之中的一個人當表演嘉賓。那對新婚夫婦的妻子滿懷期待地高舉著手，幸運獲選作爲表演嘉賓，丈夫並沒有覺得任何不妥。

但是，問題出現了——魔術表演結束，鑽進木箱裡的妻子不見了……

觀衆哄笑著散場，僅剩下丈夫瘋了似的不斷尋找妻子，並向身邊的人求助。可是根本沒有人相信他的話，反而認爲這是銜接剛才的魔術做出的表演，有些人還豎起大拇指，誇讚他的演技好。

丈夫求助無望，絕望地跪在地上，扭頭發現魔術表演班子不知道什麼時候不見了。他怎麼也想不到，新婚燕爾的蜜月旅行竟變成這樣，決定立刻向當地警方報案，並與大使館聯繫。

之行。

經過嚴密的搜索調查，始終沒有任何進展。時間久了，這件案子也就不了了之。但是，丈夫沒有放棄，回國變賣所有財產，又孤身來到泰國，開始磨難重重的尋妻之行。

他幾乎走遍泰國大街小巷和各種色情場所，揑著妻子的照片，逢人就問。愛情的力量偉大，但是現實更加殘酷，得到的回答全都是否定。

時間一天天過去，他的錢就快花光，他的妻子依然只存在於記憶和手裡那張殘破的照片裡。執著的他還是沒放棄，哪怕淪爲街頭乞丐，靠著殘羹冷飯生存，對妻子的愛念也支撐著他繼續找下去。

直到有一天，他路過一個小村莊，看到馬戲團表演，同時展覽許許多多奇形怪狀的動物：兩條腿的蟒蛇，比貓還大的白老鼠，三隻眼的牛，還有……

還有，好幾個大缸。

那些缸裡裝著奇形怪狀的人，只透出一顆腦袋在外面。眼睛被縫上，舌頭被割掉，牙齒被拔光，耳朵灌了鉛，擺在那裡，任憑來往的遊客指手畫腳。

忽然間，他發覺其中一個缸裡的人看起來特別面熟，縱然臉部被泡得浮腫，但是模樣與令他魂牽夢縈的妻子非常相像。他心跳加速，靠近幾步再觀察，在那人脖子後方見到一個小小的紅色圓形胎記，他的妻子也有一個一模一樣的胎記！

他顫抖著聲音，喊出妻子的名字。缸中的那個人雖被封住耳朵，不知是否愛情產生的心有靈犀，居然轉頭向他看來，嘴裡咿咿呀呀地說著什麼。

錯不了！這正是他的妻子！

突如其來的強大刺激讓他失去理智，不顧一切地衝向前。豈料，很快就被馬戲團的幾個彪形大漢壓制住，且用繩子捆起來。

幾天後，馬戲團來到另外一個村落，人們帶著獵奇的心情觀賞表演，發現其中兩個被裝在缸裡的人，即便五官被毀掉，他們依然面對著彼此，臉上帶著淒涼的微笑……

萬萬沒想到，我居然在泰國最神聖的寺廟裡親眼見到這個，也就是滿哥瑞所說的「人蛹」！

難道他們都是這樣製成的？

眼下，我心頭有一把火，燒得全身血液滾燙，很想衝過去暴打那個吹笛子的人。

就在此時，昌龍塔響起莊嚴的鐘聲，還有僧侶的清幽梵唱，替詭異恐怖的氣氛注入一絲清涼的寧靜。

鐘聲莊嚴肅穆，悠揚迴盪在清邁寺的上空，如同飽含滄桑的老人對玩性尚重的年輕人講述一生的經歷，聆聽者帶著感動頓悟人生的意義。梵唱恰似一溪清澈的涓流，在亂石嶙峋中閃耀著太陽的光輝，洗滌世間眾多的邪惡和骯髒。

遊客都收起觀看人蛹時的殘忍笑容，側耳傾聽這兩種神聖的聲音，臉上漸漸浮現祥和安靜的神態。

吹笛人面色一變，加快笛聲的節奏。笛聲越來越聒噪，又透著森森的陰氣，猶如千萬條毒蛇盤踞在一起，隨時準備吞噬獵物。

受笛聲影響，人蛹拼了命向外探出腦袋，脖子伸得極長，倒真的有點像探直身軀的毒蛇。

這一刻，我的心臟突然跳得飛快，肆無忌憚地撞擊胸腔，渾身似乎被無形的巨手攥得緊緊的，幾乎喘不過氣。我極度不適，彎下腰，嘴裡直冒酸水，腦袋昏昏沉沉。

「怎麼了？」滿哥瑞見我神色不太對。

我根本無法說話，擺了擺手，就當作是回答。

滿哥瑞的目光沒有移開，臉上帶著深深的疑惑。突然，他的眼中閃爍興奮的神彩，叫道：「你對這些聲音有感應？」

03

「我……我不知道……」我胸口緊得很，呼吸困難。

瞧我蹲在地上，雙手死死摳著磚縫，滿哥瑞不由分說地拽起我，拖著我踉踉蹌蹌地向昌龍塔跑去。

此時此刻，我全身軟得像根煮熟的麵條，任由滿哥瑞拉扯著來到昌龍塔的門口。遠離笛聲，情況好多了，那種不舒服的感覺消失了。

我還在大口喘氣，滿哥瑞敲了敲門，對塔裡大聲說了幾句泰語。不多時，門打開一道縫，一名僧侶警惕地看著我們倆，又探出頭往四周望了望，才雙手合十，側身讓我們進去。

進入塔裡，儼然是個塔外完全不同的世界。放眼皆是金燦燦的大小佛像，散發夕陽般的光暈。鐘聲自塔頂傳來，每尊佛像前都坐著一名僧侶，法相莊嚴，拿著念珠低聲梵唱。

只是，他們額頭上冒出豆大的汗珠，有違出家人清修的意味。

「滿哥瑞，你可知道在這緊要關頭擅自闖入，會造成多麼嚴重的後果嗎？」眾多僧侶中，端坐的白鬚僧人睜開眼睛，直直看向滿哥瑞。使我百般不解的是，他說的竟是字正腔圓的漢語。

「阿贊（泰國對僧侶都有特定的稱謂，『阿贊』是弟子稱呼師父的用語），邪惡的人蛹者為了至尊無上的水晶佛，再次來到寧靜的清邁寺。弟子雖然已經還俗多年，但依然是阿贊的學生，只想和阿贊、龍披（即師兄）們共同抵禦人蛹者。」滿哥瑞匍匐在地上，也使用漢語回答。

我不明白是怎麼回事，不過清楚看到滿哥瑞說完這席話，除了白鬚僧人，其餘端坐的年輕僧侶都面露鄙夷，還有人輕輕哼了幾聲。他們好像很看不起滿哥瑞，只是礙於白鬚僧人在場，不便發作就是。

果然，未等白鬚僧人說話，一個大約三十出頭的僧人站起身，半裸露的肌肉高高隆起，指著滿哥瑞說了一連串的泰國話。

話音剛落，梵唱的僧人們都冷笑起來。

滿哥瑞依舊匍匐在地上，一言不發，老臉通紅。他一臉懊悔的神色，全身也輕輕顫抖著。

我看滿哥瑞這麼一大把年紀，卻像被一群貓圍著的老鼠似的瑟瑟發抖，又想到剛才他和白鬚僧人的對話，心裡有些氣不過，「我不知道之前發生過什麼事，不過他既然想幫忙，你們憑什麼嘲笑他？」

「姜南！」滿哥瑞低聲吼道：「不要亂說，這是我應該承受的。」

聽滿哥瑞這麼說，我更加生氣，「男兒膝下有黃金，你一個大老爺們，五十好幾，除了死亡，還有什麼是應該承受的？」

這時候，僧侶中有一人大聲說了幾句話，看來也懂漢語，應該是把我的話翻譯成泰語。聽罷，其餘的僧侶哄堂大笑。

「你不懂。」滿哥瑞抬起頭，瞬間像老了十多歲，深深嘆一口氣，雙眼含著淚水，「我犯了佛門最不該犯的戒律。」

「中國有個和尚，叫濟公，天天喝酒吃肉。他有一句名言『酒肉穿腸過，佛祖心中留』，只要心中有佛，管他媽的什麼戒律！」我對佛教可以說沒研究，只是覺得這群看著莊嚴的僧侶嘲笑我的話，滿哥瑞又一副窩囊樣，全然沒有剛接到我的風度，忍不住把濟公搬了出來。

然而，剛說完這句話，我想起佛教裡最不可饒恕，也是最不容觸犯的一條戒律，心裡一亂，再也說不下去。

「你曾是修行最苦、佛心最堅定的僧侶，可惜……」白鬚僧人依舊用漢語說話，有意無意地看著我，「色戒一犯，再無回頭之日。」

果然和我想的一樣，滿哥瑞犯的是色戒。且不論佛教，就是在任何一個國家，「好色」這兩個字絕對不會是用來誇獎人的褒義詞。

「阿贊，弟子知錯了。這些年，我一直懺悔磨練，再不是當年的我了。就讓我爲寺院奉獻生命吧！」滿哥瑞竭誠地表示決心，又道：「而且……我帶來的這個人，對人蠱笛聲有強烈的感應。他就是我們要找的那個人！」

「用黃鐘梵音對抗人蠱笛聲的時候，我已經感應到了。」白鬚僧人做了個要站起來的姿勢，旁邊的僧侶連忙扶著他站起。

直到現在，我才看到白鬚僧人的左腿其實是一根木棍，向上延伸至僧袍裡。

「五十年了……沒想到這次竟然又是一個中國人。」白鬚僧人微微笑著，「可是，他沒有紅瞳。」

04

紅瞳！

白鬚僧人脫口而出的兩個字狠狠砸來，讓我的心臟劇烈抽搐了一下。

幾乎是同一時間，所有僧侶收斂笑容，齊刷刷地望向我。十幾道目光像一把毛刷，在我身上刷過來又刷過去。我不習慣被別人這樣看，腦中思索著紅瞳的事，有些焦慮地站立在原地。

「呲……呲……」那要人命的笛聲又響了起來。

這會兒，佛像居然在笛聲的影響下，微微顫抖，抖動的頻率和笛聲的頻率完全相符。說得再搞笑點，這些佛像宛若跟著笛聲起舞。

我又開始覺得呼吸困難，心跳加速，兩腿也不受控制地發軟。我再也支撐不住，摔倒在地上，大口喘著粗氣。視線變得模糊，眼前白茫茫一片，只能拼命伸出手在空中虛抓著。

慌亂間，我抓住一截乾硬的東西，緊跟著一股非常舒服的暖流從手掌傳遍全身。我緩慢地恢復平靜，再睜開眼時，才發現手裡握著的是白鬚僧人枯木般的右手。

其餘的僧侶則恢復我剛進塔時的模樣，每個人的額頭密密麻麻佈滿汗珠，嘴裡高聲梵唱。

「我也是中國人。」白鬚僧人慈祥地看著我，眼裡透露說不出的感慨，「我謹遵師訓，尋找對人蟲笛聲有感應的人……五十年後，又等到一個中國人。」

這裡所發生的一切，已經完全超出我的知識範疇，根本不知道該說什麼。但是，我可以從他的表情，看出「大難臨頭」的意思。

「來不及多說了，滿哥瑞，頂替我的位置。」白鬚僧人語速變得極快，「我有事要做。」

滿哥瑞全身一振，不知是驚是喜，「阿贊，我……」

「忘記你剛才說的話了嗎？」白鬚僧人眉毛一揚，指著先前坐的蒲團，「快去！」

在這期間，他的右手一直握著我的手，那股暖流持續不斷地湧入我的身體。滿哥瑞幾步跑過去，盤腿坐下，雙手合十，開始吟誦佛經。

「不要覺得奇怪，這是宿命。」白鬚僧人鬆開手，雙手的大拇指頂著太陽穴，食指相抵，在額前擺出一個三角形。當他再鬆開手時，一雙火紅色的眼睛閃現刺眼的光芒，刺得我幾乎睜不開眼睛，「佛光舍利，紅瞳降臨。人蠱笛聲，了然如塵。」

白鬚僧人爆聲喝道，整座佛殿迴盪著嗡嗡聲響。僧侶們面色凝重，梵唱的音調提高不少，抖動的佛像卻恢復平靜。

就在此時，地面像是平靜的湖扔進了一塊大石，產生奇異的波紋。這種韻動越來越劇烈，一尺見方的青石板一片片掀起，又依次落下，發出驚人的碰撞聲。

僧侶們也如同暴風中的一艘艘小船，隨著地面的起伏上下顛簸。有一尊佛像的座基迅速龜裂，縫隙騰出陣陣塵煙，最終失去平衡，不偏不倚地砸中一名僧侶。

濃稠的血花隨著碎肉和斷骨從佛像空隙中擠壓而出，飛濺到其他僧侶的身上，也在牆壁上留下怵目驚心的慘烈血跡！

這下一名僧侶再也忍不住，睜開眼睛，大喊著站了起來。他臉上極度猙獰，胡亂揮舞雙手，向塔門方向逃去。

說時遲，那時快，地面裂了一道半米寬的縫，碎裂的青石磚垂直豎起，從中竄出兩道灰白色的影子。它們抱住逃跑的那名僧侶，硬生生把他拖進地底，接著縫隙便迅速合併。

地面持續驚濤駭浪的起伏狀態，我站不穩，身體失去平衡，重重摔倒在地上。豎起又落下的青石磚尖角頂得後背劇痛不已，但眼前這幕畫面極爲慘烈，且萬般詭異，內心的驚恐甚至超越身體的疼痛。

僧侶們都停止梵唱，面露驚懼地望向白鬚僧人，有人雙腿打擺子似的抖個不停，褲襠一片濕，想站卻又不敢站起來。

這個當下，昌龍塔裡充斥著鮮血的濃腥味和尿液的騷臭味。唯有滿哥瑞，在驚變中不動如山，依然莊嚴肅穆地吟唱佛號，根本不受任何外界任何干擾。

見狀，白鬚僧人長嘆一聲，「佛心，什麼是佛心？沒想到苦修多年，能堅持到最後的，居然是一名犯了色戒、被逐出門的弟子！這究竟是孽，還是緣？」喃喃說罷，又問：「外面有幾個人蛹？」

05

我歪歪扭扭地爬起來，雙腳牢牢踩實地面，好讓自己不再摔倒，結結巴巴地回答，「七……七個。」

「七個！」白鬚僧人不起波瀾的臉龐終於有了變化。他雙目圓瞪，眉頭緊緊皺成個疙瘩，那雙紅色眼睛幾乎要噴出烈火。

「砰！砰！」

又有兩尊佛像的座基斷裂砸下，幸好這次沒有砸傷人。佛像滾動的時候，地面又裂開大縫，直接把佛像拖進地底。

我實在忍受不了這種完全不知道什麼狀況，卻又莫名其妙置身其中，大聲嚷嚷著，「到底是怎麼回事？」

「如果這次能活下來，我會告訴你的。」白鬚僧人抬頭看了看塔中央的如來佛像，它單手豎在胸前，另一隻手橫放，上面托著個一尺見方的木箱，「希望你能把它取下來並打開。」

長時間經受上下顛簸，我胃裡陣陣噁心，「我爲什麼要取下那個木箱？這一切和我有什麼關係？」

「這是宿命。」

「去你媽的宿命！我不過是一個普通的交換學生，來清邁大學讀書，不是爲了幫你拿那個破箱子！再說，你自己不會拿嗎？爲什麼要我去拿？」我憤怒地吼著。

實際上，我心裡還有一個顧忌：我再怎麼愚蠢，也明白今天這件事情兇險異常，且必定和我脫不了關係。同時，我也發現了，僧侶雖已方寸大亂，但是沒有一個人敢離開蒲團。聯想那個逃跑的僧侶和佛像被拖進地底的畫面，我用膝蓋猜也猜得到，只要隨意亂動，絕對會落入同樣的下場。

換言之，外面控制人蛹的吹笛人看不見昌龍塔裡的情況，可對方不曉得藉由什麼法門，能夠感受到移動的物體，得以利用灰白色的影子，把目標拖進地底。

假使我跑去取木箱，等同處於移動狀態，踏入隨時喪命的險境。白鬚僧人看上去道貌岸然，卻要我去做如此危險的事，我實在無法接受。

「只有對人蠱笛聲有感應的紅瞳者，才能躲開對方的『搜地聽音』。依據我的推斷，他現在應該懷裡抱著一根木棍，耳朵貼在上面聆聽。」白鬚僧人看出我的膽怯，說了幾句解開我的懷疑。

經他這麼一講，我記起方才匆匆一瞥，那個吹笛子的人懷裡確實抱著一根木棍。那時候，我還有些納悶，心想難不成是個盲人。

然而，我沒有即刻踏出腳步，而是反問一句，「你也是紅瞳，也對笛聲感應，爲什麼不自己去？」

白鬚僧人的紅瞳散發紅色光暈，使他光禿禿的腦袋籠罩上一層紅紗。倘若眼下不是身在這種境地，我一定會覺得特別滑稽，禁不住朗聲大笑。

「我去過一次，失去了一條腿。」白鬚僧人拍了拍左腿位置的那根木棍，「水晶佛只能由我們打開，且一生只能打開一次。」

看著他用來代替左腿的木棍，我不由自主地打了個哆嗦，遍體生寒，「如果我拒絕呢？再說，我又不是紅瞳。」

「那麼，延續千年的佛蠱之爭終於告個段落，我們也都會死去。」白鬚僧人苦苦一笑，「每隔十年，就會有一次佛蠱之戰。本來，我們不需要通過水晶佛就可以應付，可這次蠱族竟湊全『七人蛹』，難怪抵擋不住。」說到這兒，他又補充幾句，「何況，你是不是紅瞳，自己不知道嗎？在最危險的時候，又出現一個紅瞳者，難道不是宿命嗎？」

其實，我已經相信他的話，眼前這種情況也讓我不得不信。此刻，我離木箱不到十米，可這短短的距離或許是我一輩子最危險的路程。照目前的形勢，缺胳膊斷腿已經算是運氣好的……

想到這裡，我不免又有些膽怯……

轉念再想，反正橫豎都是死，搞不好還有活命的機會。於是，我下定決心，咬了咬牙，大腿、小腿的肌肉繃得緊緊的，準備用最快速度衝過去。

哪知白鬚僧人忽然伸手拽住我，「等等！」

我憋著一股氣，卻被他生生拽住，就像一拳猛擊出去，卻沒有打到任何東西，胸口悶得非常難受。

但是，我還來不及表示疑惑，又或者抗議，就明白他爲什麼攔住我了！

塔壁的牆根處鼓起幾個圓鼓鼓的大包，肯定有東西從地下鑽了進來，才會在地面弄出這個樣子。那幾個圓包如同活物，往塔中央聚集，擋在我和如來佛中間。

我越看這個形狀，越覺得眼熟，仔細數了數，共有七個圓包。

它們大小不同，最大的足有半個人高，最小的只微微凸出地面一點。一鼓一鼓的，隨時都有可能破土而出。此外，被頂起的青石磚向外滲著淡黃色的黏液，並伴隨著一股惡臭。

「這是人蛹？」我想起在外面看到的七個缸，裡面裝的大小人蛹數量，剛好對上現在眼前所見的鼓包。

「對，一共七個！而且，排列出北斗七星的形狀。」白鬚僧人眼中終於透出一絲恐懼，「難道佛祖舍利今天眞的會被蠱族奪走？」

我已經來不及問佛祖舍利是什麼了，眼看著鼓包頂端的土慢慢向兩邊傾落，從中探出一隻隻白骨嶙峋的手，僅覆蓋薄薄一層人皮。然後是胳膊、泡得腫大的腦袋、肩膀，最後七個人蛹全都鑽出地面，靜靜地站在我面前，發出嘶嘶的叫聲。

這是絕對是我從沒想像過，且令人作嘔、肝膽俱裂的場景！

人蛹一絲不掛，滴淌著黏稠得像蜂蜜一樣的液體。他們有的因爲腐肉相黏，又新生組織，雙腳相連在一起，下半身跟海豚沒兩樣；有的渾身密密麻麻佈滿芝麻大小的肉粒；有的肌膚像魚鱗似的裂開一道道細細的口子，露出粉紅色的肉。

看著這畫面，我忍受不住，彎腰作嘔，卻只能吐出幾口酸水。衆多僧侶終於頂不住這強烈的視覺刺激，不知誰當先喊了一聲，紛紛向塔門衝去。

唯一彷彿置身事外的人，就是滿哥瑞！

他依然認眞而虔誠地坐在蒲團上，專心吟唱梵音，奮力抵抗著。只是，他的眼睛、鼻子和嘴巴都流出鮮血……

隨著僧侶集體逃亡，七個人蛹抽動著鼻孔，嗅了嗅空氣，準確無誤地撲向他們。不消片刻，僧侶們都變成一截截殘肢和斷裂開來的軀體，血泊中還散落著各種內臟。

瞧白鬚僧人根本沒有出手救援的意思，我歇斯底里地大吼大叫，「你爲什麼不救他們？」

「我無能爲力……人蛹衝進塔內，代表我們的法陣已經被破。我們敗了……」白鬚僧人淌下渾濁的淚水，順著層層皺紋沾在鬍鬚上，「滿哥瑞，你已經盡力了！你沒有辜負你的姓氏和名字！」

滿哥瑞苦笑著說：「阿贊，對不起，我只能做這些。」

「一定有辦法的！」我看著重新回到原位的人蛹，恨不得有把機關槍，噠噠噠一通胡亂掃射，把它們統統打死。

那些人蛹仍然吸著鼻子，試圖從空氣中辨別出任何不同，開始搖搖擺擺地在塔裡來回走動，找尋殘餘的目標。其中有一個幾乎和我肩對肩撞上，我立定在原地，略一側肩，穩穩地讓了過去。

濃烈的屍臭撲面而來，我忍不住咳了幾聲，人蛹卻沒有聽見。我發現它的脖子上有一塊小小的圓形紅色胎記，身後總有一個略高的人蛹緊緊跟著。

這下我略微懂了些！人蛹完全聽不見聲音，是依照塔外的吹笛人對塔內物體落地或奔跑的聲音做出的指示進行殺戮。

我們說話，吹笛人是聽不到的。

「你剛剛的猶豫耽誤了最佳時機。」滿哥瑞隨意地用手抹去臉上的鮮血，「若你在我們佈下法陣的時候，打開木箱、取出水晶佛，讓舍利聖光照耀，我們必勝無疑，可惜……」

看著滿地的死屍，我的內心又酸又苦，難不成是我的優柔寡斷，讓這些人白白死去？可是換做其他人，有誰能在這種超出正常認知的範疇下，依舊保持冷靜呢？

我維持一動也不動的姿勢，人蛹繼續安靜地搜尋，彷彿方才修羅地獄般的殺戮和它們完全無關。滿哥瑞看上去已經耗盡所有精力，萎靡不振地坐在蒲團上。而白鬚僧人微微仰起頭，雙目緊閉，不甘心地握緊拳頭。

「滿哥瑞，不能怪他……」白鬚僧人靜默半晌之後，說道：「這是劫數，誰也逃不了。」

「阿贊，我知道。」滿哥瑞的聲音變得微弱，越來越沒有生氣，且不再動彈。

滿哥瑞死了？

這個對我來說，是天大的打擊！

雖然我和滿哥瑞認識的時間不長，但他是我在泰國最熟悉的人。一路上，他對我十分照顧，我也滿欽佩認同他的人品和談吐。

我深吸一口氣，讓狂亂的心跳恢復平靜，仔細觀察人蛹和周圍的一切。

一定有辦法！

我一定有辦法衝過重重人蛹獵殺屏障，打開木箱，取出那該死的水晶佛！

我是一個孤兒，從小沒有什麼朋友，也很少被別人尊重，遑論像現在這樣被寄予厚望，去完成一個不可能完成的夢想。縱然其他的僧侶都已經死了，可我還能感受到他們的靈魂懷著滿腔熱血地看著我，等我替他們實現生前最後的希望。

我要爲滿哥瑞報仇！

我的血很熱，熱得近乎要燃燒起來！

只要有耐心，一定有辦法！

我認眞地看過身邊每一樣東西，最後目光停留在白鬚僧人身上。

我發現要找的東西了！

「阿贊！」我一個字一個字地說：「我有一個辦法，可是得向你借幾樣東西。」

06

「真的？」白鬚僧人眼睛一亮，燃起希望之火，「若能保住水晶佛和舍利，就算要我這條老命，你也大可拿去！」

「不，我只要你身上這個東西。」我嘴角勾著微笑。命，只有一條；機會，只有一次；搏，只有一擊！

一擊必勝！

我指著白鬚僧人胳膊上套著的一圈圈銅環，說道：「阿贊，我需要你把這些銅環同時扔出去。當銅環一個個落地，人蛹察覺到聲音追過去的時候，就是我打開木箱的最好時機。」

聽罷，白鬚僧人沒有言語，低頭看著手臂上的銅環。

我著急起來，「阿贊，時間不多了！」

「只有六個。」白鬚僧人低聲說道。

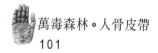

「什麼只有六個？」我發現白鬚僧人德性深厚，應變能力卻不敢恭維。

「我是說手上只有六個銅環。」白鬚僧人已經一一摘下銅環，在手心摩挲著，「我和你的身上，已經沒有更沉重的東西能發出引起人蛹注意的聲響，除非……」

說到這裡，他猶豫了一下，不過我瞬間明白他要做什麼。

「阿贊，你不能那樣做！」我看著他那條因戰鬥而換成木棍的左腿，「我還不知道打開木箱之後該做什麼。」

「你只需要打開木箱就行！」白鬚僧人剛說完，就把手中的六個銅環向各個方向遠遠扔出，撞上塔牆，叮叮噹噹落了一地。

人蛹餓狼般四肢著地，循著銅環落地的方向，一邊跳躍著，一邊爬了過去。最小的那個人蛹，肚子還拖著半條臍帶。

「快去！」白鬚僧人喊了一聲，沒等我再多說，準備向反方向跑，以便分散人蛹的注意力。

「阿贊，我來！」一個人大吼著，從我們倆中間大步衝出去。他每一步都故意踏得很沉重，果然成功吸引所有人蛹的注意力。

是滿哥瑞！

他還沒有死！

他用盡最後一點的力量，就爲了替我爭取時間。

到底是什麼樣的信仰、是何種信念，讓他被驅逐這麼多年，還能夠義無反顧地捨生取義？

這一刻，我鼻子發酸，熱血上湧，不多想便向如來佛像衝過去。我知道，在人蛹還沒抓到滿哥瑞之前，就打開木箱，應該會有好的轉機。

這短短十米的距離，或許只要一兩秒，可這一兩秒卻如同千年那麼漫長。起跑前，我的手筆直向前伸，爭取在第一時間觸到木箱。

關鍵時刻我無暇顧及滿哥瑞和白鬚僧人的狀況，這個時候，我越專注，對他們越有幫助。

還有五米、四米……

三米、兩米……

一米！

我的指尖觸及木箱，古老的木紋質感傳到手中，興奮得心臟怦怦狂跳。

終於拿到那個木箱了！

然而，我把木箱搶到懷裡時，心裡卻是一沉。

木箱居然沒有蓋子，渾然一體，完全看不出有縫隙，又或可以開啓的地方。

我剛想把箱子摔在地上，一旦木箱破開，裡面的水晶佛和舍利就得以顯露，人蛹也會循聲找來，一舉兩得。我卻發現自己的手和箱子連在一塊，猶如箱子本來就是手的一部分，甩也甩不掉。

正當我不知所措之際，木箱忽然亮起一圈微弱的彩虹光芒。接著，砰的一聲輕響，箱子自動彈開，一道白光從中衝出，明亮而不刺目，塔內頓時充盈祥和的白光。

白光發源處，是一尊十釐米大的水晶佛像，周身散發微綠的柔光，端端正正地擺放在木箱的正中央。它小小的右手好像鑲嵌一塊白色東西，和整尊透明的水晶佛格格不入。

這時候，一團碧綠色的光點在水晶佛體內流轉，光芒越來越盛，最終停在右手那塊白色東西上，凝聚成黃豆大小的亮點，異常明亮。緊接著，那個亮點向核心收縮，又倏地爆開。

剔透的綠光從木箱中綻放，我如同墜入草原，眼前所及綠茫茫一片。在這片碧綠色中，我清楚感受到光芒穿透手掌，仔細看時，詫異地發現自己的手成了白骨，旋即身體被綠光穿過的地方，也都變成沒有皮肉的骷髏架子。

我心裡一驚，手一鬆，木箱應聲落地。水晶佛從箱裡緩緩升起，飄浮在半空，慢慢向塔中央飛去。

我仰起頭，目光緊隨水晶佛，心裡意外感到很平靜。我感覺它似乎在對我說話，又像對著我微笑。

之後，它在空中停住，綠光灑在塔內的每一個角落。

我就這樣忘記時間，忘記煩惱，癡癡地站立著。不知過了多久，我才回過神，想起當前面對的危局，連忙向白鬚僧人和滿哥瑞看去。

「啊！」當下我忍不住喊了出來。

白鬚僧人站著的地方，分明豎著一副骷髏架子，左側大腿骨斷了半截，下面連著一根木棍。

在他身後約莫四、五步的地方，一群大大小小的骷髏擺出各種撲抓的姿勢，其中有兩具骷髏的手緊緊握在一起，衝向中間另外一具骷髏。此時此刻，無數道綠光像藤蔓般捆縛所有骷髏，使這個恐怖絕倫的畫面定格。

我驚詫地張大嘴巴，低頭看了看自己，衣服、肉軀不知何時消失無蹤，僅剩森森白骨，被綠光映照成翠綠色……

「五十年前，我曾經親歷這些。皮囊是身外之物，唯有骨才是人之根本。」那具應該是白鬚僧人的骷髏，上下牙床碰撞著，「謝謝你，保住佛祖舍利接下來五十年的安全。還有，你即將看到更恐怖的事情，做好心理準備吧。」

07

水晶佛散發出來的綠光逐漸減弱，慢慢地轉爲乳白色，彷佛濃霧瀰漫昌龍塔內。同一時間，所有的骷髏都產生奇異的變化。骨骼之上緩慢長出暗紅色的虛肉，隨著光芒暗淡，虛肉變得越來越清晰，增長速度也加快。筋肉宛若蚯蚓糾纏在一起，纏繞著骨骼滋長，一層一層覆蓋。

骷髏架子原本空蕩蕩的胸腔裡，憑空生出心臟、肺、食道這些器官，腹腔內白花花的腸子也清晰可見。

我低頭看著自己的身體，細如蛛絲的神經叢迅速滋長……親眼目睹自己由一具骷髏變成有血有肉的人。

這種感覺難以用隻字片語形容！

我是學醫的，上過人體解剖課，可現在的情形大大超出我能接受的範圍。

不一會兒，白光消失，塔內的所有人都恢復正常的身體。我這才醒悟過來，水晶佛的綠光不是消除我們的肉體，而是我在這種奇異的光芒下，看不見除了骨骼之外的東西，類似於照射X光的作用。

此時，白鬚僧人的身後，所有的人蛹都圍著滿哥瑞。奇怪的是，那些人蛹一動也不動，像是失去了生命。

滿哥瑞被圍在人蛹中間，目瞪口呆地看著一切，「阿贊，這是怎麼回事？」

「佛光普照，一切邪魔都無所遁形。」說罷，白鬚僧人感激地對我笑了笑，「謝謝你，幫助寺院渡過五十年來最大的劫數。」

我瞥見水晶佛在半空晃了晃，急速墜落地面，想伸手捧住，可是已經來不及了。

「完了！」我下意識閉上眼睛，不願看見水晶佛摔得粉碎的樣子。

匡噹一聲，我緩緩睜開眼，水晶佛落在地面上，青石板被砸出一個小坑，好幾條裂痕向外延伸。

出乎意料地，水晶佛的質地竟然如此堅硬。對此，我不禁暗自慶幸是好的結果，不然忙活半天，最後水晶佛摔碎了，那就眞的白忙一場。

「阿贊，水晶佛怎麼了？」滿哥瑞直勾勾地盯著水晶佛，疾步越過人蛹的包圍圈。

我忽然覺得滿哥瑞的表情不對勁，完全沒有方才那種大義凜然的虔誠，像是換了一個人，眼神貪婪地看著水晶佛。

白鬚僧人正對著如來佛像唸著什麼，背對著滿哥瑞，沒有發現他的變化，「這些人蛹和塔外的控蠱者早已喪失人性，佛光洗滌世間邪惡，他們自然是死了。而水晶佛的佛光消耗殆盡，必須等待十年才能恢復往常。不曉得下次劫數到來，我還在不在世間……可惜，跟我一心修佛的同門佛心不堅……」

說到這裡，白鬚僧人仰頭看著塔頂，努力使眼眶中的淚水不滾落。

「那也就是說……」滿哥瑞陰惻惻地笑了，「再沒有人能阻止我囉？」說著，他已經走到水晶佛旁邊，把佛像捧在手裡，伸出舌頭往佛身舔舐，「我們蠱族等這一天，等了千年了！」

滿哥瑞是蠱族！

他和外面的控蠱人是一夥的！

「什麼？」白鬚僧人渾身一震，倏地轉過身，滿臉詫異地看著滿哥瑞，「滿哥瑞，你……」

「我？」滿哥瑞嘴角勾起冷笑，「我還是當年那個犯了色戒的滿哥瑞呀！阿贊，怎麼，你不認識我了嗎？」

我起了一身的雞皮疙瘩，打從心底騰升起一股無法形容的恐懼。

世界上最恐怖的事情，就是最信任的人突然變成最危險的敵人。

人心，是最恐怖的！

「你在醫院昏迷的時候，我就已經去看過你了。醫生告訴我，你剛被送進醫院時，翻開你的眼皮檢查眼球感光程度，發現你的瞳孔是紅色的，隔天卻恢復正常。醫生也無法解釋這種現象，含糊地告訴我可能是因爲瞳孔充血。但是，我知道機會來了，所以提前發動佛蠱之戰！」滿哥瑞高舉水晶佛，「現在，佛祖舍利終於是我們蠱族的！」

「滿哥瑞！你怎麼能背叛佛門，投身蠱族？」白鬚僧人顯然無法接受這個事實，氣憤得厲聲質問。

我再次確信自己的判斷——白鬚僧人的應變能力太差了。這種情況下，不想著如何應對，不停地質問有屁用？

只是面對如此戲劇化的轉折，我也不知道該怎麼做。想了想，反正人蛹都已經死去，滿哥瑞不過是一個五十多歲的半老頭子，我赤手空拳與他肉搏，肯定不會吃虧。

08

「可惜了我培養這麼多年的人蛹！由於提前發動戰爭，他們沒完全煉製好，還留著生前最強烈的意識……到死還裝恩愛！」

滿哥瑞捧著佛像，厭惡地踹倒手握在一起的兩個人蛹，又恨恨地看向白鬚僧人。

「阿贊，當年我經受色誘考驗失敗，是你毫不留情地把我逐出佛門，可不是我主動背叛的。你知道嗎？對我這種身上流著王室血統的人來說，這是多麼大的恥辱！我被人們嘲笑，連下等身份的小孩都敢對我扔石頭，他們也不賣給我任何東西。我就像一條流浪狗，每天在垃圾堆裡撿東西吃。我當時的絕望，你們這些天天接受供奉的傻瓜怎麼可能感受得到？就快餓死之際，我認識了蠱族的傳人。他們給我吃的，給我喝的，像父親一樣照顧我，又給我信仰。如果不是他們，我根本不可能活下來！」

「你們佛門壓制我們蠱族近千年，難道你們就是對的嗎？蠱族先祖學習那本蠱書，爲受苦受難的人看病，用的方法是有些偏激，可總比你們什麼也不做要好！只知道天天誦佛念經、讓老百姓忍受苦難，這樣有什麼用？能改變什麼嗎？他們好意的行爲被發現，卻被活活燒死！這是一向慈悲爲懷的佛門應該做的事情嗎？你們……你們其實什麼也不會！看到我們蠱族越來越得到百姓的信任，影響佛教的地位，才誣賴蠱術是邪惡的，想要扼殺所有的蠱族！」

聽著這番話，我想起飛機上那個女孩對我說的「人皮風箏」，難道她所說的一切都是眞的？徒弟學習讒官女兒遺留下那本蠱書上的蠱術，後來被師父發現，慘遭到焚身的命運？

不過，我覺得滿哥瑞說的有些道理……

世界上任何事情，既然存在，就有存在的意義。

哥白尼提出的「日心說」，撼動教廷處於統治地位的「地心說」，也落得被燒死的下場。

這種帶有精神教義的事情，本來就很難判斷誰對誰錯。能證明一切的，只有時間。

「滿哥瑞……」白鬍僧人靜靜聽他講完，才苦笑著說道：「當年，你並沒有犯色戒，而是……而是你們皇族血統的人必須經受的歷練。沒想到，你如此偏激，誤入蠱族。在我之前的住持，身份是皇族後人。除了我，歷代住持都是皇族血脈！而我，是因爲上次佛蠱之戰，所有的菁英都殞滅，不得已才擔下住持的重任。本來就算沒有發生現在這些事情，我也準備把住持的位子傳給你。」

「你說什麼？」滿哥瑞不敢置信地瞪著白鬚僧人，「你騙我！」

「我說的每一句都是實話！」白鬚僧人挺直身軀，袈裟無風自鼓，接著像氣球一樣脹裂，露出硬實、塊塊分明的肌肉。

「今日，我，陳昌平，現任清邁寺住持，與蠱族一戰！」

直到這一刻，我才知道白鬚僧人的名字叫陳昌平。

「嘿嘿……」滿哥瑞把水晶佛丟到一邊，低頭不停冷笑，黑白相雜的頭髮根根豎起，瞬間變成雪白色。等他再次抬起頭，臉上浮動根根青筋，臉色湛藍，兩根獠牙從上唇刺出，「那就……戰吧！」

我眼前一花，兩團灰影攜著淡淡的氣團，碰撞在一起。由於速度太快，我根本沒看清楚他們做了什麼，只聽悶雷似的撞擊聲不絕於耳，紅色血霧噴濺而出。

我努力捕捉著他們的身形，企圖分辨兩團灰影分別是誰，可全做不到，唯有心驚膽顫地祈禱陳昌平能迅速幹掉滿哥瑞。

驚心動魄的戰鬥持續不到一分鐘，兩團灰影向反方向彈開。陳昌平依然傲立，滿哥瑞則跪在地上，單手捂胸，哇地噴出一口鮮血。

陳昌平贏了！滿哥瑞頭髮恢復正常的顏色，目光怨毒地看著陳昌平。短短一瞬間，他居然滿臉皺紋，像是老了幾十歲，渾身像洩了氣的皮球乾癟下來。

看著這畫面，我感到慶幸，卻又覺得滿哥瑞蜷縮著的模樣實在太可憐。

「我處心積慮這麼多年，沒想到還是失敗了……」滿哥瑞手指扣著石縫，指關節因用力過度變成青白色，破損的指甲流出殷紅的鮮血，順著石縫注入地底。

「邪不勝正。」陳昌平劇烈地咳著，看樣子也受了不輕的內傷，「你的戰力比我高很多，但你心中全是仇恨，是被自己擊敗的。」

「哦？」滿哥瑞扭了扭脖子，關節咯吱咯吱作響，「誰說我敗了？」

話音剛落，陳昌平腳下的青石板忽然寸寸裂開，探出一雙血肉模糊的屍手，拗斷代替左腳的木棍。他頓時失去平衡，整個人重重跌坐在地上。接著，又有另一雙屍手探出，抓住他的右腿猛力一扳。

關節錯位的聲音響起，陳昌平的右腳立刻以奇怪的形狀扭曲向一邊。

隨後，又有許許多多的屍手探出，抓住他的脖子、身體、胳膊。只要那些手稍微一使勁，他就會被活生生撕裂。

我再也無法旁觀下去，三步併做兩步地跑到陳昌平身邊，試圖把掛在他身上的屍手扳開。但是，那些屍手猶如焊在他身上，根本不能移動分毫。

「不用急，等一下就輪到你了。」滿哥瑞扶著膝蓋，搖搖晃晃地站起來，「我需要紅瞳者從水晶佛上取下舍利。在此之前，我會讓你好好活著的。」

此刻，陳昌平被緊緊箍著，動彈不得，憤怒地嘶聲喊道：「血蠱！你什麼時候在塔內佈下屍體的？」

滿哥瑞指著順著石縫流入地底的鮮血，「你忘記剛才那些嘲笑我的師兄弟們都埋葬在塔下了嗎？別掙扎了，告訴我取下舍利的法咒，我搞不好還可以饒你一命！」

陳昌平滿懷歉意地對我說：「對不起，我不能保護你，還讓你承受了不該承受的事情。」

這個當下，我的思緒徹底亂了，明知道沒有用，還是不停扳著緊縛他身軀的屍手。

「我就知道你不會告訴我。」滿哥瑞從兜裡掏出一個小竹筒，拔開塞子，赫然爬出一直五彩斑斕的蜘蛛。牠趴在他的手背，張口咬下，癟癟的肚子不多時被撐得圓亮，

「所以，我早準備好了這個！」

我絕望地看著一切，難道自己得死在這裡了嗎？

可是，我壓根兒感受不到恐懼，短短十幾年發生的事情，一幕幕飛快地在眼前閃過，心裡十分平靜。原來，死亡是這樣子的啊！

就在此時，滿哥瑞身後，有兩個東西動了。

09

它們嘶吼著撲向滿哥瑞，一個抱住他的腿，一個抱住他的脖子。猛地張開嘴，縫在嘴上的黑線都被掙斷，血盆大口露出白森森的利齒，毫不留情地大口咬下。

是那兩個手緊緊握在一起的人蛹！

一塊肉從滿哥瑞的小腿被扯下，頓時鮮血大量噴湧。滿哥瑞承受不住，大聲呼痛，緊跟著喉嚨就被另一個人蛹咬斷。

大股冒著熱氣的血液從人蛹嘴角流下，一抬頭，喉嚨間咕嘟一聲，活生生把肉吞進肚裡，接著又是第二口！

第三口！

第四口！

人蛹宛若非洲草原上捕獲獵物的土狼，用牙齒和利爪獵取滿哥瑞的生命。

同時，緊箍在陳昌平身上的屍手縮回地底，留下一個個黑洞洞的坑洞。我大口喘氣，看著滿哥瑞在地上痛苦地翻滾，被人蛹一口口吞下，直到哀呼聲越來越弱，最終聽聞不見，在兩隻人蛹身下化成一截截碎骨。

一切發生得太突然，以致於我都忘記扶陳昌平坐起來。

陳昌平獨自掙扎著坐起，臉部肌肉不由自主地抽搐，低聲誦念著佛號。

人蛹將滿哥瑞吞噬殆盡，相互望了一眼。雖然他們的眼睛被縫上，我依然能看得出濃濃的愛意。接著，他們倆咧開嘴，微笑著伸出手，互相撫摸對方的臉。動作是那麼輕柔，生怕稍微多用一丁點力氣，會損傷彼此臉上的汗毛。

他們的手從臉上滑到對方肩膀上，繞到後背用力拉拽，拖著已經黏在一起根本無法行動的雙腿，越來越近，直到緊緊擁抱在一起。

「我……愛……你……」我聽到其中一個人蛹的喉嚨發出的模糊聲音。

「我……也……愛……你……」另一個人蛹低聲回應。

他們擁抱定格在永恆的那一秒，如同一尊用岩石雕琢的雕像。我的臉頰兩行滾熱的淚水，流到嘴裡，鹹鹹的。

一切，都結束了。

昌龍塔裡，只剩下我、陳昌平，和那些死去的人蛹，以及滿哥瑞的白骨。

水晶佛在角落裡，平靜地注視發生的一切。

此時此刻，塔內如此安靜，靜得我都可以聽見自己血液流淌的聲音。我吸著鼻子，強忍不斷充盈眼眶的淚水，問道：「阿贊，結束了？」

「結束了。」陳昌平坐在地上，「佛說男女之愛也是慾望，會妨礙佛心的修成。誰曾想，這次卻是男女之愛救了我們。哎，這是諷刺，還是……」

「阿贊，我想知道一切。」我蹲在他身旁，幫他復位被屍手拗得脫臼的右腿。

「你知道泰國的人妖嗎？」

「知道。」

「這一切源自泰國的人妖傳說。」

我幫陳昌平正了骨，用代替左腿的那根木棍輔助，並將衣服撕成布條捆綁固定。陳昌平示意沒大礙，我就盤腿而坐，聽他講事情的前因後果。

西元二〇〇八年，泰國清邁寺附近曾發生強烈的地震。奇怪的是，這次地震僅限於寺廟範圍，造成昌龍塔嚴重損毀，政府不得不進行重新修葺。

據參觀清邁寺的遊客回憶，那天有一支馬戲團在寺院附近進行表演，其中有一段人蛹表演簡直滅絕人性，遭到許多外國和平主義者的強烈抗議，並將照片發佈到網路上爭取支持。

讓人不解的是，負責修葺昌龍塔的施工隊伍，每天都會從塔內抬出類似人形的袋子，且路網上發佈的人蛹照片總會在一夜之間消失。此外，泰國新年宋可蘭節上，都會出現昌龍塔供奉的水晶佛，不知什麼原因，這一年沒有出現。

第3章

紅瞳狼蠱

世界各地都有狼人、吸血鬼的傳說。這些傳說活靈活現，講述人都像親身經歷，但是究竟有幾個人見過呢？也許可以用這樣一句話，既完美又恐怖地解釋……

見過的人都死了！可是，死了的人怎會把故事流傳下來呢？泰國是一個蠱術盛行的國家，稀奇古怪的蠱術只隱藏於黑暗中。其中，有一種蠱術，叫做「狼蠱」。

01

亞熱帶植物叢生的原始森林，遮天蔽日的枝葉擋住陽光。幽暗的環境裡，空氣潮濕悶熱，手腕粗的蔓藤橫七豎八地阻擋著這支隊伍前進的步伐。

「葛布！」為首開路的粗壯漢子留著那年代不多見的光頭，頭皮滿是被枝杈劃出的血痕，臉上最顯著的特徵就是透紅的酒糟鼻。

他把柴刀往腰間一插，摸出軍用水壺，仰頭灌了幾口，空氣裡立刻瀰漫劣質白酒的味道，酒糟鼻更是紅得像要滴出血。

「還要多久才能到？我們跟你去泰國是享福的，可不是在這什麼狗屁萬毒森林裡面當野人！」

葛布是個胖子，不停用手帕擦汗。他遞了根美國煙給酒糟鼻男人，滿臉堆笑，一副市儈商人嘴臉，「王衛國，咱們如果不走這條路，根本出不了邊境。算算時間，應該很快就到了。」

王衛國一手煙一手酒，斜著眼睛，冷笑著說：「我聽說你每年都帶不少人出境，就是沒聽過有人回來的。」

「因為過得好才不回來啊！」葛布臉上的肥肉把眼睛擠成兩條細線。

王衛國看了看無精打采倚著樹幹休息的四人，每個人臉上都泛著長期營養不良的菜黃色，眼看就要支撐不下去了，不由得吼道：「都他媽的精神點！既然我跟村裡保證你們都能過上好日子，你們就要相信我！」

「相信你？」最右邊那個瘦削的年輕人穿著破舊軍裝，上面印著紅五角星。他從口袋摸出煙鍋，塡上煙草點燃，深吸一口，卻被嗆得一陣劇烈咳嗽，「誰知道你和這個泰國人搞什麼鬼！要不是家裡實在沒有飯吃，會跟你來這鳥不下蛋的鬼林子嗎？路上已經死了三個人，不曉得到了目的地之前還要死幾個。」

其餘幾人面無表情，彷彿眼前這件事情與他們無關。

「張傑，從一開始，你就牢騷不斷！那三個人會死確實是意外，和我沒有關係，要怪只能怪他們命不好！」王衛國狠吸了口煙，直到火光燒到濾嘴，才甩手扔掉。

張傑情緒激動，音調提高不少，大聲嚷嚷著，「意外？若說劉奕掉進沼澤是意外，好，那李建軍、周保衛的死也是意外？大家一起睡的，也有守夜的，為什麼隔天早上他們一個被割斷喉嚨，一個失蹤？你不要以為我不知道，葛布給了你五十斤糧票，而我們幾家只給了二十斤！憑什麼你拿得多？」

王衛國灌了口酒，動作粗魯地抹去嘴角的酒，「哦？張傑，沒想到你知道的還不少啊？不過……我記得，李建軍和周保衛死的那一夜，負責守夜的是你！」

聞言，張傑張了張嘴，卻什麼也沒說，只是咬著煙袋悶頭抽煙。

葛布看看這個，瞧瞧那個，笑著打圓場。

王衛國見張傑不再言語，自己氣勢占了上風，故意停頓一會兒，確定再沒人有異議後，才說：「既然這樣，我也不瞞著你們了。沒錯，葛布的確給了我五十斤糧票！我一人吃飽，全家不餓，要那麼多糧票幹什麼？其中的五斤給了咱村的郭寡婦，我尋思你知道這件事，就是從她嘴裡傳出來的。但是，我王衛國今天可以坦蕩蕩地跟大家說，剩下的四十五斤糧票，我都交給村支書，讓他多少給村人多些糧食。咱們村什麼情況，還用我說嗎？何況，你們哪個不是自願來的？既然你們在出發前推我帶隊，我就一定會把你們帶到泰國。到時候，有吃有喝有女人，咱們再也不用過苦日子了！」

一席話說完，王衛國覺得氣氛應該差不多，起碼能讓這四個人有點信心。出乎意料的是，他們還是該幹嘛就幹嘛，完全不為所動。

場面十分尷尬，王衛國沒料到是這個結果，一時間也不曉得該接什麼話。

倒是葛布打了圓場，「各位兄弟，你們儘管放心。到了目的地，你們就知道什麼是天堂。」

「我說衛國啊……」一個三十多歲，頭髮掉了大半的中年人一直在閉目養神，此時緩緩睜開眼睛，兩道精光筆直地射出，「既然大家都出來了，生死由命、富貴在天，沒什麼好說的。我就想問明白一件事，建軍和保衛到底怎麼回事？保衛失蹤……我不敢亂說，可能是吃不了這個苦，又原路跑了。不過，明眼人都知道，建軍是被人殺了。我不是懷疑你，但這件事情若不弄清楚，我看咱們是走不出萬毒森林的。」

王衛國似乎對中年人很忌憚，恭敬地把軍用水壺送到他手裡，「唐叔，關於這件事情，我是真的不知道。我也知道其中有問題，建軍出事的那晚，咱們倆頭前腳後交的班，那時建軍還沒事，最後是張傑守夜。要問，也該問他。」

唐叔灌了口酒，臉上才恢復了點血色，「我知道張傑問題最大，可兇手絕對不會是他！所以，我才問你，你和葛布是不是有什麼事情瞞著我們？」

王衛國愣了愣，偷偷瞟了葛布一眼。葛布還是掛著萬年不變的笑容，笑嘻嘻地點了根煙。

「唐叔，既然說到這個份上，咱們就講開吧！不然誰也不安生！」王衛國嚥了口唾沫，「那天，我守夜，然後換唐叔你。我睡不著，乾脆陪你熬到換班。咱們倆和張傑交班的時候，建軍還沒事。睡醒了，張傑不在，建軍卻死了。隔了老半天，張傑才回來，說是去方便。大家說說，這件事誰問題最大？」

這時，張傑像受驚的兔子般跳了起來，眼睛瞪得滾圓，氣憤地指著王衛國，「我早上肚子疼，去解手，回來……回來建軍就死了。要說有問題的，絕對是你們幾個！」

王衛國紅著眼，一步步向張傑逼近，「你現在是賊喊捉賊嗎？誰不知道在村裡，建軍從小就欺負你？你藉著這個機會把他殺了，也不是不可能的事。」

迫於王衛國的逼人氣勢，張傑後退兩步，背部抵著樹幹，結結巴巴地說：「不是我……真的不是我……」

「不是你，又會是誰？」王衛國從腰間摘下砍刀，拎在手裡掂量著。

葛布噴出一大口煙霧，繚繞的白煙擋住他那張肥滋滋的臉。他收起了笑容，臉帶嘲弄地望著王衛國。

02

除了唐叔依舊有氣無力地坐著，另外兩人都站了起來，猶豫著是否要拉開王衛國。

「張傑是不會殺建軍的。」唐叔雙手撐著地慢慢站起，喉嚨間發出破風箱似的嘶嘶聲，「因爲，他是建軍的親弟弟。」

此話一出，張傑登時像被打了一棍，軟癱在地上，低聲抽泣著。

唐叔站到王衛國和張傑之間，按住王衛國手裡的刀，「衛國，本來我不應該說這件事，村裡也沒有幾個知道，畢竟不是什麼光彩的事。可是，現在不說不行了！還有，我們這次拋家棄子，爲的是過上好日子，眼下出了這件事，大家都小心些吧！建軍的屍體，咱們都看過，脖子有四個洞，像是被什麼東西咬的，肯定不會是人爲。你說對嗎？葛布。」

葛布又堆起滿臉笑容，「咳咳……是啊！以後大家小心點吧！」

「唐叔，如果不找出是誰，咱們都走不出萬毒森林。我憋了好幾天，心裡都快要炸了！」說著，王衛國看向另外兩人。

他們也是同一個村出來的，一人叫陳昌平，另一人叫孫志忠，還是半大的孩子。兩人平時在村裡算是沉默寡言的人，怎麼看也不像是敢殺人的人。

難道問題出在葛布身上？

王衛國很快就否定自己的判斷……

這幾天連續死人，把他夢想穿過國境，跟著葛布過好日子的念頭擊得粉碎。更讓他憤怒的是，對於三個人的死亡，所有人都表現出麻木。又想到臨走前，村長再三的囑託，他就覺得非常愧疚。

眞不知道這次的決定到底對不對。

他想起一個在家鄉流傳的傳說：萬毒森林，活人是不能走進去的。

很久以前，曾經有一群窮人實在熬不住，不顧村裡人的反對，藏進萬毒森林當土匪。過沒多久，有一個人逃了出來，被村人發現趴在村口，奄奄一息。那人渾身是磨爛的肉，一道血跡從遠處延伸至他的身下，腳底的肉已經磨光，剩下腳板碎骨渣子，是死撐活撐硬爬著回來的。

被村人救下時，他已經意識模糊，嘴裡不停地喊著，「水……水……」

當村民把水遞到他嘴邊，他喝了一口，突然清醒了，神情驚恐地喊著，「鬼！都是鬼！」然後大口大口地嘔吐，全是臭氣薰天的爛泥、螞蝗，還有被胃液消化一半的青蛙。

臨死前，他留下一句話，「不要去……萬毒森林……」

此後，萬毒森林成了死亡禁地的代名詞。

這次若非餓得實在沒有辦法，他們幾個也不會聽這個葛布的話，越過邊境，從萬毒森林跑到泰國去。

至於去泰國幹什麼，葛布也說得明白——金三角（現在的稱呼，那個年代還沒有這個專用名詞）地帶需要僱傭軍保護種植罌粟的地盤。

他們就是作為僱傭軍被選上的，當地人很容易被別的組織收買，所以才會每年都偷越國境到他們村裡招人。

「該起身了！」唐叔拍拍屁股上的泥巴，「再不走，恐怕就眞的走不出去嘍！大家都小心一點，我總覺得這一路上除了咱們，還有別的東西。」

也許是氣氛使然，唐叔這句話說得特別陰森，除了張傑依舊像個木頭人，陳昌平和孫志忠都不由自主地打了個哆嗦，滿懷恐懼望向四方。

茂密的森林裡，除了不知名的鳥淒淒地啼叫，就像巨大墳墓般死靜。

難道眞的有鬼？

王衛國膽子再大，也忍不住兩腿發軟。他下意識地看了葛布一眼，發現葛布的容貌好像起了變化。

使勁眨了眨眼睛，再仔細看去，葛布依舊那副笑彌勒的模樣，只是盯著唐叔背影的目光透著說不出的狠毒。

其餘三個人沒有發現這點改變，都跟著唐叔像殭屍一樣往前走。葛布察覺到王衛國再看他，嘿嘿一笑，丟給他一根煙，也跟上隊伍走了。

王衛國拿著煙，忽然覺得渾身冰冷。

他分明看見了！

葛布方才笑的時候，嘴裡冒出四顆淡青色的獠牙！

03

一行人各懷心事，在萬毒森林裡走著。

如此又過了三天，乾糧早已吃完，好在王衛國是獵戶出身，在這座原始森林裡到處都是食材，倒也不用擔心餓著。

張傑誤飲受污染的水，上吐下瀉。多虧唐叔採了鴉膽子（一種草藥），曬乾去殼取仁，再配上野生龍眼肉，很快就改善症狀。最大的問題是，他的身體越來越虛弱，眼看不一定能走出這片林子，於是王衛國紮了個簡易擔架，由陳昌平和孫志忠一前一後抬著。

這幾天，路上艱苦一些，沒發生其他意外。王衛國一改火爆脾氣，除了打獵，晚上幾乎不睡覺地守夜，雙眼佈滿血絲。所有人全靠葛布手裡的一張破舊地圖，白天趕路，夜晚找個乾燥的地方紮營。過度的勞累讓所有人都失去思想，就這麼一步一步往前蹭著。

或許還沒有走到所謂的僱傭軍駐地，這些人都會被神秘的萬毒森林靜悄悄地吞噬，留下一具具被野獸蛆蟲啃食乾淨的枯骨。之後，被落葉埋入地下，成爲熱帶植物的肥料，結出的果實又被另一批人採摘，化作裹腹的食物。

就連葛布也明顯瘦了不少，每次打開地圖時，眉頭都會皺成一個疙瘩，沉思好久才會再次確定方向。

「葛布。」唐叔丟給陳昌平兩顆野果，看著將晚的天色，隨口問道：「你到底知不知道路？」

王衛國開始劈砍野草和灌木，準備騰出個空地讓大家休息。

葛布笑得遠不如前幾天那麼自然，臉部抽搐著回答，「在萬毒森林裡，就算有這張地圖，也不一定走得出去。不過……應該快到了。」

陳昌平啃著野果，將另一顆丟給孫志忠。兩人默不作聲地看著跟死人一樣的張傑，眼裡皆透著厭惡的神色。這個快要死的累贅，消耗他們太多體力，若不是王衛國堅持要抬著他，他們早就把他給扔了。

「如果我沒判斷錯誤。」唐叔冷笑著說：「咱們現在是在萬毒森林的腹地，怎麼會快到了呢？」

聞言，葛布一愣，察覺到自己的失言。王衛國悄悄地走近葛布劈著樹枝，明眼人都看得出來他在戒備葛布。

打從目睹葛布那次相貌上的變化，他心裡就很清楚，這件事絕對不是金三角僱傭軍招兵買馬那麼簡單。想起臨行前村長的囑託，眼看一路走來死了三人，而且從小和他一起長大的建軍死得太蹊蹺，可頭腦簡單的他想不透葛布大費周章誑他們幾個人有什麼用，只好時刻做好防範。

「老唐，你放心，我既然說快到了，自然是要到了。」葛布語氣強硬，把地圖塞進包裡，也不顧地上全是濕泥，一屁股坐下去悶頭抽煙。

「叔，你們先休息吧。」王衛國從腰上別的布囊裡抓出條一米多長的死蛇，扔給陳昌平。

孫志忠架起鐵鍋，舀水生火。陳昌平用樹枝穿過蛇尾巴，倒掛在樹上，拿著磨得鋒利的石片對著蛇尾一劃，雙手抓著裂開的蛇皮往下使勁一拽。哧拉一聲，蛇皮整張脫落，透著粉紅色的蛇身耷拉著。

吃完蛇肉，天色大黑，唐叔端著蛇湯一點一點地餵著張傑。所有人都睏得直打瞌睡，葛布更是早已靠著樹幹睡著，還發出微微的鼾聲。

「衛國，你睡吧。」唐叔餵完蛇湯，嘆了一口氣，「今晚換我守夜。」

王衛國有些猶豫，「唐叔……」

「你好幾天沒休息了，安心睡個覺。」唐叔無奈地搖了搖頭，看著也睡著的陳昌平和孫志忠，「睡吧！今晚就讓我守夜吧。」說到這裡，他又壓低嗓子，「衛國，我覺得葛布有問題，你要好好休息，保存更多的體力！」

王衛國隨即明白唐叔的意思，心裡有些感動。唐叔十多年前才來到村子，靠著有些文化，辦事又穩當，得到了村人的心。這次爲了讓村裡渡過難關，更主動要求前往當僱傭兵。

這會兒，王衛國再不謙讓，找塊地方躺下。或許是太過勞累，不出幾秒，震天的鼾聲就響了起來。

夢裡，他依稀聽到村裡的老爺爺說：「月圓之夜，不要出門，會有怪事發生，野鬼會吃掉小孩子的。」

這個夜晚，恰好一輪滿月掛在夜空，灑著冰冷的光芒。

唐叔從火堆裡揀出一根燒著的柴，點上煙草，有一口沒一口地抽著。在他身後，葛布悄悄睜開眼睛，一絲冷笑掛在嘴角。

四根獠牙，從他嘴裡探出，閃爍著墨綠色的螢光……

一聲淒厲的嚎叫劃破夜空又戛然而止！

王衛國猛然驚醒，這幾天為防不測，休息時他會把砍刀用布條綁在手上。當他睜開眼睛時，驚見葛布正伏在張傑身上。陳昌平和孫志忠迷迷糊糊剛睜開眼，還沒弄清楚怎麼回事。

這時候，葛布蹲伏著，半轉過身，四根獠牙還沾著鮮血。見狀，王衛國暴喝一聲，揮刀向葛布砍去。

葛布臉色大變，慌亂中竟舉起右臂抵擋，「等等……」話音未落，鋒利的砍刀已經劈中，葛布右手掌硬生生從手腕處斷開，噴濺出大量鮮血。一聲慘叫響起，王衛國舉刀要再次劈下。葛布卻顯露出胖子根本不可能有的靈活，向後一躍，從張傑身上跳開。王衛國心裡一驚，想收住刀卻來不及，這一刀不偏不倚正中張傑腹部。

刀鋒劈入肉中，張傑的肚子被豁開一尺見餘的口子，皮肉向外翻轉，幾截斷了的腸子泡在肝臟破碎後流出的黑綠色液體裡。眼看人已經死了，是以沒有血濺出。

王衛國急忙拔出砍刀，沒想到刀刃別在張傑脊椎骨縫裡，一時間拔不出來。這個工夫，就著火光，王衛國也看清楚張傑的模樣，不禁寒氣大冒。

張傑整個人煞白，僅剩一層薄薄的皮貼在臉上，圓睜的雙眼死命向外凸。他脖子上有四個圓孔，像被東西咬著脖子吸乾鮮血而亡。

憶起葛布嘴裡探出的四支獠牙，王衛國不由得一哆嗦，沒想到他居然是吸人血的怪物！陳昌平和孫志忠這兩個半大小孩也看清楚張傑的死狀，嚇得放聲大叫。

「鏗！」刀終於拔出來，但刀刃的部分缺了一角。

王衛國想到，葛布既然能被砍掉一隻手，也沒什麼好怕的。想到這裡，勁上來了，操起刀就追向葛布。

葛布正蹲在地上，從包裡拿出幾根軟綿綿的東西，放在手腕的斷口處，滿頭黃豆大小的汗珠。看見王衛國追來，他急忙擺手，卻疼得說不出話。眼看這一刀就要劈到腦門上，不遠處又傳來一聲淒厲的嚎叫。

這次的嚎叫聲和上一次有了很大的差別，竟像是狼嚎。

王衛國手一抖，刀鋒擦著葛布鼻尖劃過，瞥見有一隻巨大的狼在方圓十米的範圍四處亂撞。

每當這隻狼想衝出去，空氣中好像有個無形的屛障，硬生生把牠攔下。如此試了數次，那隻狼終於停止無謂的掙扎，蜷縮在地上喘氣，暗紅色的舌頭滴著涎水。過了一會兒，牠慢慢站了起來，對著天上的滿月長嚎。

「張傑不是我殺的。」葛布手腕上那幾條軟軟的東西牢牢貼著皮膚，瞬間變粗了不少，「我想救他，可已經來不及了。殺他的是巴頌，是你們的唐叔！也就是你現在看到的那隻狼！」

「不可能！」王衛國四處搜尋，果然不見唐叔的身影，「人怎麼會是狼？」

葛布哼了一聲，把手腕上的東西扯下，順手扔在地上，「我找了它好多年！原來是逃到中國！」

王衛國的目光循著看去，這才知道落在地上的那東西是旱螞蝗。

旱螞蝗分佈於熱帶亞熱帶濕潤地區，以吸食人畜血液爲生，可分泌麻醉劑鎮痛，吸食時不易發現。中國南疆的野山村落裡，經驗豐富的獵人經常用螞蝗當作臨時麻醉藥。葛布顯然也知道這個方法，在手臂關節處摁了幾下，撕破一塊布包紮斷腕，勉強暫時止住血了。

「沒想到我會搭上一隻手。」葛布舔了舔因大量失血而乾涸的嘴唇，陰森森地看著王衛國，「不過，能抓住巴頌，也算值得了！」

人狼巴頌又在無形的圈欄裡暴躁起來，瘋狂地向外衝撞。

這回，王衛國終於看清楚了，有一道淡淡的灰色煙氣圈住人狼。每次碰撞，氣牆就盪出水波紋，卻怎麼也突破不了。

掙脫不了的巴頌越來越瘋狂，在氣牆裡直撞得額頭血肉模糊，最終放棄了，哀嚎著蜷縮在地上。

葛布包紮好斷腕，走到巴頌跟前。那瞬間，巴頌突然暴起，猛地衝向葛布，卻硬生生被氣牆阻攔在半空。

這一撞，又一抹鮮血濺出來。

「你是巴然，還是擊環？」巴頌把頭深深埋進雙腿，嘶啞著嗓子問道。

這分明是唐叔的聲音！

王衛國瞪大眼睛，不敢置信地看著人狼。那兩個半大的小孩徹底嚇傻，互相摟在一起瑟瑟發抖。

05

「你還記得我？」葛布憤怒地吼道：「為了找到你，又不被你發現，我在胃裡養了蚯蚓蠱，又用三個月的時間胖了七十多斤，才改變本來的相貌！」

「時間到了？」巴頌緩緩抬起頭，亂蓬蓬的獸毛沾滿鮮血碎肉，尖耳從中豎起。它長長的嘴裡探出上下兩排銳利的牙，碧綠色的眼睛裡透著悲傷。

「嗯，還有一個月。」葛布嘲笑地看著它，「這是你的宿命，你跑不了的。」

巴頌的目光從葛布身邊略過，王衛國單手拎刀傻站著，兩個小孩子看清它的模樣，竟雙雙昏了過去。此時，它的眼中透著一絲溫柔，醜陋的狼臉擠出一抹苦笑。

「好在我提前一個月，在萬毒森林陰氣最重的地方佈下屍鬼陣，不然哪能困住你！」葛布想伸手摸煙，想起右手已經斷了，倏地回過頭，惡狠狠瞪了王衛國一眼，「不要以為你逃出泰國就可以藏一輩子！族裡早就在你們紅瞳狼人的身上下了金蠶蠱，無論你在哪裡，都會被我們找到。只是時候不到，無須大費周章找你罷了。」

「哈哈哈哈哈！」巴頌狂笑起來，「還眞是煞費苦心！」

葛布摸出另一個竹筒，扒開塞子，裡面傳出窸窸窣窣的聲音。大概是收到感應，一隻金黃色的蠶從巴頌狼頭的爛肉中爬出，探著腦袋在空中嗅了嗅。接著，牠飛快爬到葛布腳下，身體一彈，鑽進了竹筒。

「苦心？」葛布滿意地塞上蓋子，「十年一次的佛蠱之戰，也是咱們部族的最好機會。如果能奪下佛祖舍利，就能破解千年的詛咒啊！哥哥！」

「你還知道我是你哥哥？」巴頌又是一聲嚎叫，「當年要不是我替你承擔狼蠱，現在去參加佛蠱之戰的就是你，不是我了！」

聞言，葛布暴喝，臉上的肥肉也跟著抖動，「誰叫你搶了我最心愛的女人！這就是報應！」

「她……她怎麼樣了？」巴頌身上頓時起了奇異的變化，堅硬雜亂的狼毛隱入皮膚，逐漸恢復唐叔的模樣。

「死了！耳朵裡灌進鉛水，眼睛挖掉，鼻子塞進銅珠，舌頭拽出來和嘴唇縫在一起！封了五感浸豬籠，魂魄出不來，永世不得超生！」葛布一副若無其事的表情，王衛國卻發現，他投在地面的影子正微微發顫。

「弟弟，你知道嗎？」巴頌臉上沾了鮮血和淚水，「她愛的是我，至於她對你的，是像弟弟一樣的疼愛。因為我們擁有紅瞳，必然要有一個人承擔狼蠱……我當年親眼看見父親在佛蠱之戰中死得多麼慘烈，無論是佛教，還是蠱族，都把咱們人鬼部視為異類，他們根本不可能給咱們做人的機會。所以，我替你承擔狼蠱，想你好好活下去。她也在我的苦勸下，嫁給了你。可那一晚，她有了我的孩子。我……我對不起你。」

「你別騙我了！你以為編出這麼一個故事，我就會原諒你嗎？」葛布冷笑著，「一個背叛部族者所說的話，我是不會相信的！跟我回去！」

巴頌雙手緊緊抓著地上的野草，草汁從指縫裡淌出，「我不會跟你回去的。知道我為什麼逃出來嗎？不是因為我怕死，而是我發現部族的一個秘密！欺騙了咱們上千年！我們都上當了！」

葛布將信將疑地看著巴頌，「秘密？什麼秘密？」

「咱們人鬼部是……」巴頌下定決心，「紅瞳之人並不是……」

意外的是，聲音漸漸低了下來。

此時此刻，王衛國已經回過神，豎直耳朵聆聽，卻只見他張嘴，根本聽不見在說什麼。葛布似乎也聽不見巴頌說的話，下意識靠近了幾步。

然而，巴頌的嘴巴已經閉上，頓了頓，滿臉悲戚地說：「你明白了嗎？」

葛布皺著眉，「明白什麼？」

巴頌突然意識到什麼，「誰對你下蚯蚓蠱的？」

葛布也意識到了事有蹊蹺，「難道我還被下了啞蠱？族長爲了不讓你說出秘密，才讓我來找你？」

巴頌打算再試驗一次，嘴唇飛快開闔，但依舊沒有發出聲音。見狀，王衛國打從心底冒出恐懼，有什麼比一個人站在你面前認眞說話，你卻完全聽不到還可怕的呢？

毫無預警下，忽見葛布肥胖的身體晃了晃，仰天倒下。他嗓子的位置迸出一股血雨，一隻癩蛤蟆從裂口處鑽出來，呱呱叫著蹦跳進草叢中。

巴頌也和葛布同樣情形，嗓子裂開個大口，鮮血噴濺向半空，又灑落在地上。

依稀間，王衛國聽見葛布最後一句話，「哥哥，我明白了，對不起！」

「我比你早出生半刻鐘，就註定要保護你一輩子啊！」

說完，巴頌慢慢闔上眼睛……

萬毒森林號稱是世界上最恐怖的死亡地帶，沒有一支探險隊伍進去之後，還能全數活著出來。不過，這種神秘的恐怖氛圍反倒更引起探險家的濃厚興趣。

西元一九八七年，美國著名探險家約克．亨得利率領的探險隊，獲得全球性的大公司的商業贊助，擁有最好的裝備，也集聚最優秀的探險人員。他們信誓旦旦地說要征服萬毒森林，卻在進入萬毒森林的第三天就與基地失去聯絡，遺留下來的最後資訊是亨得利驚恐的喊叫。

「狼……狼……他們都是狼……」

這段音頻，至今仍可以在世界各大探險網站找到。

第 4 章

絕色畫壁

中國有一本講述狐仙鬼怪的書裡，其中有一章《畫壁》，內容是書生在深山寺廟落腳，機緣巧合地進入一個幻境，遇見無數花妖幻化而成的美女，得到所有男人夢寐以求的幸福。

在泰國也有類似的傳説。萬毒森林的最深處，有一個村落住著絕色美女，可以滿足男人的任何慾望……

01

陳昌平說到這裡，嘆了一口氣，閉上雙眼，流出幾滴渾濁的淚水……

我全神貫注，尤其是牽扯到紅瞳，和我緊密相關的部分，自然更加用心聆聽。也許從他的口中，可以知道一些關於自己的身世。

可是，過了良久，陳昌平都沒有再說話。我想催促他講下去，又催不得，心裡抓心撓肝般難受。

這一耽誤，昌龍塔外傳來嘈雜的人聲，還有急促的警笛聲。我心頭一驚，不知是誰聽見塔里的動靜報了警？還有，不曉得塔外的控屍人是否也死了？

「阿贊？」我試探著問道。

陳昌平這才睜開眼睛，對我微微一笑，「在泰國，佛教有著至高無上的地位和權力，每十年的佛蠱之戰，警方都是知道的，而且有一支神秘組織專門處理這些事情。放心，他們會把一切處理好。」

陳昌平說這番話的時候，我回憶著他講的那段親身經歷，發現幾個漏洞，從邏輯上實在說不過去。我隱隱猜到他的眞實身份，忍不住把內心的疑惑問出口，「阿贊，巴頌既然已經逃了，爲什麼還要回去呢？再說，葛布以招僱傭軍爲藉口，巴頌沒有必要參加啊！」

「也許是想見他的愛人吧。」陳昌平臉上的悲戚之色更濃了。

「張傑、建軍那幾個人是誰殺的？」眼下我更堅信自己的判斷，這麼問只是爲了得到肯定的答覆。

「既然你已經預想到答案，何必再多問？」陳昌平沒有回答我的問題，僅從側面肯定我的判斷。

我的臉紅了，「葛布爲什麼要大費周章叫上你們一起去呢？是不是這樣會顯得更像在招僱傭軍？」

「不僅是因爲這點。我後來想了想，招我們去，是爲了給他當食物。」陳昌平用的是「他」，而不是巴頌，「在我們那地方有個傳說，每當月圓之夜，總有壞人被惡鬼咬破喉嚨流乾鮮血死亡。那天之後，我明白了惡鬼不是別人，正是……」

「你的父親！」我擅自接過話，說完又爲自己的唐突有些後悔。

陳昌平苦笑著，「沒錯，巴頌是我的父親。」

「那……」

既然陳昌平的父親是巴頌，他是否去過人鬼部？如此一來，他肯定知道更多關於紅瞳的事情，葛布和巴頌臨死前所說的「千年詛咒」和「人鬼部秘密」也就有答案了。

「不要問我，我不知道。」陳昌平嘆了口氣，「在清邁寺這麼多年，從來沒有人鬼部找過我。我甚至懷疑到底有沒有這麼一個部族……」

我困惑不已，「阿贊，你爲什麼在這裡當上住持？後來又發生了什麼？」

陳昌平定定地看著我，「知道泰國最有名的是什麼？」

「人妖！」我脫口而出。

「知道泰國人妖的由來嗎？」

昌龍塔外的警笛聲逐漸遠去，看來那支神秘組織已經把殘局收拾完畢。陳昌平的聲音在塔內迴盪，繼續向我講述後來的詭異經歷……

02

王衛國手法熟練，用刀剖開一隻刺蝟的肚子，雙手探進去，向外一撕，整隻刺蝟瞬間被剝掉外皮。他把刺蝟皮隨手一扔，取出苦膽丟掉，放到溪水裡清洗。

孫志忠接過刺蝟，從包裡拿出岩鹽磚，敲下一小塊包到刺蝟肚子裡。此外，塞進去採摘的野枸杞、奇異果，用芭蕉葉包緊，最後再抹上厚厚的河泥。

陳昌平事先挖好坑，鋪上一層枯樹枝，再用油棕枝蓋上。兩塊打火石擦碰出一串火花，飽含油脂的油棕枝很快就點燃，冒出藍色的火苗。他接過河泥包著的刺蝟肉，放進火堆後，又在上方架起鐵鍋，燉著泥溝裡摳出的小蝦和熱帶特有的大樹蕈（又稱金福菇，是一種熱帶、亞熱帶大型稀有菇種，實體碩大，蕈肉肥厚嫩白，菇體圓正，營養豐富，味道鮮美，香味濃郁，口感微甜而鮮嫩）。

不多時，鍋裡水湯翻滾，小蝦配上大樹蕈特有的香氣瀰漫。陳昌平從隨身挎包裡摸出乾辣椒，一根根往湯裡丟，愣愣看著鐵鍋發呆。

經歷先前的事件後，僅存的三人心情沉重，誰也沒有興趣說話。更可怕的是，他們在萬毒森林裡迷路了。

好在林子裡應有盡有，倒也不愁吃喝。好幾次險境，也都有經驗豐富的王衛國領著化險爲夷。

回想臨行前的希望，再對比現在的實際狀況，陳昌平不禁暗暗叫苦。如果不是唐叔（巴頌）極力慫恿，依照他的性格，說什麼也不會跟著越境到金三角當僱傭軍。唯獨有一點值得安慰，總算不用愁餓肚子的問題。

「衛國哥，我們能走出去嗎？」孫志忠用樹枝扒拉著火堆，讓火苗燃燒得更旺。

王衛國拿著石子，一顆又一顆地往河裡丟。石子落入河裡盪出漣漪，在河面久久不消……

「昌平，你的眼睛好一點了嗎？」王衛國盯著水紋蕩漾，一動也不動，宛若一尊塑像。

「哥，好多了。」陳昌平揉了揉眼睛，這幾天眼睛生疼，看東西模模糊糊，乾澀得像刀子在割。

「我明白葛布爲什麼要咱們一起來了。」王衛國起身拍拍屁股上的土，盯著那一鍋燉物。

冒著白汽的滾湯，一隻隻熟透翻紅的小蝦隨著切塊的大樹蕈上下翻騰，眼看著就可以吃了。

「哥，我們是食物，對嗎？」孫志忠忽然哭了。

三人誰都沒有說話，畢竟被當成食物這件事實在難以接受，但現實往往就是如此殘酷。準備出來前，村支書收下糧票，把村裡僅剩的兩條臘肉豬腿給他們當乾糧……而他們現在和那兩條臘肉豬腿有什麼區別呢？

誰都沒有心思去想這其中的邏輯關係，唯一的希望就是葛布死後留下的那幅地圖。

這張簡陋的草圖上畫著萬毒森林的大概輪廓。

王衛國並不知道，他手上拿的是世上僅有的一幅萬毒森林的地圖。作爲世界四大神秘森林之首的「萬毒森林」，可見於苗族、瑤族和傈傈族的傳說，也是眞實存在著，是一片至今連具備最先進裝備的冒險家都無法靠近的熱帶雨林。倘如這張草圖流出，絕對是國際探險界裡價值連城的珍寶。

可惜王衛國不懂這些。在他眼裡，這幅草圖看上去就像一條盤踞紙上的巨蟒，上面還標著許多難解的奇怪符號。不過，讓他更不理解的是，圖上除了鬼畫符般的符號，還有許多骷髏頭、蜘蛛、小蛇之類的標示。

憑著多年獵戶的直覺，地圖畫著骷髏頭的標記處應該是目前的位置，而距離最近的下一個標記是一顆人頭。

草圖歷經的年代久遠，那個頭像變得模糊，但依稀能看出是個女人的腦袋。

說實在，他們村距離泰國不遠，多少也聽老人口傳許多來自泰國的傳說。萬毒森林裡，有許多神秘的村落，其中一個村落住著一群下凡人間的仙女，也有人說是住著一群修練成人形的妖女。男人假如有幸找到那個村，可以吃到世界上最美味的佳餚，晚上還有最美麗的女人侍寢，享受比皇帝舒服的生活。

王衛國大字不識一個，接受的也是無神論教育，對這些傳說就當作茶餘飯後的談資。但是，親眼目睹唐叔（巴頌）由人變狼之後，突然覺得這個世界不像他想像的那樣，眞有這麼一個村子也說不定。

在絕境中，人是靠希望活下去。念及至此，他心裡一熱，如果眞有這麼一個村子，哪怕享受一晚上就死也値得！

「吃飯！」他丟給陳、孫二人木薯，配著湯、肉，狼吞虎嚥地吃起來。

兩個半大的孩子本來就沒什麼主意，一切唯王衛國馬首是瞻，看到他來了精神，心裡也輕鬆許多，也跟著吃得滿嘴流油。

忽然間，陳昌平停止咀嚼，嘴裡含著一塊刺蝟肉，向遠處望去。

「昌平，怎麼了？」王衛國剝著小蝦，蝦肉吸進嘴裡。

陳昌平慌慌張張地說：「沒……沒什麼……我好像聽到有人在唱歌。」

王衛國一愣，伸長脖子聽著，半晌後，往陳昌平腦袋上送了一記爆栗，「小兔崽子！這片林子裡就咱們三個人，哪裡有人唱歌？」

陳昌平被他拍得踉蹌一下，可沒有理會，傻愣愣地站起身，往林子深處走去。

「你去哪？」王衛國心裡一怒，這幾天本來就煩躁，此刻陳昌平又神神叨叨的，更覺得氣不打一處來，從火堆裡撿起根燒著的柴火大力扔了過去。

柴火燒得通紅那端不偏不倚砸在陳昌平身上，本就破破爛爛的衣服冒起一股白煙，燙著了皮肉。可他彷彿不知道疼痛，依舊向前走。

王衛國這才覺得不對勁，吼道：「昌平，你到底要去哪兒？」

「我聽到有人在唱歌，還喊我的名字。」陳昌平的身影眼瞅著就沒入林子裡。

王衛國起身追了過去，「你給我回來！」

「他要發瘋，就由他去吧。」孫志忠在後方滿不在乎地啃著木薯，「平時就像個神經病，經常說自己能看見不乾淨的東西，現在都這個時候還在裝瘋賣傻。」

聽孫志忠這麼一說，王衛國停下了腳步。陳昌平不是本村人，是許多年前不知道被誰丟在村口的，靠吃百家飯長大。他從小就不討村人喜歡，曾經有一次幾個獵戶晚歸，看見一道白影子在街上晃來晃去，把他們嚇得半死，後來仔細再看，才發現是陳昌平裸身閉眼走著。有膽大的上去拍了他一下，哪料到他立刻尖叫一聲，躺在地上口吐白沫，全身抽搐。

還有一次，村人好幾天沒看見他，由於是個孤兒，也沒人多在意。後來，幾個小孩去後山玩，發現他睡在亂墳堆露出來的破爛棺材裡，差點把他們嚇死。

幾次下來，老人都說這個娃兒八字太陰，註定一輩子沾鬼。全村人都離他遠遠的，唯獨唐叔（巴頌）對他挺好。這次，葛布來村裡找人，村支書二話不說就把他推出去換糧票。

王衛國本來也對陳昌平沒好感，但回頭看大小行囊，想著要是他真的跑了，就沒人扛那些東西。結果，還是追了過去。

就這麼猶豫一下，早已看不見陳昌平的人影。王衛國緊緊循著他的腳步，穿過橫七豎八的草叢樹木之後，發現陳昌平佇立在一棵樹前，雙手摸著樹幹，仰頭不知道在看什麼。

「小兔崽子，跟我回去！」王衛國伸手拉他的肩膀。

然而，當陳昌平被扳過身子，王衛國對上他的臉，霎時倒抽了一口涼氣。

03

這時候，孫志忠也追過來，見到陳昌平，立刻發出驚叫。

「你們這是怎麼了？」陳昌平覺得奇怪地看著王衛國。

孫志忠剛想說話，卻接收到王衛國制止的眼色，連忙閉上嘴，只是時不時偷瞄著陳昌平。

「沒事。」王衛國儘量使語氣平靜，「擔心你獨自亂晃，會跟我們走散。」

陳昌平本來就少言寡語，又總是受人欺負，就沒把這件事放在心上。他抬頭看著樹頂，說道：「哥，我覺得這棵樹上有東西。」

孫志忠一聽，旋即驚恐地後退幾步。就算是王衛國膽子大，也頭皮發麻，不自覺地往樹上看去。層層疊疊的樹冠滿是寬大的樹葉，連陽光都難以透不進來，根本看不到有什麼東西。

脖子仰得久了，自然酸痛，正當他要低下頭時，一滴液體從空中落下，偏巧落進他的嘴裡，又鹹又黏的血腥味讓他忙不迭地吐口水。

接著，樹上傳來一陣簌簌響動，三人還來不及反應，一團巨大的黑影砸斷樹枝，重重地落在他們中間。

孫志忠沒膽，哇地一聲，扭頭就跑。那團東西揚起一陣塵土，王衛國也心驚膽顫，急忙抽出刀，也不管那是什麼就一陣亂剁。

那團東西絲毫沒有抵抗，任由王衛國揮刀半天，累得用刀拄著地、大喘粗氣。這會兒，他看清楚發動突襲的物體，不由得啞然失笑。

那只是一條死去的大蟒。

這條大蟒起碼有四、五米長，水桶粗細，被王衛國剁得稀巴爛，顯然落下來的時候就已經死去多時。

「哥，這條蟒蛇怎麼長了兩隻人手？」陳昌平站在對面，指著蟒腹說道。

王衛國心裡一驚，暗想這陳昌平看不出來膽子還挺大，比逃跑的孫志忠強上不只半點。當下他也起了好奇心，繞過蛇屍，確實看見兩隻手從蛇腹中探出。一隻手裡拿著匕首，另一隻手戴著一串佛珠，通體泛著幽幽的綠光，不用多想也知道是個好東西。

王衛國琢磨了一下，單手操刀劃開蟒蛇腹部，一大塊圓柱狀的東西立即從中滾了出來——是一具屍體！

看來這個短命鬼不知爲什麼進入萬毒森林，被蟒蛇活生生吞下肚了。依照蛇的習性，成功捕食獵物後，還未消化完全之前，會爬到樹上躲避猛獸的攻擊。而被蟒蛇吞進去的那個人尚有神智，在還沒窒息並被胃液消化掉的時候，利用手裡的匕首豁開蟒蛇的腹部。

可惜，還是遲了一步，人蛇俱亡！

王衛國看著那串佛珠，貪念大起，一刀揮下，剁斷屍體的手腕。他取了佛珠，隨便往衣服擦了擦，便戴到自己的手腕上。

「哥，死人的東西不能亂動，」陳昌平好言勸阻，「會招鬼上身的！」

王衛國哼了一聲，心想：現在最像鬼的就是你，只是你不知道罷了！他沒理睬陳昌平的勸言，蹲下身，忍著陣陣惡臭，想查看屍體身上還有無其他値錢的東西。

屍體經過蟒蛇的消化，像根白油油的蠟燭融化在一起，早分不清模樣。王衛國用刀撥拉著屍體，忽然發現不對勁的地方。

屍體腦袋的位置，居然還長了另一個滾圓的腦袋，像是巨大的瘤子。軀幹扭曲得非常厲害，如同用力擰過的抹布，肩膀位置依稀還能看到多出兩條胳膊！

難道死了的這個人是雙頭四手的畸形人？

他記得小時候，村裡有個媳婦懷胎時回娘家，都已經大半夜，娘家還沒等到人，就打著燈籠四處找，終於在一片亂墳崗子找到人。那媳婦挺著大肚子，手裡拎著竹籃在墳地裡轉悠，家裡人找到她時，她居然還以爲是白天，走了沒多久。

關於這件事，村裡的神婆說是「鬼打腳」，燒張黃裱紙和著米酒喝下肚就沒事。

結果媳婦懷胎十月，生下來一個嬰兒，全身除了軀幹和腦袋，沒有四肢，宛如一根肉條。家裡人都認爲是生了鬼胎，十分不吉利，偷偷摸摸地將嬰孩丟回亂墳崗子。

像這種畸形兒簡直是妖孽般的存在，生下來就會被弄死，怎麼可能活這麼大？難道被丟到萬毒森林裡，還能自己活下來？想一想，這也不太可能。在森林裡，假若沒有人提供食物，成人都不一定能活得下來，遑論沒有謀生能力的嬰孩。

怎麼想都沒有結果，王衛國乾脆不多想，繼續扒拉著屍體。看再也沒值錢的東西，內心不免有些失望。

孫志忠壯著膽子走回來，看到這具蠟屍，張口便吐了出來。王衛國皺著眉頭，暗罵他沒用，又想這傢伙平時在村裡就好吃懶做，聽說當僱傭軍有錢有女人，啥也不顧就立刻答應參加。這幾天下來，他除了吃就是睡，還沒陳昌平勤快。

「志忠，有點出息！」王衛國也不好說什麼，畢竟在這種絕境多個幫手總比沒有強。

陳昌平好心，拔開塞子，將裝水的竹筒遞給孫志忠。豈料，孫志忠一把打掉，觸電般跳開，「離我遠一點！你別過來！」

陳昌平被這個舉動嚇了一跳，撿起竹筒，可憐巴巴地望向王衛國，「哥，這是怎麼了？」

王衛國別過頭，儘量用若無其事的語氣回答，「沒事！志忠犯渾，不用理他。」

直到現在，陳昌平都不知道，他的雙瞳方才變成紅色，像一匹餓極了的狼……

遠處，若隱若現地傳來奇怪的聲音。

這一次，連王衛國都聽到了。

若有似無的，一群女人在淺吟低唱，還伴著陣陣的嬉笑……

人跡罕至的萬毒森林裡，怎麼會有女人的歌聲？

王衛國登時想起仙女，驚得目瞪口呆，難不成那個傳說是真的？

04

「哥，我就說有人在唱歌。」陳昌平指著歌聲傳來的方向，「這次你們應該也聽到了吧。」

王衛國年長幾歲，經歷的事情也不少，覺得實在太過古怪，猶豫著要不要尋著聲音找去。孫志忠則兩眼發直，丟了魂似的鑽進林子。

想著在這林子裡橫豎也是個死，歌聲來源處是地圖上女人頭的方向，加上陳昌平也不知道什麼原因，眼睛紅得和燈籠一樣，王衛國心一橫，決心去看個究竟。打定主意，他也不顧陳昌平還在身後，一頭鑽進了林子。

不多時，早看不見孫志忠的人影，陳昌平倒是緊緊跟在王衛國身後，兩人不曉得身上被劃了多少道口子。本來只有女人嬉戲的笑聲，現在又夾雜著水花的動靜。

越接近目的地，水聲越響，如同戰鼓，震得耳膜生疼。樹葉沾著晶瑩剔透的水珠，空氣也十分潮濕。再鑽行約莫十來米，王衛國眼前豁然開朗。

一潭翠綠的湖水如同翡翠鑲嵌在三面環山的山坳，白緞似的瀑布飛流直下，撞擊在嶙峋巨石上，彈起雪霧狀的水花，在半空暈起一圈彩虹。

孫志忠癡癡看向湖裡，待王衛國走進，才知道是什麼樣吸引人的畫面。男人最原始的衝動，讓他眼睛發熱，剎那間血脈賁張。

碧波蕩漾，十多個上身全裸的女人，像魚一樣游弋。間或有人從水中鑽出，仰頭高唱，白皙滑潤的皮膚帶起珍珠般的水花，閃爍著太陽的金色光芒。烏黑長髮如同綢緞般散落在肩膀，在一抹清涼的白色中增添撩人心弦的異彩。渾圓的雙峰襯托纖細的腰肢，完美的弧度延伸到水下……

王衛國不自覺地吞嚥唾沫，孫志忠早已忍不住，一聲怪叫，帶著滿身泥垢跳進湖中。

女人們發現不速之客，個個尖叫著捂胸沉入水裡，僅留下一張張帶著驚恐的表情。

孫志忠笨拙地用狗爬式游去，激起一大片水花。女人們紛紛向對岸游去，手忙腳亂地穿上衣服。直到這會兒，王衛國才回過神，一邊罵著孫志忠的唐突，一邊有些遺憾：那些美如天仙的女人竟然都穿著褲子。

那些女人穿好衣服，看著孫志忠在湖裡費勁地游著，都指著他笑了起來。孫志忠大概是游累了，乾脆站直身體，也傻乎乎笑著。

忽然間，瀑布裡竄出一道黑影，躍入水中。湖面顯現長長的影子，悄無聲息地向他竄去。岸上的女人們尖叫著指向湖水，可孫志忠還不知道發生什麼事情，以為女人們對他感興趣，興奮地揮舞雙手。

「志忠，快他媽的回來！」王衛國察覺到不對勁，猛揮著手示意有危險。

聽見喊聲，孫志忠回頭望見王衛國，張嘴剛想說話，身體一搖晃，被東西拽住腿，瞬間沒入水中，只剩下雙手在湖面掙扎。

湖面頓時翻騰起陣陣水花，透過清澈的湖水，看見孫志忠被一條足有兩米長，且長著青蛙一樣腦袋的大魚咬住下半身。鮮血很快染紅周圍的湖水，那條魚每張一次嘴又迅速閉合，孫志忠就會被吞進去一截。

在滿是細小有倒鉤的牙齒的魚嘴吞咬下，孫志忠起初還拼命掙扎，眼下已經軟了上半截身子，耳朵、鼻孔、眼睛和嘴巴都冒著鮮血。

大魚幾口把孫志忠吞下，游到岸邊，正對著王衛國，探出腦袋擱在岸上。女人驚慌失措的尖叫聲中，大魚張開嘴，噴出陣陣惡臭，咕呱一聲，吐出一灘綠水，有個圓滾滾的物體在地上骨碌碌打轉。

王衛國距離那條大魚也就一米不到，嚇得手足冰涼，雙腳一軟，癱坐在地上。好在那條大魚吐完，倒退著又沒入水中，激起串串水花，又竄回瀑布裡。

那是一顆腐爛的人頭，潰爛的頭皮還沾黏幾縷頭髮，臉部早已經爛得露出白骨。停下來的時候，已經沒了眼球的黑洞洞眼眶恰巧和王衛國對個正著。

王衛國哇地怪叫，胡亂揮舞著雙手，雙腳不住向後蹬。那串佛珠閃耀著陽光，非常地顯眼。這時候，女人們不再發出尖叫，皆盯著他手腕上的佛珠，竊竊私語幾句，由其中一個年歲比較長的女子領頭，沿著湖岸繞了過來。她們隔著一小段距離，對王衛國擺出虔誠尊敬的表情，雙手合十在胸前。

「哥，發生什麼事？」陳昌平在王衛國身後問道，聲音透著極度恐懼。

王衛國回過神，想起從剛剛陳昌平就一直不作聲，後來好像聽他喊了幾句話，可由於情勢變化，也沒注意到他在喊什麼。這會兒經他一問，才驚魂略定，回頭罵道：「兔崽子，你沒看見嗎？」

「我……哥……我沒看見。我突然看不見東西了。」陳昌平瞪著一雙茫然的大眼睛，眼珠一動不動地說道。

那雙眼睛，妖異的紅色不見了，連眼白都消失，唯有兩個放大的黑色瞳孔，像無底的深潭……

05

講到這裡，陳昌平忽然停了下來。

我聽得起勁，急欲知道接下來發生什麼，可是等了好半天，他都沒有吭氣。我實在忍不住，假裝咳了幾聲。

陳昌平如夢初醒，對著我笑了笑，「你覺得之後會發生什麼？」

我等了半天就等來這麼一句，差點跟著罵一句「廢話！我要知道會發生什麼，還在這裡聽你講故事」。不過，這種話只能憋在肚子裡，前前後後打了幾個轉，還是不能說出口，依然擺出洗耳恭聽的態度……

十多個女人在年長女人帶領下，恭恭敬敬走到王衛國身前，深深一鞠躬。

此時，王衛國已經被女人們深埋在衣服裡的乳溝吸引，根本無心理會陳昌平因爲突然失明而發出的驚恐喊叫，還不耐煩地回頭罵了一句，「給我閉嘴！否則老子就把你丟在這裡不管了！」

陳昌平平白無故眼盲，內心無比慌張，又聽見王衛國這麼說，登時像一隻受驚嚇的小老鼠，蹲在地上低聲啜泣。或許是視覺消失，使得其餘的感官分外敏銳，他聞到奇異的香氣，八成是那些女人身上傳來的。

他總覺得這種香氣透著一股難以形容的怪味，似是動物油脂生煎時散發出來的膩香。但是，礙於王衛國方才的恐嚇，他不敢多說話，雙手在地面摸索著，心裡才稍微踏實點。

爲首的女人對王衛國說了幾句話，可王衛國根本聽不懂，不曉得該如何應對，雙眼倒是一刻不閒地在女人們的身上流連。

女首領大概沒想到王衛國會聽不懂她的話，微微一愣，警惕地向後退了點，指著王衛國手上的佛珠不知又說了什麼。

這回，王衛國再笨，也該明白這群女人要找的，或者要等的人不是他，而是那個被蟒蛇吞掉的畸形，他們之間應該是以這串佛珠爲信物。想到這兒，他不禁慶幸自己運氣好，同時爲避免露餡，不再說話，面色嚴肅地舉起手腕。

女人們見到這個動作，立刻全身發抖，雙手交叉放在胸前，並匍匐在地上。女首領收回警惕，面色驚恐地不停指著瀑布，又指著身後，最後臉容幾乎都快扭曲。

王衛國對自己這個無意的舉動，帶來這麼大的效果，感到相當意外。看來這群女人對戴佛珠的人很忌憚，心裡暗喜，更故意擺出不怒自威的表情。

女首領見王衛國沒有言語，面色一喜，急忙站起來。她畢恭畢敬地半彎著身子，微微回過頭，又對身後的女人說了幾句。

人群中立刻走出兩個漂亮的女人，長相一模一樣，估計是雙胞胎。她們一左一右，喜滋滋地扶著王衛國，不曉得要把他帶到什麼地方。

打從娘胎出來，王衛國沒享受過這種待遇，早就被迷得七葷八素。什麼狼蠱、紅瞳，孫志忠前一刻才被怪魚吞掉，都忘了個乾淨。他哈哈大笑，把雙胞胎姐妹軟玉溫香抱個滿懷。

女首領有些奇怪地看著王衛國，又不敢多說什麼，指著陳昌平示意要不要帶上一起走。王衛國看陳昌平那可憐樣，眼睛又瞎了，心想讓你小子白撿了這個便宜。於是，大手一揮，做出帶上陳昌平的指示，立馬又有兩個女人不情願地走過去扶陳昌平。

「哥！」陳昌平看不見，壓根兒不知道發生什麼，驚慌地叫道：「怎麼有兩個男人扶著我？」

聽他這一句，王衛國強忍著沒笑出來，想著這小子眼睛瞎了也就罷了，怎麼連男女都分不出來？轉念一想，又覺得長這麼大都沒有女人如此近挨過，分不出男女也是正常。

一行人再沒多說，跟著女首領繞過湖，向左一拐，兩道山崖猶若被劈出一道山縫，只能容一人通過，險峻異常。四周蔓藤盤繞，野木成蔭，如果沒有人帶路，全然看不出還有這樣一條道路。

順著山縫前行大約百米，前方豁然開朗，怎麼也沒想到在這山谷中，居然有著一個規模龐大的村落！

小溪從山上似銀蛇盤繞，順著山勢匯入村後的池塘。村邊滿是散發香甜味道的瓜果，紅的火龍果、黃的香蕉、綠的葡萄，掛著滴滴閃亮的水珠，引人垂涎。幾畝水田種植翠綠的水稻，迎風搖曳，形似擺動纖纖細腰。幾個身著短褲的女子裸著筆直的古銅色長腿，輕輕揮舞皮鞭，吆喝著健碩的水牛前進。

好一派人間仙境！

看到一行人走來，女首領放聲高歌，忙碌的人們都放下手中的活計，嬉笑著從村中奔出。她們整齊地站成兩排，唱起動聽的山歌，擊掌打著拍子。

王衛國看到這個村裡全是女人，環肥燕瘦，無一不是上上之選，樂不可支。不知哪一輩祖上積德，竟然真的讓他找到傳說中的仙女村，光是想像往後的日子，就不由得放聲大笑。

「昌平，以後就跟著我享福吧！」

「哥，享什麼福？」陳昌平雙手向前探著摸索，碰到一個女人的胸部，急忙把手縮回。

「小兔崽子，你沒看到嗎？這裡全是美女，有吃有喝，不是享福，那是什麼？哦，我差點忘了，你小子眼睛瞎了。」王衛國甩開大步，帝王般接受者群女的禮拜，樂呵呵地走進村裡。

所有人都跟著王衛國走，獨留陳昌平在後面摸索著前進。

陳昌平越來越慌，快走幾步卻被石頭絆倒，跌跌撞撞地爬起身，喊道：「哥，我怎麼覺得身邊全是男人？」

沒有人聽到他說的話。就這樣順著土路，他好不容易摸到村口。可他看不到左右兩側豎著兩尊雕像，如同一個模子刻出來的，上半身是無比妖艷的女子，卻赤裸的男人下身……

06

王衛國半躺在熱氣騰騰的黃花梨木桶裡，半闔著眼睛。一個十五六歲的小姑娘正往水裡撒花瓣，整齊的瀏海下一雙烏黑晶亮的眼睛滴溜溜地打量這個陌生的男人。

經過命懸一線的勞頓，王衛國此刻覺得四肢百骸沒了酸痛，舒適得不想動彈，甚至對身邊的小丫頭提不起興趣。

至於陳昌平，更不被放在心上，一個瞎子能有什麼用？

也許是高度緊張勞累後的放鬆，也許是熱騰騰的水汽裡濃郁的花香，他昏沉沉睡了過去。

小姑娘見王衛國睡了，抿嘴一笑，輕手輕腳地推開門。不久，進來了三個女人，往桌上放置各種野味、水果和酒。床鋪也換過一件嶄新的被子，還撒上香粉。一切準備就緒，三個女人腳步輕緩地退出去，那對雙胞胎則一絲不掛地進了房間，往床上一躺，順手卸下床幃……

不知過了多久，木桶裡的水轉涼，王衛國忽然驚醒，身子一滑，嗆了好幾口水。他甩了甩頭，腦子昏沉沉的，看著如夢似幻的一切，半天才回過神來。

這一切不是夢！

思緒轉到這裡，他摸了摸手上捨不得摘下的佛珠。他堅信，這絕對是佛珠帶來的好運。

看著桌上的珍饈佳餚，他「龍心大悅」，朗聲笑著跨出木桶，一屁股坐在檀木椅上狼吞虎嚥。

此刻，傳來絲竹之聲，如同含春少女的嬌羞，又像寂寞少婦的呻吟。王衛國聽得全身燥熱，喝了口酒，試著緩和情慾的湧動。豈料，床幃緩緩拉開，雙胞胎含情脈脈地伸出食指，對著他勾動。

王偉國再也忍不住，雙眼頓時變得赤紅，喉嚨像吞了塊火炭，低吼著撲過去。

同一時間，蹲在村口雕像下的陳昌平忽然雙眼一陣刺痛，耳朵聽見王衛國淒厲的慘叫聲。那叫聲裡透著莫大的痛苦，使得他牙根發酸，直至聲音越來越弱，斷斷續續，終於消失……

雙眼的刺痛感越來越強，眼前一亮，眩目的陽光讓他淚流不止。

陳昌平視力恢復了！

他抬頭望見兩尊雕像，就像是兩個活人，越看越害怕，跌跌撞撞地跑進村裡。中央廣場，衆多赤裸上身的女人圍成圈，有節奏地哼著類似於咒語的調子。而廣場正中的高台，有一個血人呈「大」字型被綁在十字木架上，有氣無力地哀嚎著。在他的左側，有一名女子拿著一把鋒利的短刀，兀自滴著鮮紅色的血，右側那名女子則捧著一張血淋淋的布，舉起對著台下的人們高呼。

這個當下，所有人都沉浸在亢奮狀態，高舉著雙臂呼喊。人群中又走出三人，一人用類似於漁網的東西箍住血人，強力的壓迫使得每塊肉都凸出來，一人拿短刀一塊塊削著，神情自若，宛若在處理再普通不過的番薯。另一人徒手拾起掉落在地上的肉塊，像是寶物一樣裝進手邊的木桶。

承受巨大痛楚期間，血人偶爾艱困地抬起頭，盛在眼眶裡的眼珠間或一溜，表示一息尚存。

前後不曉得經歷多久，日頭偏西的時候，血人終於變成一具骷髏架子。下刀那女人的手非常巧，沒有割斷骨骼之間的筋絡，所以骷髏不會散掉。

捧著木桶的女人走下高台，把肉塊倒進一口煮開水的大鍋。不消片刻，肉香四溢，女人們爭先恐後地搶食煮熟的肉塊，留下那具還剩下內臟的骷髏被綁在台上。

陳昌平親眼目睹這驚嚇程度破萬的一幕，百般後悔爲何要在最後一刻恢復視力。倘如看不見這一切，也許是一件好事。

就在他嚇得雙腿發軟，不知如何是好之際，身後傳來一陣輕微的腳步聲，蒼老的聲音緊跟著響起，「唉！又沒有頂住人妖之惑嗎？看來今年的佛蠱之戰，要我耗盡心力了。」

陳昌平下意識回過頭，見到自己身後站著一個身著袈裟的僧侶，面色悲戚地低頌佛號。

僧侶對上陳昌平的眼睛，詫異地瞠大雙眼，難以置信地喊道：「你是紅瞳之人！」

07

這個詭異的故事暫告一段落，我心頭發緊，胃裡泛著酸水，問道：「阿贊，那個血人是王衛國？」

陳昌平直了直身體，「沒錯！」

「這一切是……」我有很多想法，隱隱覺得這和佛蠱之戰有關，但缺少一條明確的線索串聯。

「世上只有泰國才會有那麼多人妖。」陳昌平不等我接話，自顧自地說道：「泰國是佛教之國，百分之九七的人信仰佛教，有三萬多間寺廟，超過三十萬的僧侶。每間寺廟都有住持，而在成爲住持之前，必須接受『紅塵之惑』。所謂的『紅塵之惑』，就是德高望重的僧侶在成爲住持前一夜，必須獨身進入帳篷，裡面備有美酒佳餚，還有美麗的處女對他進行誘惑。唯有能夠堅持一夜而不破戒的人，才有資格成爲住持。後來發現，許多僧侶經受不住色誘，眞的在當夜破身。於是，一個雲遊走四方的高僧徒弟從一本書上學到法門，挑選年輕秀麗的男孩下蠱，使其變成半男半女的人妖，代替美麗的處女考驗僧侶。這就是人妖的由來。」

「那個村子裡……」我驚詫得失聲呼道。

「是的，全都是人妖！專爲佛蠱之戰而準備的。想成爲清邁寺的住持，就必須帶不超過兩個隨從闖進萬毒森林，靠天然的佛性尋找人妖村。一路艱辛無須多論，能經歷層層磨難，深刻體會生命不易後，還能夠在人妖村守住戒律的，才有資格統領清邁寺，迎接十年一度的佛蠱之戰！」

「我後來想了想，從蟒蛇肚子裡滾出來的畸形，應該也是前去接受考驗的住持候選人。偏巧王衛國戴上那串佛珠，因而被當做住持候選人迎進村裡。後來從我阿贊（陳昌平遇見的僧侶）口中得知，人妖村的所有人都被下了奇蠱，任何人皆不得擅自離開村落，否則會全身爆裂而亡。每隔十年，會有僧侶前往接受考驗，如果能承受住『紅塵之惑』，全村人妖得以減歲五載。反之，僧侶一旦破戒，則會被剝皮凌遲，煮肉分食，人妖們得以保住青春，減歲十載。如此一來，人妖村自會爲了自身性命，使盡手段考驗僧侶。」

假如換做幾天前，我一定會覺得這個老和尚在說虛構的故事，可是眼前的一切又讓我不得不相信，「是誰想出這個辦法的？」

「當然是那位高僧的徒弟。據傳，他得到一本蠱書，不爲世俗理解，被活生生燒死。臨死前，他立下每十年一次『佛蠱之戰』的詛咒，他的傳世弟子把人妖聚集在萬毒森林裡，做爲每回戰爭的前奏。」

我不曾想過，來一趟清邁寺，會經歷此等驚心動魄的事情，更聽到這麼多異域傳說。也許世界本來就是這樣，我們平時看到的只是表面，眞正隱藏在黑暗裡的，才是眞實的世界。

陳昌平咳嗽著說：「你走吧！我因爲父親留給我的一對紅瞳，被師父帶回清邁寺，已經參加五次戰爭。你雖然也有一雙紅瞳，但我能感覺到，你和我不一樣，也沒有在寺廟裡苦修的想法。」

我頓時鬆了口氣，一直困擾我的紅瞳還是找不到解釋，唯獨可以確定一點：我的父親應該和陳昌平父親不一樣，不是中了狼蠱的人。至於究竟是什麼原因……管他的，反正都這樣過了十多年，何況現在也已經恢復正常的顏色。

「如果我沒想錯，你這次來，必定和中國一個神秘的部族有關。這個部族有豐厚的資源和人脈，且懂得許多神奇方術，你應該是作爲部族的傳人，被選中前來泰國接受歷練！好自爲之吧！」

聽了這番話，我忽然想起那個要收我爲徒的醉老頭，難不成這一路上的事情，都是他安排好的？

我隨即否定這個想法，天底下哪有這麼巧的事情？

接著，我又想起本來要和我一起來泰國的月餅，丫一點動靜都沒有，也不知道在幹什麼或出了什麼事。關於這個問題，從我離開清邁寺，一直到搭計程車到清邁大學，都沒得出結論。

我自行聯繫校務部，很快地有人到校門口接我，還替我安排宿舍。從頭到尾，那人對滿哥瑞絕口不提，彷彿學校裡從來沒有這號人物。

果然如陳昌平所說，那個神秘組織勢力非常龐大。

還在昌龍塔時，我問起人鬼部的千年詛咒和秘密，陳昌平搖著頭說他也不知道。又或者這不是我該知道的，因此他不肯告訴我。

不過，他說每次佛蠱之戰，人鬼部都會派出最優秀的人參加，這次不見人鬼部的蹤影，可能和滿哥瑞提前發動戰爭有關係……

全世界最臭名昭彰的毒品基地「金三角」，中心地帶十萬平方公里的無人地區，即是四大神秘森林之首的萬毒森林。種毒販毒的私人武裝部隊有嚴格的規定，絕不容許踏進萬毒森林一步，具體原因誰也說不清楚。

根據常年生活在金三角地帶的老兵所說，曾經有幾個人私自攜帶毒品逃入萬毒森林，企圖偷渡到他國販賣。哪知十天後，他們的屍體被人放在軍營門口，全身的肉都已經被一片片剮掉。

有人說，這是販毒首領將幾人追回，虐殺致死，起到殺雞儆猴的威懾效果；也有人說，萬毒森林裡住著一群喜好吃人肉的部落，這幾人就是被野蠻部落的人殘忍殺害。

然而，真相究竟如何，至今依舊沒有結論。

第 5 章

雙頭蛇神

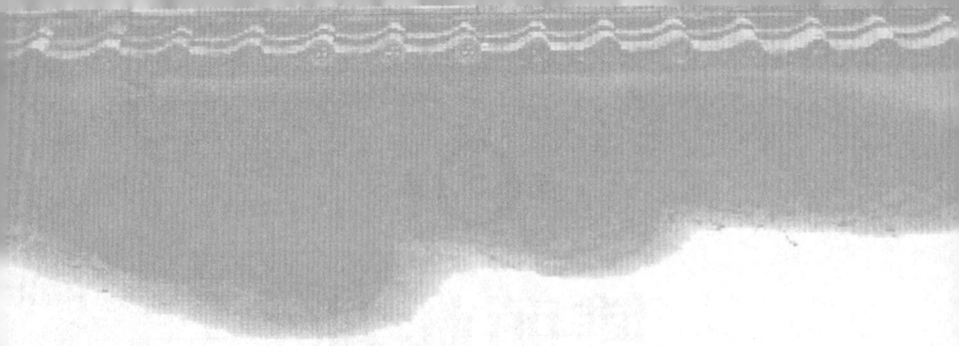

泰國也是崇拜蛇的國家，先祖布桑噶西和雅嗓噶賽是由色、受、想、行、識等五蘊組合。機智聰明，可以行走説話，還會創造各式各樣的物品，世界上的動植物無一不是他們創造的。

存在於傳説中，乃至遺留下來的古蹟壁畫，這兩個人都是人面蛇身。他們血統最純正的後裔，現今還生活在泰國。

01

我已經堅信，這次來泰國，必然有我不知道的蹊蹺。只是，截至目前爲止，除了經歷過一連串的事件，再沒有奇怪的人找上我。

我一向既來之則安之，期間又聯繫月餅很多次，可他的電話依然是關機狀態。月餅是典型的富二代，有花不完的錢，在學校裡孤傲得很，做事又由著性子來。這傢伙經常看到什麼地方風景好，就半個月不見人影，然後帶回來大大小小一堆破爛紀念品。我索性什麼都不再想，該來的總會來，不該來的他媽的也會來，不如先適應學校生活再說。

清邁大學位於泰國北部，是泰北第一所高等學府及泰國第一省府大學，尤其是醫學方面有極高的成就，許多留學生和交換學生都爲學習醫學前來。

一間男生寢室只住兩個人，與中國的大學宿舍通常四到六人住一間寢室有所不同，不但顯得寬敞，也多了些隱私。加上日常所需的硬軟體應有盡有，我自然隨心所性地安頓下來。

和我同間寢室的泰國男孩個子不高，瘦削精悍，刀削般的尖下巴，一雙眯著的眼睛透著晶亮神采。比較值得一提的是，他沒有小麥色的皮膚，而是呈現嚴重貧血似的蒼白。

經過簡單的溝通，他表示自己的名字是乍侖·拔達逢。乍侖是名，拔達逢是姓，他讓我叫他乍侖，我也樂得客隨主便。

開學後，我每天忙著學習實用的生活泰語，跟上醫學課程進度。幸好泰國會說中文的人也不在少數，為我快速掌握泰語提供不少有利的條件。不出一個月，我已經能夠和同學用泰語進行簡單的談話。

泰國人待人接物常是滿腔笑容、彬彬有禮，很難看到有人大聲喧嘩或吵架。我和隔壁寢室幾個同學混得很熟，經常串門聊天，熟悉當地的風土民情。每個國家都有許多禁忌和規矩，若不提前瞭解，觸犯他人的宗教信仰，可不是鬧著玩的。

當然，我經歷的那些事情，是萬萬不能對任何人說的。

乍侖不太愛說話，獨來獨往，白天基本不見蹤影，晚上也很晚才渾身濕漉漉地回來。對此，我不以為意。這個國家裡，許多學生家庭不富裕，需要打工或當別人學習泰拳的陪練，賺點外快維持生計。既然他沒多說，我也不好過問，以免傷了他人的自尊心。

好在乍侖除了行蹤神秘些，倒也沒其他異常的舉動。我們倆就這樣成為老死不相往來的室友，都已經過一個多月，和我同住一間的乍侖反倒成爲最不熟悉的人。

每天下課，我吃了飯就回宿舍。畢竟身在異鄉，出門語言不通、道路不熟，會有不必要的麻煩。加上泰國的治安不是很好，生性活潑好動的我只能老老實實地去找隔壁寢室的同學練習泰語。

我慢慢發現有些地方不太對勁。多轉悠了幾間寢室，終於明白所謂的不對勁在哪裡。別間寢室都住著四個人，唯獨我們這間寢室只住兩個人。更奇怪的是，幾次我在聊天時偶然問起，同學們卻像約定好一樣，要麼岔開話題，要麼裝作沒聽懂我說什麼，不然就裝傻充愣。但是，我清楚地看見，他們眼睛裡都藏著深深的恐懼。

難道我那間寢室出過什麼問題？

此外，我還發覺同學們似乎都很怕乍侖，見到他都會不由自主地遠遠躲開，或者裝作沒看見他。我膽子不大，好奇心卻很強，想像力也豐富。有時候，自己待在宿舍裡，會不自覺地盯著乍侖空蕩蕩的的床臆想：該不會乍侖是變態殺人魔，這間寢室曾經死過人，只是警方沒有找到乍侖殺人的證據？

胡思亂想著，甚至覺得我睡的這張床上，曾經躺過一個被砍掉腦袋、渾身血肉模糊的屍體。而它的腦袋，此刻端端正正地擺在桌上，翻著白眼冷冷盯著我。

每每想到這裡，我的心底就會不由自主地泛出一股寒意……

02

如此又過了兩個多月，我依然不缺一根汗毛地活著，不由得爲先前亂七八糟的想法啞然失笑。想來應該是在中國的時候恐怖小說看多了，加上初到泰國的那段經歷，遇到奇怪的事情，自然往恐怖詭異的場景聯想。

泰國屬於熱帶國度，沒有春夏秋冬之分，一年四季炎熱，蚊蟲蛇蚋隨處可見。別間寢室裡都支著蚊帳，或插著液體電蚊香，我也準備不少類似的東西。過一段時間，我驚奇地發現，自己住的這間寢室裡從沒有出現過那些東西，不禁又讓我感到奇怪。

週五的夜晚，不少人都會大肆瘋玩，宿舍樓裡沒剩下幾個人。這天，我躺在床上看書，突然聽到走廊傳來嘈雜的聲音。

這種情況在泰國極爲少見，我猜想是發生什麼事，立刻把書扔下，出門一看，當下被眼前的場景嚇得頭皮發麻。長長的廊道，幾個沒有出去的學生指著盤橫地面大大小小的十多條蛇驚呼。

我第一次看到這麼多蛇同一時間出現在同一個地點！

每條蛇身上都有鮮艷斑斕的花紋，滑膩膩地扭動著或長或短的身軀，半抬起腦袋，吐著紅色的信子，緩緩往我這個方向挪動。

我感受到一股寒意從腳心竄上頭頂，不由自主地打了一個冷顫。

蛇群爬到距離我三、四米時，我甚至能清晰看到牠們腹部鱗片前後蠕動，耳邊也聽見窸窸窣窣的爬行聲。此時此刻，我完全不曉得該幹什麼，傻愣愣看著那群蛇離我越來越近。

直到爬到我面前半米的距離，牠們又都齊刷刷地停住。

那幾個學生遠遠地看著，卻沒有人敢靠過來。其中一人還雙膝跪下，面部極度扭曲，雙手合十，嘴裡喃喃唸個不停。

我依稀聽到他說：「蛇神來了！蛇神來了！佛祖保佑，不要再讓詛咒發生！」

蛇群停住後，身軀一圈圈繞成圓錐狀，抬著頭，一雙雙綠幽幽的眼睛直盯著我。其中一條應該是眼鏡蛇，展開頸部的肌肉，露出白色鱗片上兩塊類似黑眼睛的斑點。還有一條通體金黃，脖子以上卻是褐色的，翹著的尾巴觸電似的不停抖動，在廊燈的映射下，泛著詭異的黃光。

奇怪的是，這些蛇沒有攻擊我，只是安安靜靜地盤踞著，好像在等待什麼。

突然間，走廊傳來幾聲怪叫，一個酒精瓶飛了過來，直接砸在蛇群中間。高濃度的酒精隨著玻璃瓶碎裂，統統灑在蛇身上。群蛇受到酒精的灼燒，頓時亂作一團，擠撞著想逃離。

然而，地面全是酒精，蛇一觸碰到，就被火燒似的縮了回去，痛苦地不停翻攪滾動。掙扎越激烈，尖銳的玻璃碎渣劃破蛇的身體，白色的腸子沾著蛇血，一截截被甩出體外。

我還發現一隻被消化一半的老鼠屍體，皮毛已經完全不見，剩下潰爛的肌肉組織，淌著黃色液體從蛇腹裡擠出來。蛇體的腥臭沖入鼻腔，加上眼前的噁心場景，我不禁一陣反胃，幾乎就快吐出來。

此時，一個Zippo打火機帶著火焰扔了過來，接觸到酒精，地面瞬間騰起藍色的火焰。這下蛇群更加拼命掙扎，眾多蛇頭筆直昂起，嘴巴大張近乎一百八十度，露出毒牙，蛇信也向外吐著。

牠們挨不過火燒，直挺挺地倒下。烈火焚燒之下，蛇屍冒起巨大水泡，慢慢蜷縮，轉成黑褐色，最終成了一段段木炭狀的焦屍。

其中有一條體型最大的蛇，強忍著火燒的疼痛，尾巴猛力一彈，企圖跳出火海。在半空扭曲著身體，又重重地墜落，張大嘴巴，痛苦地掙扎著。牠的毒牙不停噴出毒液，直到再也無法動彈。

這件事發生得太突然，我壓根兒還來不及反應，只覺得腦袋麻木，聞到的全是酒精和蛇燃燒後散發出的味道。

令人不解的是，我剛才似乎聽到火堆中的蛇發出淒厲的叫聲。

可是，蛇是不會叫的！

跪著地上喃喃祈禱的學生驚恐地指著燒成黑炭狀的蛇屍，對另一個學生大聲喊道：「洪森，你怎麼可以殺蛇神？你會受到詛咒的！」

扔酒精瓶子放火的學生卻滿不在乎地哈哈大笑，走到跳出火堆的大蛇前，拎起蛇尾抖了抖，燒乾焦黑的蛇皮登時像玉米碎片般落下。

他態度傲然，嘲笑跪地的學生，「什麼蛇神？不就是幾條普通的蛇！你瞧，牠們還不是被燒死了！你們有……」

話還沒有說完，那條照理已經死透的蛇突然挺起上半截身軀，一口咬中洪森的胳膊。洪森疼得哇哇大叫，抓住蛇身使勁地扯，可那條蛇大概想在死前拉個墊背的，一口咬得極深，竟一時扯不開。

見狀，旁邊另外有兩個同學幫著，好不容易才把大蛇從洪森的胳膊拽下來。只是，隨著他的一聲痛呼，大塊血淋淋的肉也被撕了下來。

洪森疼痛不已，單手捂著傷口，加壓止血，同時恨恨地對著蛇屍踩踏。沒幾下，蛇屍被踩得稀爛，肌肉組織像黏糊糊的漿糊般被擠出來，直到被踩成一張乾癟的蛇皮黏在地上。

這詭譎的場景和突變實在讓我喘不過氣，一顆心怦怦狂亂直跳。無論如何，洪森算是救了我的小命，我急匆匆從寢室拿出簡易急救箱，不顧腳底踩著蛇屍那種軟塌塌的噁心感，趕忙替洪森消毒包紮傷口。

洪森胳膊的傷口流出紅色鮮血，也沒有異味，推斷那條大蛇的毒液已經用盡，否則麻煩就大了。

我手忙腳亂地幫洪森包紮時，忽然一道陰影擋住燈光，一個人悄無聲息地站在我們倆面前。

我抬頭一望，燈光下那人是乍侖，他正滿臉怨毒地看著我們。

「你殺的？」乍侖指著蛇屍質問我。

我還來不及回答，洪森先搶著說道：「是我殺的！怎麼樣？」

乍侖渾身一顫，沒有再說話，默默回到寢室，拿出一條床單鋪在地上，動作輕緩地把每條蛇屍擺上去。每擺好一具蛇屍，他都會雙手合十，嘴裡念叨著什麼。那副虔誠的樣子，猶若在安葬自己的親人。

「哼，怪人！」洪森惡人先告狀，說道：「去年這個月，你住的房間有三個同學被蛇咬死，唯獨他沒有事情。一定是他下的蛇蠱！我有佛祖保佑，不怕他！」

我冷不防聽到這些，手一哆嗦，繃帶勒得緊了些，洪森疼得倒抽一口涼氣。這會兒，乍侖已經收拾完蛇屍，仔細包裹好床單，雙手捧著，不發一語地從我們身邊走了過去。

不知何故，我忽然覺得他渾身透著一股陰冷氣息。尤其是那雙晶亮的眼睛，透著寒冰似的神色，就像是一雙蛇眼！

03

我躺在床上，翻來覆去，許久都睡不著。

一閉上眼睛，腦中立刻浮現那些蛇被火燒得焦黑的屍體，乍侖那雙跟蛇一樣詭異的眼睛，洪森的話也不斷在我耳邊縈繞。

蛇蠱是什麼？

這間寢室有三個學生被蛇咬死，爲何單單乍侖一個人什麼事都沒有？爲什麼有這麼多蛇出現在走廊裡？牠們不像要攻擊我，反而比較像在尋找什麼東西。難道蛇群要找的是乍侖？乍侖和牠們有什麼關係？

思緒轉個不停之際，我的目光落在乍侖空蕩蕩的床鋪，他帶著蛇屍出去已經將近兩個小時還未回來。慘白色的月光讓圓形的窗影映在地上，黑色的邊緣暈著一圈模糊的芒刺，像是一雙蛇眼。

我心裡一哆嗦，雖時值盛夏，卻感到寢室裡莫名陰冷，沒來由地害怕起來。驚鴻一瞥，似乎看到天花板隱隱冒出一顆巨大的蛇頭，咧開鮮紅色的血盆大口，毒牙和蛇信滴著黏液。

慢慢地，蛇身也擠了出來，整條蛇猶若被剝了皮，剩下是肉白色的身軀，隱約可見青色的血管像蚯蚓般藏在肉裡，輕微地搏動。

那條蛇在天花板緩慢爬動，聚成圓團後，高昂起頭，猛地向我撲來！

我從床上坐了起來，床單已經被冷汗浸透。由於習慣趴睡，驀然坐直，後腦勺大力撞到牆上，劇烈的疼痛使我頓時清醒。

方才我居然睡著了！

我心有餘悸地望著天花板，除了一盞吊燈，哪裡有蛇的影子。我甩了甩頭，忽然發覺有些不對，記得躺下前明明把燈關閉，爲什麼現在又亮了？

我連忙向乍侖的床位望去，不知道什麼時候，他已經回來了，現在正赤裸地跪在床上，雙手交叉放在額頭。

他的面前擺著一張小木桌，上面放著一樣東西。

仔細看去，那是一尊半尺長的木質雕像，雕刻得活靈活現。那是一條外型逼眞的蛇，我幾乎誤以爲它是活的。更讓我覺得不可思議的是，那條蛇的下半身竟是人類的雙腿。此外，那條蛇的脖子上，長出兩顆頭，一顆是蛇頭，另一顆則是女人的頭。

我嘴裡發苦，乍侖卻不知道我醒來似的，依舊低聲念誦我完全聽不懂的話。那聲音的旋律我非常熟悉，好像曾經在哪裡聽過。

我歪著腦袋思索，終於想起剛剛蛇群被燒死的時候，隱約聽到叫聲，旋律和乍侖說的話完全一樣！

隨著乍侖念誦的速度越來越快，雙頭蛇雕像散發出慘藍色的光芒，將他整個人籠罩其中。

這一刻，我的膽子都要嚇破，胸口悶得完全喘不過氣，嗓子更是乾疼得如同火燒。正當我決定天亮就向校方申請換宿舍時，又發覺乍侖好像起了些奇怪的變化！

他的臉變得更尖，幾乎成了三角形，耳朵慢慢縮進腦袋裡，繼而是鼻子、頭髮、眉毛，雙手宛如融化進身體消失不見，雙腳則像有層薄膜黏在一起，整個人化爲一根肉條。同一時間，他的頭髮開始增長，緩慢覆蓋住蒼白色的全身，在皮膚漾起波紋般的律動。漸漸地，頭髮與他的肌膚融爲一體，變成密密麻麻的細紋。我眨了眨眼，再看一次，登時汗毛豎立而起。

那不是細紋，而是一片片的白色鱗片！

乍侖變成一條蛇了！一條白色的怪蛇！

那條白蛇在床上扭動，把被單捲成一團，又撲通掉在地上。就在距離我不遠處轉過幾圈，上了窗台，用腦袋頂開窗戶，快速地爬出去。

「啊！」一晚上的恐怖經歷讓我再也忍受不了，驚呼著坐了起來。

我大口喘著氣，窗外的天色大亮，燦爛陽光使得寢室裡十分炎熱。我無暇顧及這些，連忙扭頭向乍侖的床位看去，他躺在床上，蜷成一團熟睡著。

眼下我完全分不清是夢境，還是現實，大力掐了自己一把，腿上傳來的疼痛感讓我知道自己現在是清醒的。

夢中夢？

我居然做了一場夢中夢！

就在這個時候，走廊又傳來淒厲而恐怖的呼喊。

04

洪森死了！

死在自己的床上！

當天晚上，同寢室的同學睡得前所未有的沉，完全不知道期間發生了什麼。直到天亮，才發現洪森全身赤裸，一雙凸起的眼睛只差一點就要被擠出眼眶，身上勒出一道道青紫色痕跡——怎麼看都像遭到蟒蛇纏住，活生生被勒斃。

警方沒查出所以然，聯想去年我這間寢室死了三人，遂把乍侖帶回局裡「協助調查」。沒半天的工夫，又將他放了回來。畢竟不能因爲事件略有雷同，就隨便認定乍侖是殺人兇手。

清邁大學針對這件事情做出各種防蛇措施，公共衛生間的排水道都用鐵柵欄焊上，門窗也進行防盜鐵網的安裝，搞得整棟宿舍樓跟監獄一樣。

換宿舍的申請遭校方駁回，我一邊聽著校長種種無聊的藉口，一邊在心裡叫苦不迭。乍侖的神情一天比一天陰鬱，除了我之外，別的學生更是不敢靠近他十米之內。時間久了，他們看我的眼神也開始變得奇怪。

讓我稍稍安心的是，乍侖除了面色陰鬱，習慣性在白天失蹤、晚上晚歸，倒也沒有別的舉動。

那晚害我差點嚇瘋的雙重夢境，也沒再夢見。隨著日子過去，潛意識讓我相信那晚是因爲驚見太多蛇，導致做了一場惡夢。至於洪森的死，我曾經試著分析，想不通也就慢慢淡忘了。

又過幾天，我的身體出現異常變化……

起初，我每天提心吊膽，沒注意到床單上有許多脫落的皮屑。後來發現了，又因爲自己是學醫的，認爲睡覺時，身體翻轉與床單摩擦，有皮屑脫落很正常。

但是，我慢慢覺得不對勁了。

我每天起來都會整理床鋪，脫落的皮屑越來越多，一開始約莫芝麻大，如今是指甲蓋的大塊皮屑。即便如此，我都沒有任何瘙癢或疼痛的感覺，反而每天起床清掃皮屑時，還會有脫胎換骨的清爽。

我知道這絕對是不正常的現象，查閱大量的醫學書籍，結合各種皮膚病的症狀，初步判斷自己罹患了蛇皮癬。

蛇皮癬，又稱魚鱗病，是一種角質細胞分化和表皮屏障功能異常的皮膚疾病。臨床上以全身皮膚鱗屑爲特點，可直覺告訴我，自己的情況似乎沒那麼簡單。

之後，我又發現自己的骨頭越來越軟，倒扳手指能直接觸及手背，雙腿也是這樣，走起路來輕飄飄，完全沒有著力感，腰部更能扭出奇異的角度。

那個乍侖變成蛇的惡夢又從記憶深處鑽出來，無時無刻不糾纏著我，讓我感到深深的恐懼。

我好像正慢慢轉變成一條蛇！

巨大的心理壓力使我產生諱疾忌醫的心態，變得自閉沉默，除了上課時間，我躲著所有的同學。每天回到宿舍，第一件事情就是衝到浴室洗澡，使勁搓著皮膚，大片皮屑混著灰塵和水，變成長長的細條。

直到某天早晨醒來，我驚見床角有一張薄如蟬翼，泛著油光，半透明的完整人皮。這張皮由頭部裂開一道口子直到小腹，簡直如同蛇蛻！

我恐慌的叫聲把乍侖驚醒，他默默看著那張人皮，低聲問道：「多久了？」

我算了算時間，結結巴巴地說：「半個月。」

乍侖直勾勾地盯著我，那雙眼睛又讓我想起了蛇眼。

「想治好你的病，必須跟我回我的村子裡。」說著，乍侖的視線從我身上轉移到那張人皮，「不然一切就晚了。」

「我得到什麼病？爲什麼會晚了？你的村子在哪裡？」我的心緒隨著乍侖凝重的表情變得亂糟糟，對死亡產生的恐懼讓我提出一連串的疑問。

我寧可就這麼死了，也不願意變成怪胎！

「萬毒森林。」乍侖開始收拾東西，「我也說不明白這是爲什麼，但是我曉得有人能治好你的病。說到底，這件事情……其實我也有責任。」

乍侖後面幾句話，我沒有聽清楚，耳裡轟轟作響，注意力都在「萬毒森林」這四個字。

又是萬毒森林！

個性使然，加上忙碌的上課日，我以爲自己早已遺忘的那段經歷。豈料，它此刻又從腦子裡竄出來，刺痛我的記憶神經。

乍侖居然住在萬毒森林裡，難道他也和人妖村有關聯？

05

我渾渾噩噩地跟著乍侖搭上火車，意識不清楚，有種不知道自己在幹什麼的感覺。

抵達萬毒森林周邊，已是我們出發的第三天。

我越來越虛弱，皮膚也像乾裂的樹皮，輕輕一撕就能掉下一大片。我感覺身體發冷，血液幾乎在血管裡凝結，心跳也越來越慢。眼睛特別畏光，以致於白天不得不半瞇著眼睛。視力下降得非常厲害，到了晚上，就幾乎什麼都看不見，反而嗅覺變得異常敏銳。

面對變異的恐懼，幾乎快讓我崩潰，有時甚至會想自己是否眞的會變成一條蛇？假使變成一條蛇，會不會被那些所謂的科學研究人員關在玻璃容器裡，每天從我身上抽血，切下一塊肉，進行電擊、火燒？又或者劃開肚皮，取出我的內臟，切割頭蓋骨，取出大腦進行活體解剖研究？

想像即將落入的絕境，使得我產生更加強烈的求生意識，不再詢問乍侖到底知道什麼，以及我爲什麼會變成這副模樣，只想跟著他進入萬毒森林，在他的村子找到解決辦法。

踏入萬毒森林後，白霧似的毒瘴隨處可見，厚厚一層的落葉之下可能是瞬間能淹沒人的沼澤地，還有像蛇一樣能吞人的大型食人花。茂盛的樹冠遮天蔽日，林子裡分不清白天黑夜，加上我的視力衰退，根本看不清楚道路，全靠乍侖扶著我深一腳淺一腳地前進。

就這樣走了兩天，乍侖對路線非常熟悉，路上偶有些小事故，但沒出什麼大的危險。直到我的視線，出現模模糊糊的村落輪廓。

「到了！」乍侖指著隱藏在密林深處，在唯一一片空地蓋起的村莊對我說：「希望不會太晚。」

村口豎立著兩尊石製雕像，左側是一條形狀醜陋的巨蛇，右側是一個裸體的美貌女人。

有人看到乍侖，立刻笑著跑過來，用我完全聽不懂的語言交談，並不時用疑惑且帶有敵意的目光打量我。

乍侖指著我，不知對他們說了什麼，其中一個年紀稍大的長者忽然怒不可遏，不停大聲斥責乍侖。其餘的人都默不作聲，唯獨乍侖不甘示弱地回嘴，臉漲得通紅，鄰近太陽穴的血管一鼓一鼓的。

那位長者在村中地位似乎很高，只要是他說的話，別人不敢插嘴。我也發現村人對乍侖也很尊敬，沒有人站在對立面指責他的不是，僅是一動也不動地聽著兩人爭吵。吵了半天，兩人氣鼓鼓地對視著，久久不發一語。最終，那名長者嘆了口氣，背著手，頭也不回地當先走進村子。

此時，乍侖面色一緩，輕聲地告訴我，「他是我的父親，魯普。我們家世代統領著全族人。」

我這才恍然大悟，難怪兩人爭吵沒人敢說話，也萬萬沒想到，不起眼的乍侖竟會是一個世襲家族的繼承者。

然而，我更關心的，是我的怪病能不能治好。

乍侖看出我的想法，帶著歉意地說：「我父親已經答應了，今天晚上就會舉行儀式幫你治病。你得這種病，全都怪我……你是好人，咱們之間沒什麼話說，可在學校裡，別人都刻意躲著我，唯獨你沒有因爲那些事避開我。」

對上乍侖誠摯的目光，我忽然覺得非常慚愧。乍侖不知道我有多麼想搬離那間寢室，只是學校不同意罷了。如今，我只好支支吾吾地回應他。

進了村，我發現村人的膚色皆如同乍侖一樣白，走起路來雙腿幾乎不邁，似是在地面滑行。

房屋都是兩層，下面那一層用木架支著，圈養豬、牛、雞、鴨這類家畜、家禽，卻沒有通往上面那層的樓梯，不曉得他們都是怎麼上去的。更不可思議的是，每間屋子的四周都零零散散地分佈起碼一米深的土坑，有些坑裡還積水，邊上有許多白色貝殼狀的碎片。

乍侖沒有再說什麼，替我找了村中唯一的一間單層木屋，要我好好休息。兩個小時後，天色黑了，便舉行儀式爲我治病。

我隱隱覺得這個村子處處透露著難以琢磨的詭異。

可惜因爲身染怪病，我的大腦早已在三天前喪失深度思考能力，只能接受簡單的物事帶來的資訊，還有本能的求生慾望。

時間過去，天色逐漸暗了，我的意識也越來越弱，好像開始喪失最基本的記憶能力。屋外亮起通紅的火光，同時傳來奇怪的歌聲。

那歌聲應該是某種神秘的咒語，同一句話的隨著音律變化不停重複，像是在召喚什麼東西出現。

這時候，乍侖推開門。我看見他，下了床想站起來，卻雙腳一軟，硬生生癱倒在地上。

看著這一幕，乍侖搖了搖頭，快速走過來，用力攙扶起我。剎那間的接觸，皮膚傳來又濕又滑又冷的感覺，我的手居然跟被一條蛇纏上沒兩樣。

村子中央的空地，所有人圍著巨大的篝火，手拉著手，有節奏地搖擺身體。他們嘴裡吟唱著奇怪的咒語，眼中透著迷茫的神色。

乍侖扶著我穿越人群，我才看到他父親魯普在地上爬來爬去。我機械地看著魯普在地上越爬越快，直到耳朵、鼻子、雙手與身體融合，雙腿黏在一起，頭髮變長覆蓋在身上化為鱗甲，緩慢地由人轉變成一條巨大的蛇。

06

直到現在，我還感到慶幸，如果當時我沒有喪失恐懼的意識，不知會是多麼可怕的事情，肯定對我的人生造成深刻的影響。如今我坐在電腦前，鼓足勇氣敲著鍵盤敘述自己的經歷，記起那幕場景，依舊會渾身發冷。

因爲，不僅是魯普，當我再看到身邊的乍侖，他也已經化成一條蛇立在我面前。瞪著一雙圓溜溜的眼睛，吐著長長的信子，分岔的舌尖舔在我的臉上，留下黏膩的噁心感。

村子裡的所有人，也都在我沒有察覺的時候，統統變成了蛇！

立起上半身的蛇群仍然圍著圈，嘴裡還唸誦著那句咒語，身體不斷晃動。

「不要害怕，這是我們的本來面目。」立在我身旁的乍侖，不，是那條蛇張開嘴，說出我聽得懂的人話！

神秘的熱帶森林裡，一個古老的村落，全村的人不但都變成蛇，還會說人話。而我，就佇立在群蛇的中間！

這是一件多麼恐怖的事情！

忽然間，灰塵像細小水珠上下跳躍，大地跟煮開的沸水般高高突起巨大的土包。篝火旁邊，一個土包越來越大，龜裂出指頭粗細的裂縫。隨著顫動頻率越來越高，不少泥土向下滾成小圓球，從土包簌簌地落下。

似乎有東西要破土而出！

嗷地一聲怪叫，土包噴出一股泥浪，筆直地沖向天空。泥巴紛紛落下後，裂開的土包中探出兩顆腦袋。

一顆蛇頭和一顆人頭！

與村口立著的兩尊石像一模一樣！

緊隨著兩顆頭顱，巨大的蛇身從土中鑽出，黑色如水桶粗的蛇身融入夜色，足足有二十多米高，而且尚有小半段沒有出來。篝火忽明忽暗，蛇脖子上的兩顆頭瞪大眼睛望著我。

蛇頭發出滋滋聲，村人化爲的蛇群宛如接收召喚，飛快地向雙頭巨蛇爬去。牠們纏在巨蛇上，極盡全力地蠕動著。

唯獨魯普依然待在雙頭蛇面前，靜立不動。

喪失意識的我感覺不到任何恐懼，麻木看著所有的蛇一層層纏繞到雙頭蛇的脖頸，形同搭了一道梯子。魯普這才順著一圈圈地爬到頂端，和那兩顆腦袋面對面地注視，還發出奇怪的聲音。

待魯普的聲音消失，一蛇一人的腦袋臉對臉，似乎在討論什麼。人頭堅定地搖了搖頭，蛇頭卻在點著頭。

接著，魯普又說了半天，雙頭蛇默默思考半晌，最終才同時點點頭。

這時候，雙頭蛇抖動身體，所有的蛇都被抖落地面，紛紛向遠處爬去，並爬回二層的木屋。

頃刻，整片空地只剩下我和雙頭蛇。

雙頭蛇探著身子來到我面前，一人一蛇兩顆腦袋離我的鼻尖不超過十釐米，我甚至能呼吸到從他們鼻孔噴出來的腥臭。

「張開嘴！」女人頭對我道出字正腔圓的漢語。

我無法抗拒地張開嘴，那顆蛇頭的喉嚨一陣回壓，吐出一顆桂圓大小的黑色肉囊。用分岔的舌尖托著，顫顫巍巍地塞入我嘴裡，又在肉囊一戳，苦澀腥臭的液體立刻灌了我一嘴。

那股液體順著我的喉嚨流入胃裡，我清晰感覺到食道像是吞下一團火，無比疼痛，繼而全身的血液像是煮開，五臟六腑猶如被熱油潑過，令人難以忍受。

我實在承受不了這種快被燒死的灼痛感，僅存的一點意識越來越模糊，直到完全一片空白。眼前的世界重影模糊，最後幻化成模糊的光影，我終究支撐不住，當場昏死過去！

07

喉嚨乾裂般疼痛，如有千萬把匕首同時在裡面切割，我忍不住發出呻吟。睜開眼睛，映入眼簾的是白色天花板，我躺在寢室的床上。

「你醒了？」乍侖遞給我一杯水。

我一飲而盡，冰涼的感覺讓我的喉嚨舒服一些，「我怎麼會在這裡？」說話的同時，狐疑地打量寢室，明明最後的記憶是在蛇村裡啊！

蛇村……

恢復清明的意識帶來莫大恐懼。我想起那群化爲蛇的村人，想起乍侖也變成蛇立在我的面前，不禁驚恐地向床角退去，生怕乍侖再次突變成一條大白蛇。

「你怎麼了？」乍侖覺得奇怪地看著我。

我反被他問得張口結舌，連忙對著胳膊搓了搓，驚奇地發現皮膚不再脫屑，骨骼也不再軟得像根麵條。

「你持續高燒半個多月，天天說胡話。」乍侖笑著又替我倒了一杯水，「幸好今天總算清醒了。」

聞言，我一臉詫異地盯著乍侖，難不成我記憶中的一切，都是高燒產生的幻覺？可是，既然是幻覺，又爲什麼會如此眞實？

再次憶起那恐怖的場景，我忍不住又渾身哆嗦。

「哦，對了！」乍侖指向收拾好的行李，「我要回家了。家裡有事，不能繼續讀書了。和你共室的這兩個多月，我感到相當愉快！既然你已經好了，我也就放心了。今天算是道別，我走了。」

我的思緒還有些紊亂，一時沒反應過來，直到乍崙背著包走到門口，才大聲喊道：「等等！你……你……你到底是什麼？是蛇，還是人？還是人蛇？」

乍侖愣了愣，回頭笑道：「我怎麼可能是蛇呢？我明明是個人啊！」

此時此刻，我完全分不清楚現實和幻覺，腦子裡不停閃現詭異的雙頭蛇、乍侖由人變蛇，村人變成蛇群的場景。

「我對中國歷史有所瞭解。」乍侖的目光對上我，「你們自古以來就有類似的傳說，造人的女媧不正是人蛇嗎？雷峰塔壓著的白素貞，不也是個人蛇嗎？」

我猛地一驚，張嘴卻半晌沒能說出半個字。乍侖再沒多講，背著包走出門，走廊裡傳來細碎的腳步聲。

許久之後，我回過神，捶了捶發脹的腦袋，勉強扶著桌子下床，恰巧瞥見從中國帶來的桌曆。

今天是農曆六月二十五日。

農曆六月，蛇月，正是萬蛇出洞的時候！

這剎那，我禁不住渾身發顫，險些站不穩，連忙坐回床上休息。眼角餘光，我不經意看見乍侖床下的角落，有巴掌大小的白色東西，似乎是一張蛇皮……

泰國東北部的烏隆他尼府平縣，一名叫沙田的三十五歲男子，舉行了一場奇特的婚禮——和一條蟒蛇結婚。

這場人蛇共結連理的婚禮，是由七十五歲的巫師乃軟主婚，約有二百名村民前來參加。

據說，近一個月來，這條蟒蛇三次纏上沙田，而且僅只是輕輕纏住他，並依偎在他的臉頰。巫師認為，蟒蛇前世為女子，愛上前世的沙田，可惜兩人做不成夫婦。今世女子生為蟒蛇，又來找沙田，想結為夫婦。

因此，沙田必須和蟒蛇結婚消災。

在巫師與親友的協助下，沙田舉行一場特別的婚禮。新娘不是人，而是一條身長三米的蟒蛇，被取名為「實提達」。婚禮結束後，他將帶蟒蛇到家裡拜祭祖先，再到巫師乃軟家住六天，才能返家。

第 6 章

萬毒森林

泰國有一種很神秘的儀式，當家人罹患現代醫學無法救治的重病，或者遇到難解的危機時，家中最年長的老人會捨棄自己的生命，走進萬毒森林，從此不再回來。屢試不爽，每當老人離開後，短短幾天之內，家人的重病就會轉好，遇上的危機也會解除。

至於，他們究竟做了什麼，沒有人知道。

唯有年齡到七十七歲的老人，才有資格通過黑衣阿贊的啟示，獲得這種保佑家人的方法。對此，老人們守口如瓶，隻字不提。有的老人走出寺廟的時候，甚至臉色煞白，雙目無神，宛若經歷異常恐怖的事情。

01

乍侖離開校園後，再沒有出現過，這間寢室僅剩下我住在裡面。同學們看我的眼神開始躲躲閃閃，不若從前那般熱情。其中的原因我不是很清楚，但肯定與我昏迷的半個月有關。

想到那晚寢室門口被燒死的蛇群、洪森慘死、乍侖變成一條蛇、我得了奇怪的皮膚病。為了替我治病，乍侖帶我去萬毒森林；一整村的人都變成蛇，還有那恐怖的雙頭蛇……

我分不清這一切到底是如乍侖所說，因高燒昏迷產生的夢境，還是眞實發生過這樣的事情。無數疑團擠在我內心，猶若瘋狂生長的荊棘，無時刺痛著我的神經。每當我陷入矛盾之際，都會從衣物櫃的角落拿出一個布包，小心翼翼地打開，看著裡面那張從乍侖床底撿起的蛇皮發呆……

如此過了半個多月，我的身體恢復活力，精神也好上許多。即便仍會時不時想起認識乍侖後的一切，但時間或許是最佳的特效藥，又或者自己的潛意識也在逃避可怕的記憶，我似乎學會了遺忘，忘記曾經發生的一切。

只在夜深人靜，獨自一人躺在床上對著天花板發呆時，間或瞥見乍侖空蕩蕩的床鋪，我的心裡才會猛地悸動。這個時候，我都會努力讓自己趕快入睡，或者開燈通宵念書分散注意力。

人都會用不同的方式逃避不願面對的事情，不是嗎？

洪森的死，警方沒有得出結果，就這樣不了了之。學校賠給洪森家裡一筆數目可觀的錢，那天洪森母親帶著他的弟弟，一個瘦弱的小孩，目光呆滯地接過錢，默默離去了。我無法忘記洪森母親和他弟弟走出校門，回頭看學校的情景，那妖芒閃爍的怨毒眼神令我不寒而慄。

漸漸地，同學們不再躲避我，對我也重新有了笑臉，經常沒事就和我聊聊天，日子好像回到剛來泰國的那段時間。但是，他們從不進入我的寢室，我們之間也有默契地遵守一個條例——絕不談及乍侖。

就在我以爲能夠把這件事情深埋心底，再也不去想，安安穩穩度過在泰國當交換學生的日子時，卻發生了那件事情！

02

清邁大學的課程教學和各國大學差不多，除了必修課，還有選修課，授課地點是一間間獨立的教室。學生每天都會準時端坐在課堂裡，老師也會和學生們相互行禮致意，這點和中國倒有所不同。

泰國貧富差異大，能考上大學意味著家境貧寒的學生從此擺脫打泰拳、混黑社會、變成人妖、加入金三角雇傭軍的命運。只要好好學習，順利畢業，必定能謀得一份公部門的工作，或者憑著大學文憑，找到適合自己發展的公司。

這天，我如往常一樣，背著裝滿書籍的背包去上課。路上遇到熟識的同學也雙手合十，向他們微微鞠躬，面帶微笑地致意。盛夏典型的炎熱天氣，陽光肆意揮灑屬於熱帶的高溫，把我的皮膚炙烤得滾燙。還沒抵達教室，我的額頭已經密密麻麻冒了一層細汗。

我現在特別喜歡曬太陽，這種炎熱能讓我感受生命蓬勃的活力，忘記全身曾經長滿蛇皮的潮濕感。

來到教室，老師已經早早等在那裡，在黑板畫著人體結構圖。我走到平時習慣坐的位置坐下，拿出這堂課用的課本。在泰國，百分之九十五的人信奉佛教，信仰讓每個人的言行舉止非常有節律，以教室裡的座位爲例，大家幾乎都有默契地坐在固定的位置，少有搶座、占座的現象。

這堂是人體解剖學，負責授課的老師叫都旺。今天上的是理論，聽說過幾天就要進行實作，我有些恐懼，又有些期待。

都旺畫完人體結構圖，隨後逐個講解。所有學生都安靜聆聽，手邊快速做筆記，生怕漏掉一個小細節。

「老師。」我前排有個女生不好意思地站了起來，「我……我身體有些不舒服，想回宿舍休息。」

都旺關切地問：「帕詫，妳還好嗎？」

帕詫的身體有些搖晃，連續打了兩個噴嚏，才開口回道：「可能是感冒，休息一下就好。老師，對不起，影響您上課了。」

都旺點了點頭，「有沒有和她同一間寢室的同學，把她送去看看醫生。」

這句話讓教室裡大多數學生笑了出來。來上課的雖然只是醫學院的學生，對病理算不上精通，但普通的感冒基本上都能應付得來。

聽聞笑聲，都旺也覺得自己這句話有些幽默，忍不住笑了笑。

坐在帕詑旁邊的女孩收拾東西，向老師點頭致意，便陪著帕詑走出教室。

我注意到，帕詑起身的時候站立不穩，走出教室時，幾乎已經靠在那個女生身上。值得一提的是，我隱約看見帕詑古銅色的胳膊上泛起青紫色，那痕跡慢慢擴大，由不規則的塊狀向四周延伸出長長的細線，又長出凸起物，就像是……

一片蛇鱗。

除我之外，還有一道銳利的目光落在帕詑身上。

都旺面色凝重，看著帕詑離去的背影。他意外發現我也注視著帕詑身上奇怪的印記，久久盯著我不放，彷彿要看穿什麼。

我沒來由地打了個冷顫。

都旺的眼神陰冷，使我想起一個自己以爲已經遺忘的人——乍侖！

身後冷不防傳來有人撲通倒地的聲響，我急忙回頭看去，一個男生面色發紫地歪躺在地上。他嘴裡吐出墨綠色的泡沫，脖頸處赫然浮現青紫色的印記。

這一刻，教室裡的學生們亂了手腳，驚慌失措地扶起那個男生，送往學校的醫務室。然而，更多人開始不停打噴嚏，眼淚、鼻涕控制不住地流出來，裸露衣服外的皮膚開始浮現蛇鱗般塊狀青紫色。

就像可怕的病毒迅速蔓延，有不少人暈倒，還有幾個像忍受不了寒冷，如同赤身躺在雪地裡一樣，蜷縮著身軀瑟瑟發抖，不自覺地抽搐著。

教室裡登時一片混亂，女生恐懼地放聲尖叫，男生爭先恐後向外逃，還有一些人臉色慘白地跪在地上，雙手合十，用我完全聽不懂的語言禱告。

沒多久，還留在教室裡的人都倒在地上，唯獨兩個人沒有受到影響——我和都旺。

依稀中，我聽到有人喊了一聲，「是草鬼！」

03

學校把這條消息封鎖了。

就讀泰國著名的醫學院，學生們獲得的治療和使用的設備自然是最先進的。只是我作爲「倖存者」，卻深刻體會到正常人來到瘋人院的感覺。全校師生看我的眼神如同見到怪物，連上課時，同學們寧願擠在一起，也不願意坐在我的附近。看到身邊空蕩蕩的座位，我心裡有種說不出的滋味，恨不得那時跟其他同學一樣，身上出現奇怪的印記，直接在教室裡暈倒。

如此又過了三天，泰國的陽光依然灼熱，我心裡卻越來越冷，甚至想放棄交換資格回國。「獨在異鄉爲異客」，又被所有人排斥的感覺，我就快受不了了。

除了幾個病情嚴重的還在治療，其餘的同學都已經痊癒。但是，無論喜歡湊熱鬧的人怎麼問，大家宛若有某種奇妙的默契，皆閉口不談。唯獨看我的眼神，透著莫名的仇恨。

關於這件事情，我推測也許是乍侖回來了。可想一想，又覺得可能性不大。平時和乍侖接觸不多，但我相信他不是壞人。這點從他帶我到萬毒森林的村落治病就能看出來。

這一個禮拜以來，我腦袋亂糟糟，上課根本聽不進老師在講什麼。今天上午有人體解剖學，另外一個不受奇怪病症影響的人——都旺老師，卻沒有出現。同學們議論紛紛，直到副校長走進教室，表示都旺家中有事，近期無法授課，會另聘其他老師，大家才一哄而散。

我靜靜地坐了一會兒，直到教室裡剩下我一個，才嘆了口氣，收拾書本回寢室。走進宿舍樓，正要拿鑰匙開門時，發現門是虛掩的……

乍侖？

正猶豫是否進屋，我聞到寢室裡傳出撲鼻香味。濃濃的牛肉麵香，夾雜蔥花的清香。是誰如此深諳其中奧妙，知道牛肉麵一定要放進蔥花，吃起來才過癮？

沒錯！是泡麵的味道！

煮泡麵一定要撒上蔥花的人，除了他，還會有誰？

我最好的朋友——月餅！

推門而入，果然看見一個清瘦的青年蹲在鍋前，鍋子下架著一個卡式爐，正吐著藍汪汪的火苗。

乾麵餅漂浮在水面，慢慢散開，一點一點變大。放入調味料，用筷子攪幾下，頓時香味四溢。他拿了兩顆雞蛋，在鍋沿輕輕磕兩下，雞蛋裂開一道縫隙。接著，兩手一扳，蛋黃和蛋清滑進鍋裡。隨興用筷子攪散麵條，讓調味料溶解在水裡，沸騰的湯底浮起紅色泡沫。

鍋裡傳出咕嘟咕嘟聲，寢室裡瀰漫著濃郁的香氣。再看鍋裡，黃燦燦的麵條、鮮紅的辣湯，最後灑上一把綠色的蔥花，正是大學宿舍必備美味，能在熬夜念書時吃得感動大哭的——牛肉泡麵！

「月餅，你死哪兒去了？」我被這鍋泡麵的香味，勾得食指大動。

「我那天睡過頭，索性關了手機，去西藏溜達一圈，想看看能不能在山溝裡碰上個正宗鐵包金。直到前幾天，打開手機，看見學校說再不來就開除的訊息，我花了不少錢打點，才過來與您老人家會師。」月餅盛起一碗泡麵，悠哉地吃著。

聽月餅給的這番說法，我一時氣結，不過這倒符合他一貫的行事作風。他是富二代，經常來一場說走就走的旅遊，日子過得相當隨性。我去過他家幾次，裝潢就跟皇宮一樣，還擺著不少看上去很值錢的古董字畫。

我盼星星、盼月亮，總算把他盼來了。毫不客氣地夾了一碗麵，一邊吃著，一邊講著來到泰國後發生的種種異事。

我口沫橫飛地講一個多小時，才甘願地住嘴歇口氣。月餅聽我提及同學們得了怪異的皮膚病，半晌不發一語，接著站起身就說：「走！」

我傻眼了，「幹嘛去？」

月餅反倒一愣，說道：「去萬毒森林啊！」

我大吃一驚，「你瘋了！要去你自己去，反正我是不會去的。再說，去那裡有什麼意義？」

「你腦子進水啦？如果你得了那種病，只有萬毒森林裡蛇村的人才能救治。」月餅扯著我的胳膊就要走。

我使勁掙脫自己的手，「月公公，拜託你有點腦子，好不好？別說上次進去，我意識模糊，根本記不住路；就算是記得住路，我也不想進去。我還這麼年輕，不想進去餵鱷魚。」

「是爺們不？」月餅扔給我一根煙。

我點著狠狠抽了一口，「廢話！」

「去不去？」

「不去！」

「是男人不？」

「必須的！」

「去不去？」

「不去！」

「你不去，我去！」月餅懶得和我囉唆，背著包就往外走。

這傢伙的性格就是這樣，認定的死理動車也拉不回來。我在寢室傻愣半天，最後一咬牙，跟著衝出去，「月餅，等等我！咱們就算是去，也得先準備點乾糧和野外裝備吧？」

「我常年遠遊，裝備包裡都有。至於吃的……泡麵加上各種野味，味道肯定不錯。」月餅離得大老遠，頭也沒回，就甩給我一句。

04

腳下踩著深厚的泥，時不時還冒出幾個泡泡，每次拔出腳困難重重。我叫苦不迭，抬頭是遮陽蔽日的樹冠，縱橫交錯的枝椏上還趴著巨大的蜥蜴，以及與樹幹同色系的蟒蛇。

「月餅，我就說別來，你非要來。」

這是我們進入萬毒森林的第三天，我很沒出息地迷路了。上次來，我意識模糊，只記得朝太陽下山的方向前行，期間有沒有走彎路，或者怎麼走，根本就不知一二。

在十萬平方公里左右的萬毒森林裡，尋找一個芝麻大的村落，無異於大海撈針。怕就怕針還沒有撈到，我們先見了閻王爺。好在月餅的野外生存經驗豐富，「遇山開山，遇水搭橋」，倒也能化險爲夷。

最嚇人的一次，是我不小心踏入沼澤，感覺雙腿被緊緊包著，似乎還有蟲子在爬，而且越掙扎陷得越快。慌亂之餘，我按照月餅說的方法，放鬆身體，平躺在沼澤上。等他爬上樹，用尼龍繩打了個活結套住我的脖子，把繩子搭在樹枝上，另一端緊緊綁住他的腰部，從樹上猛地往下跳。在泥水往我耳朵裡灌的時候，他終於硬生生把我從沼澤拖了出來。

命是撿回來，但險些被尼龍繩勒死。被拖出沼澤的瞬間，我的腦袋幾乎快和脖子分家。經歷這件事，我說什麼也不願再走。月餅撂下一句，說得倒很實在，「都迷路了，瞎轉悠搞不好還能出去，繼續傻坐著，就只能等著變乾屍。」

我摸著被樹枝劃得全是血痕的胳膊，「就等著變成乾屍吧！我實在走不動了！」瞧我不是亂哼，月餅收起開路的砍刀，倚靠著樹幹坐下，「歇會兒。」

我拿著水壺灌了幾口，點根煙抽著，一屁股往下坐，登時覺得樹葉底下有東西硌得慌。順手摸出那東西，看清楚是什麼，頓時嚇得放聲大叫。

是一根骨頭！

樹林上空驚起一群飛鳥，拍著翅膀撲稜稜地亂飛。身後半個人高的草叢竄起幾溜灰線，不知名的小動物四處逃竄。我慌忙起身，不少樹葉黏在褲子上，只見方才坐的位置露出一具完整的骷髏。

由於年代久遠，骷髏爬滿青苔，變成暗青色。兩個空洞洞的眼眶鑽出一條巨大的蜈蚣，胸骨被我無意間坐斷。

我忍不住吐了起來。月餅蹲下身，拾起一根樹枝仔細扒拉著屍骨，「南瓜，我想，你所說的蛇村可能就在附近。」

我吐得只剩下酸水，擦了擦嘴，問道：「你怎麼知道？」

月餅已經把埋沒骷髏的樹葉清開，「你仔細看。」

我強忍著噁心觀察，也發現那具骷髏哪處不對勁。

骷髏的上半身是成年男性，下半身卻像把兩條腿骨敲碎，再重新扭曲接在一起，無數細小的骨節拼連成一條長長的骨柱。又或者這個人根本沒有腿，我們看到的骨頭是接續著尾椎骨生長的。

有一種畸形人，生下來就是雙腿相連，下半身看上去就是一大塊光滑的肉條，被稱爲「海豚人」。

我想起乍侖，他的雙腿無異於常人。至於，那天晚上村人到底變成蛇，我依舊分不清楚是現實，還是錯覺。

爲什麼此處會出現奇怪的骷髏？這具骷髏就是蛇村人眞正的面目嗎？

念及至此，我不由自主地打了個寒顫……

「天快黑了，今晚就在這裡休息吧。」月餅看向森林深處，目光如同神秘莫測的萬毒森林一樣，深邃未知。

05

不得不稱讚，月餅的野外生存本領確實高強。

直接躺著潮濕又透著腐敗味道的草地，根本無法入睡。月餅用折疊工兵鏟挖出長寬兩米的正方形小坑，再用搜集的枯枝在坑裡燒火。直到坑裡被烘乾，才撲滅火焰，先平鋪草木灰，再把堆放坑邊的土蓋在上面。最後，鋪上軍用野戰毯，人躺在上面，暖洋洋的熱氣鑽進四肢百骸，和北方的土炕差不多，別提有多舒服了。

爲防止毒蟲的襲擊，他還沿著簡易土炕撒了一圈硫黃，剩下就是嘮嗑到睡著。

我枕著胳膊，想著那具奇怪的骸骨，心裡多少有些害怕，「月餅，那是不是人？」

「我哪知道？」月餅叼著一根草，「不過我覺得應該距離乍侖的村子不遠了。」

原始森林裡的空氣夠清新，比興奮劑好使，我使勁吸了一口，頓時來了精神，「你該不會是忽悠我吧？我這當事人都不覺得。」

「我也說不上來，這種感覺很奇怪，也很微妙。」月餅嘆了口氣，忽地轉移話題，

「你的紅瞳怎麼變黑了？戴了瞳孔變色片？」

這話倒把我問住，琢磨該如何解釋，月餅倏地坐起身，直勾勾看著森林深處。一驚一乍的動作讓我心裡一緊，正要詢問，他又擺出噤聲的手勢，「聽見了嗎？好像有聲音。」

這麼大的林子又不是外太空，有聲音很正常，沒什麼好大驚小怪的。我聽半天，除了夜風拂過樹葉的沙沙聲，哪裡有其他的響動。

「再仔細聽！」月餅邊說邊站了起來，打開手電筒朝西邊看去。手電筒的光柱來回掃動，間或照在樹幹上，始終看不出任何異常，倒搞得氣氛詭譎恐怖。

就在光柱掃過一棵樹的時候，我似乎瞥見樹上有東西在蠕動。月餅也發現了，急忙把手電筒的光柱蛇像那處，果然發現一團黑壓壓的東西停在樹上。

我看清楚那團東西了！

一張巨大的人臉！

那棵樹足有兩米多粗，那張人臉佔據樹幹四分之三的面積，五官異常清晰……

我聯想起《聊齋志異》裡關於樹精花妖的故事，難不成這棵樹已經成了精怪，每到晚上就會幻化人形？

「白天的時候你有注意到嗎？」月餅往長著人臉的那棵樹走去，「我記得這棵樹沒什麼異常。」

我暗暗佩服他膽子大得沒邊，心裡頓時踏實不少，「月餅，還沒搞清楚狀況，先別過去。」

「它還能吃了我不成？」月餅哼了一聲，把砍刀拎在手裡。

這下我急了，「萬一真的是妖魔鬼怪，你那一把破刀管個屁用？又不是孫悟空的金箍棒！」

正說著，那張人臉又起變化。它的眉毛動了動，向兩邊拉伸，又縮了回去。原先橢圓的臉龐，下巴變尖，整張臉拉長許多，看起來更加詭異。眼下左眼流出一行濃稠的黑色淚水，淌到嘴邊，猶若臉上畫油彩的小丑。

更駭人的是，人臉突然咧開嘴，似乎衝著我們大笑！

那張露出各式各樣詭異的表情，最恐怖的一個表情像是整張臉都融了，軟塌塌的，瞬間又恢復原樣。

我再也忍不住，抱著腦袋，渾身打哆嗦。

月餅緊盯著那張臉，嘀咕一句，拔腿向那棵樹衝去。沒等我反應過來，他已經跑到樹前，霎時又像被一拳擊中肚子，吃痛地彎下腰。見狀，我顧不得其他，連忙也追了過去，還被一根斷枝劃破小腿，火辣辣地生疼。

「別亂動！」月餅低著身子指向樹幹。

我湊近一看，不禁啞然失笑。這哪裡是張人臉，分明是一群密密麻麻的螞蟻爬在樹上，恰巧拼湊出人臉的形狀。

與平常所見的螞蟻相比，眼下這些螞蟻個頭真不小，圓滾滾的肚子足有蒼蠅那麼大，互相推擠著啃咬樹幹。我對自己沒有密集恐懼症感到萬分慶幸，否則這視覺效果足夠記上一輩子。同時也有些好奇，爲什麼這群螞蟻要啃食樹幹，看牠們的特徵不像是白蟻。

「這是亞熱帶特有的一種螞蟻，火烈蟻，以動物的鮮血爲生。」月餅小心翼翼地用樹枝挑起一隻，輕輕一捏，蟻肚啵地爆出一汪鮮血，「事情可能沒那麼簡單。」

他緊揪著眉頭，用樹枝掃開蟻群，原本聚滿螞蟻的樹幹，露出一道道刻痕，有著乾涸的血跡。挑了一點湊在鼻尖嗅了嗅，又伸出舌頭舔著，他立時做出判斷，「是人的血液。」

不知爲什麼，月餅這個舉動讓我覺得陌生，彷彿不是我認識的月餅，而是有人喬裝成他的模樣。一直以來，他懂的事情確實比較多，可剛剛那個舉動太專業，完全超出我對他的認識。

有了這個念頭，我突然意識到，月餅看似冒冒失失闖進萬毒森林，但是期間無論遇到什麼情況，背包裡總有相應的東西可以使用。

這根本不是所謂的「我常年遠遊，裝備包裡都有」一句話能解釋得通的。

再者，只聽我一席話，就決定進萬毒森林，要麼是太不冷靜，要麼就是早準備好。

爲什麼一定要找上我呢？

眼前這個人，顯然做足了來萬毒森林的準備。我只是他的一個棋子，或者說，是領他到達蛇村的引路人！

當你察覺到最熟悉的朋友忽然變得陌生，做出一些難以理解的舉動，且處心積慮地欺騙你，而你還不知道他的目的是什麼，會心生恐懼嗎？

或許，這就是「人心永遠最可怕」的由來。

「你到底是誰？」

方才被樹枝劃破的小腿疼得更厲害，但我顧不上那麼多，下意識後退兩步，提高警惕地質問。

聞言，月餅微微一愣，眼神忽地變得怪異，上下打量我一番，毫無預警地衝向我。我措手不及，被他推翻在地。

「我去你大爺！」我不甘示弱，一腳踹了回去。

月餅動作敏捷，右手夾住我的腿，左手掏出匕首，對著我的腿肚劃下。

完了！

我心裡一涼，今兒小爺算是交代在萬毒森林了！

腿上陣陣劇烈的疼痛，被割開的腿肚翻出白色的肉，立馬滲出大片的鮮血……

06

「你什麼時候被劃破了腿？」月餅麻利地從包裡掏出一瓶二鍋頭倒在我的傷口上，灼痛感讓我差點背過氣去。

在他的壓制下，我暫時無法掙脫，睜眼看著他拿出一卷醫用紗布，手法熟練地替我包紮完畢。

「帶著流血的傷口靠近火烈蟻，你是想找死嗎？」月餅把剩下的半瓶二鍋頭灑在地上。

直到現在，我才發現數量眾多的火烈蟻向我爬過來，但被濃烈的酒精阻斷道路，必須往兩旁繞行。

月餅架著我回到硫黃圈裡，才喘了口氣，「若不是我發現得快，你這條腿估計現在就剩下幾根骨頭了。」

聽他這麼講，我心有餘悸地擦擦汗，又看著硫黃圈外包圍我們的火烈蟻群，心裡直哆嗦。此刻，我的腿又疼又麻，可沒忘記最重要的問題，「你到底是不是月餅？」

月餅一副欲言又止，好一會兒才開口拋出三個字，「游龍閣。」

我沒好氣回覆他，「老闆娘！」

游龍閣是一家小館子，位在我們就讀的學校後方，烤魚堪稱一絕。我們倆晚上經常翻牆出去搓一頓，喝得醉醺醺再回宿舍。正所謂「醉翁之意不在酒」，看漂亮的老闆娘才是真正的目的。不能下手，好歹食物也不錯嘛！

「你怎麼突然懂這麼多東西？這趟來萬毒森林，是不是早做好準備？」我確認面前這個人是月餅後，連珠砲似的提出一連串問題。

月餅摸了摸鼻子（這是他慣有的動作），「南瓜，不是我不想告訴你，而是不能告訴你。別著急，等到合適的時間，我自然會向你坦白。」

他這種態度讓我非常不爽，冷冷地回道：「是不是等我掛在萬毒森林，你再燒紙告訴我啊？」

月餅臉上閃過一絲怒意，最後無奈地搖了搖頭，「算了，若換做是你，我也會不高興。但是，現在真的不是時候。」

「你他媽……」我心頭怒火騰起，可還沒罵出口，遠處傳來淒厲的慘叫。

我從沒想過一個人可以發出如此慘烈的叫聲，既像驟逝親人的哀號，又若身受極刑的痛呼。形容再貼切一些，更像是看到超乎想像恐怖的事情，壓抑不住地驚恐尖叫。

這聲慘叫，出自一個人的口中！

我聽出這個人是乍侖！

遠處樹枝嘩啦啦響個不停，伴隨著趺趺撞撞的腳步聲，一個人幾乎是半爬半跑地衝過來。

尖尖的下巴，蒼白的臉色，晶亮的眼睛，正是救了我一命的乍侖！

「壞了！」月餅瞪大眼睛吼道：「別過來！」

乍侖雙手和膝蓋已經磨出白森森的骨頭，眼神散亂，循著月餅的聲音往我們這邊望來。忽然，他的眼神變得惡毒銳利，狂號一聲，雙手在空中胡亂擺動著，猛撲而來。

而他的前方，正是密密麻麻的火烈蟻！

火烈蟻順著乍侖的腿爬向其他部位，乍侖慘叫著歪倒在蟻群中，轉瞬間整個人被淹沒。我聽到令人牙齒發酸的噬肉聲，還有乍侖微弱而怨毒的呻吟，「騙子……惡魔……」

他掙扎著從蟻潮中伸出手，五指攥成拳頭，又哆嗦著張開。眾多火烈蟻撲了上去，頃刻就成了一截截白骨，泛著冷冷的月色。

這種慘絕人寰的視覺刺激讓我忘記害怕，只是呆傻地站在原地，不停回想著乍侖的聲音容貌，還有他臨死前的那句話……

就在此時，密林深處傳來幾聲尖銳的怪叫，像極了小時候做出失敗柳笛吹出的聲音。妙的是，火烈蟻聽到聲音，悄無聲息地快速退散，徒留下一具被啃得坑坑窪窪的殘屍。

那具骨架的腰椎以下，是一條由無數細小骨頭組成的腿骨。

兩行淚水順著臉龐滑下，在我的下巴匯聚成珠，久久不墜。

月餅擦了擦眼角，聲音有些悲愴，「南瓜，我們可能被利用了。」

「到底是怎麼回事？」我胸口悶著氣，發洩情緒地大吼。

怪叫聲越來越急促，隨著轟地巨響，大地如同炸彈引爆後顫動著。

月餅的臉色驀地劇變，叫道：「快點！否則就來不及了！」

07

我不明白月餅這幾句話到底什麼意思，但是密林深處肯定發生異事！

看著乍侖死在我面前，他的村落是不是也受到攻擊？

我跌跌撞撞地跟著月餅向前奔跑，約莫兩根煙的工夫，前方豁然開朗。一個小村依山而建，村口立著兩尊奇怪的雕像，正是乍侖的村落。

數十道黑色的蟻流從草叢鑽出，如潮水般湧向村落。蟻群在地面行走時，發出如同兩塊玻璃不停摩擦的聲音，十分刺耳。依稀能看到村落裡人影瘋狂地跑動，幾條圓長的身影在村中時隱時現，猶若鞭子抽在地面，大地登時又是一陣顫動。

忽然，一條蟒蛇在村中高高昂起，輪胎粗的身軀泛著烏黑的光，嗷地發出怒吼，又猛然甩動尾巴。木屋的主樑被掃斷，房子應聲塌落，塵土如核彈爆炸後的蘑菇雲升騰而起。

我再也看不清村裡的情況，只見蟒蛇在飛揚的灰煙中甩動身體，似是在與什麼搏鬥。我心裡一顫，那條蟒蛇從脖子處分出兩顆頭，是雙頭蛇神！

「啊……啊……」

慘叫聲此起彼伏，幾人拼命撲打著身體跑出村子，像是身上燃著熊熊大火。在他們身後，火烈蟻群猶如吞噬一切的火焰，瘋狂追擊著。我這才看清楚，已經有無數隻火烈蟻爬在他們身上，撕咬每一寸血肉。

鮮血如霧般噴濺，不消片刻，那幾人身上佈滿芝麻粒大小的血洞。踉踉蹌蹌再跑沒幾步，終究是歪歪斜斜地跌倒，但手指依舊用摳著地面，掙扎著向村外爬。蟻群如黑浪，瞬間淹沒他們，只見幾個人形物體翻滾著，下半身化成幾條長長的尾巴從中探出，又軟軟拍下，震起片片蟻屍。

慘叫聲越來越微弱，終於再也聽不見，蟻群又重新返回村中，留下和乍侖一模一樣的屍骨。

「我明白了。我明白了。」月餅不停重複同一句話，雙膝一軟，重重跪在地上。他的手插進短髮裡，使勁地抓扯。

我被眼前的慘劇震撼得說不出話，嗓子如同堵了一塊燒紅的木炭，刺痛灼熱。

「南瓜，對不起。」月餅再抬起頭的時候，眼裡竟流出血淚，「我聽信了他的話，我……」

「那個人是誰？」我問出這句話的時候，靈光一閃，忽然想到一個人。

「都旺！」月餅的話證實了我的判斷。

月餅用袖口抹去血淚，臉上紅一片，看起來特別詭異，「我現在沒時間向你解釋，如果來得及，或許還有挽回的可能。跟著我，別亂跑。」

我來不及消化這幾句話的含意，方才突然想到都旺，完全因爲他是除了我之外，沒有受到怪病傳染的人。瞧月餅的神情，他似乎和都旺達成某種協議，而且被設計利用了。

進到村裡，倒塌的房屋支著斷柱，幾具骷髏插在上面，骨骼表面坑坑窪窪滿是芝麻大小的圓點。地面如同被水洗，留下一道道火烈蟻爬過的痕跡。

村中央的廣場依然霧氣騰騰，依稀能看到雙頭蛇神在翻騰，還有一道類似人形的模糊身影。

之所以這麼說，是因爲那道影子看起來比正常人大很多，且分外臃腫，完全不符合人體正常構造，有點日本巨型相撲手的架勢。

空氣裡瀰漫蛇腥味，嗆人的塵土一直往鼻孔裡鑽，我忍不住咳嗽著。月餅雙目赤紅，翻著背包找什麼。

揚起塵煙的廣場響起淒厲的怒吼，咚的巨響，一道閃電狀的裂縫從中迸裂。我立足不穩，一個踉蹌險些掉了進去，好在月餅及時拉住我。深不見底的裂縫，陣陣涼氣湧出，我扶著地大口喘氣。

這瞬間，我好像看到裂縫裡有一張近乎透明的床，上面躺著一個人。原先以為產生幻覺，使勁睜大眼睛，待看清裂縫裡的東西，全身汗毛豎了起來。

那不是一張床，而是一塊大約兩米長、一米半寬的石頭，表面如塗了一層油脂，泛著熒熒白光。波光流轉中，那個人並不是躺在石頭上，是被鑲嵌在石頭裡。

古銅色的皮膚，棕色長髮及腰，精緻的瓜子臉，微閉的雙眼似乎在顫動，像是隨時都會睜開。

這個女人，我曾經見過！

但是，我記不起來在哪裡見過她！

接著，大腦就像被閃電劈中，眼前閃過無數記憶碎片：飛機、女人、乘客、一只風箏……

風箏！我的思緒定格在那只詭異的風箏，透著油光，孤零零地飄在天空，像是一張薄薄的人皮。

我想起來了！

人皮風箏！

那個在石頭裡面的女人，是在飛機告訴我人皮風箏故事，又莫名其妙消失的女人。

她怎麼會在蛇村？又怎麼會在石頭裡？

我來泰國的一切詭異經歷，都是從她講了人皮風箏開始。可我明明記得空姐對我說過，本來坐在我旁邊的應該是一位先生，名字跟故事裡的拓凱一模一樣。

這到底是怎麼回事？

「你看什麼呢？」月餅手裡拿著一個黑漆漆的陶土罈子，看我神色不正常，也探頭向地縫裡看去。

我膝蓋一軟，跪在地上，大口喘著氣，「石頭……女人……地底……」

月餅奇怪地望向我，又看了看地底。再抬起頭時，看我的眼神就跟學校裡的師生看我一樣，好像我是怪物或精神病人。

難道月餅看不見？我心裡冒出一絲寒意，再向下看去，那塊石頭依舊沉在地底，女孩安詳地躺在裡面。

正當我要張嘴問月餅，廣場中央突然捲起一道漩渦狀的氣流，強烈的吸力把碎木沙石抽向廣場。這股吸力越來越強，我身體完全不受控制，被氣流吸向廣場，雙腳眼看就要離開地面。

這時候，一隻手緊緊抓住我的手腕！

我像激流中的一截木頭，被氣流吸得到立空中，五臟六腑宛如全擠壓在一起，胸腔也像被抽乾，無比難受。恍惚中，我看到月餅抓著地縫的手指煞白。

「月餅，你快鬆手！」我張嘴吼道，聲音被奔騰的空氣帶走。

月餅嘴角揚起微笑，倔強地搖搖頭，張嘴說了幾句話，卻淹沒在轟響的風中。

漸漸地，他的身體也跟著飄起，和我一起在空中搖擺，唯有那隻手，仍死命地摳著裂縫。看著他這個樣子，我心裡不曉得是什麼滋味，只想拼命把他的手甩開。就在此時，他身下壓著的陶土罈子飛向廣場中央。

嘈雜的聲音中，我聽見身後微弱的爆裂聲，空氣中的吸力忽然小了。我和月餅重重摔在地上，四肢百骸劇痛不已。

「你幹嘛不鬆手！」我吐了口滿嘴的沙子。

「你是我兄弟。」月餅摸了摸鼻子，目光轉向廣場，眼中透著迷茫的神色，「雙頭蛇神……」

我轉過身，終於又一次見到雙頭蛇神！

「謝謝你們倆。」廣場上站著一個人，冷冷地說道。

都旺！

08

那條神秘的雙頭蛇神，眼下失去初次見到時的威猛，軟塌塌癱在地上，烏黑金屬光澤的蛇身全是火烈蟻咬出的血洞，腹部還有一處炸爛的傷口，尾巴不自覺地抽搐。

雙頭蛇神無力地抬起頭，那顆美麗的女人頭對著我微微一笑，眼角淌出兩行濃血。蛇頭大張嘴巴，帶著倒鉤的尖牙滴著綠色毒液，長長的信子舔舐著女人的臉，喉間發出哽咽聲。

看著這畫面，我的眼淚不爭氣地流出來，熱熱的，流到嘴裡，鹹鹹的。

都旺扶了扶眼鏡，陰森森地看著月餅，「如果沒有你，我是找不到這裡的。」月餅像是被閃電擊中，全身顫抖，嘶啞著嗓子吼道：「你這個渾蛋！」

「哈哈……」都旺仰天長笑，「我渾蛋？你知道我爲了這一天，等了多久嗎？你知道我們爲了找他，耗費多大的心血嗎？」他指著我，眼中充滿嘲弄。

這些話都鑽進我的耳朵，那一刻我卻出奇平靜，緩步走到雙頭蛇神跟前，輕輕撫摸那顆醜陋的蛇頭。手掌傳來冰涼的死亡氣息，粗糙的鱗片劃破我的手心，一抹鮮血滲了進去。

女人頭又對我笑了笑，說出一段我根本聽不懂的話。她的聲音很柔軟，就像冬天裡的火爐，溫暖著我軀體。

蛇頭伸出信子，一遍遍摩挲我的手背，我感到久違的溫暖，而且是只有親人才能給予的溫暖。

我忽然感覺雙頭蛇神很熟悉，很親切，好像很久以前，我們就這樣相互依偎著，從未分開過。

想到這兒，我倏地回頭，憤怒地瞪著月餅，如果不是他，我根本不會再來萬毒森林，這一切也不會發生。

對上我的視線，月餅張了張嘴，沒有說半個字，又低下了頭。

「你們的感情果然非常好。」都旺從懷裡掏出木哨，吹響刺耳的哨聲。

地面翻起一堆堆米粒大的土粒，火烈蟻旋風般從地下湧上都旺的身體，瞬間把他包裹得嚴嚴實實，只留下一雙眼睛露在外面。

蛇頭猛然瞠大眼睛，露出仇恨的目光，想奮力掙起，卻是挺了挺脖子，又軟塌塌地倒下。女人嘴裡滲出一縷血絲，心疼地靠了過去。蛇頭嗚嗚悲鳴，愛憐般舔舐著女人美麗的臉。對此，女人笑著搖搖頭，又緩緩地閉上雙目。

「唯有你，南瓜，才能得到雙頭蛇神的信任啊！」

都旺高舉著手指向我，大堆螞蟻簌簌掉落，又立刻爬回他身上，密密麻麻擠在一起，說不出的噁心。

「唯有人鬼部，才能生出紅瞳者。哼！但自從葛布、巴頌之後，人鬼部不再有紅瞳者。我們蠱族爲贏得佛蠱之戰，派人潛入人鬼部的村落，發現原來紅瞳嬰兒都被送出泰國，散佈全球各地。想來人鬼部已經知道隱藏千年的秘密，每個紅瞳者再怎麼奮戰，始終是蠱族的犧牲品，根本無法解除人鬼部的詛咒。我和滿哥瑞私下抓住人鬼部的人進行拷問，甚至得下了蠱，才得知最後一名紅瞳嬰兒早在十八年前送到中國。又經過多方查詢，終於找到你——南瓜。」

這短短幾句話，讓我形同五雷轟頂，刹那思緒紊亂，腦海反覆出現幾個字，「我是泰國人？我屬於人鬼部？」

都旺嘴邊掛著奸笑，說：「人鬼部的先祖，名叫秀珠，千年前，因爲一個負心漢，成了女相男身的怪物。多虧她留下的一本蠱書，後來才有我們蠱族的出現。蠱族創始人是一位僧侶，據說是救了秀珠那位高僧的徒弟，也是泰國第一位『黑衣阿贊』。他學習蠱術，因而被當時的佛教視爲異類，慘遭活活燒死。即便如此，蠱術還是傳了下來，懾於佛教的勢力，僅能隱藏於黑暗之中。這也是佛蠱之戰的由來。」

此時此刻，廣場除了風聲，就只有都旺陰冷的笑聲不時迴盪。我坐在雙頭蛇神旁邊，眼看女人臉上現出死亡前的青灰色，卻無能爲力。月餅雙手緊攢著拳頭，烏青的嘴唇哆嗦著，眼神透露被欺騙的憤怒。

「人鬼部所謂的千年詛咒，說出來更好笑。秀珠雖是女相男身，也娶妻生了孩子，開花散果。她一直謹記高僧的教誨，隱居在萬毒森林裡。天長日久，她的子孫後代意外壯大，慢慢發展成數個部落。部落裡的有個奇怪的現象，每一代都會出現許多畸形兒，他們認定這是上天的詛咒，不敢出萬毒森林半步。難得有一個正常的孩子，便會被派出，融入社會學習，希望有朝一日能破除詛咒。你的室友乍侖，就是其中之一。」

我茫然地聽著，突然想到一點，脫口而出，「近親結婚？」

「哈哈，你果然聰明。」都旺伸出舌頭，將爬在嘴邊的螞蟻捲入口中，卡滋卡滋地嚼著，「乍侖學醫學，就是爲了破解所謂的『千年詛咒』，可惜從小接受的思想讓他始終相信這是詛咒。」

我聽得心中一凜，想到那幾具人身蛇尾的骨骼，隱隱覺得事情不是都旺說的那麼簡單。

「在你們出發前往泰國的前幾天，我就秘密接觸了你的朋友月餅。我……」

「住嘴！」月餅憤恨地狂吼。

都旺嘿嘿冷笑著，「哼！假使你心中沒有貪念，怎麼會接受我的條件，秘密來泰國跟著我學習幾個月的蠱術？又怎麼會置你好朋友於不顧，還在我散佈蠱毒之後，答應我的要求，誘騙南瓜帶你進入萬毒森林尋找蛇村呢？」

這一串話語，比發生在眼前的任何事情，還要讓我難以接受。月餅早就來泰國了？我經歷詭異事件的期間，他也身處泰國？這次來萬毒森林，他是要我帶路，好讓都旺有機會剿滅蛇村？

被朋友背叛的心情讓我失去理智，我站起身，一步步走到月餅面前，定定地望著他，「他說的是真的嗎？」

月餅低著頭，嘴角抽搐著，可說不出一句話……

「你他媽的騙我！」我一拳打在他的臉上，清楚聽到鼻樑斷裂的聲音。手很疼。

但是，心更疼！

月餅捂著鼻子，半蹲在地上，含含糊糊地說：「南瓜，不是你想的那樣。還記得來泰國前一晚，我對你說了什麼嗎？」

或許這一拳抒發積壓在心中很久的困惑和憤恨，我的情緒漸漸平復，大口喘著粗氣。聽月餅這麼一提，忽然愣了愣，終於明白他那晚的話中含意。

當時，得知可以赴泰國當交換學生，我高興得不得了，尤其是月餅也能同行。哥們倆拎著酒大搖大擺地在校園裡得瑟幾圈，享受同學們投來的羨慕眼神，才回到寢室一醉方休。

那天，我一直覺得月餅似乎有心事，笑起來很不自然，幾次想說什麼，卻欲言又止。我不好多問，尋思估計是暗戀學校裡哪個蘿莉，這一別就算是「大學時，暗戀是一條窄窄的國境線，她在那邊，我在這邊」，難免憂傷。

當下我也不廢話，仰脖喝酒。酩酊大醉，躺在床上，覺得全世界都在動，唯獨我是靜止的。後來，月餅忽然沒來由地拋出一句，「南瓜，將來無論發生什麼事情，你都要百分之百相信我。」

「蠱族千百年來一直在尋找它。」都旺貪婪地盯著奄奄一息的雙頭蛇神，「蠱族世代相傳，秀珠並沒有死，還得知蠱術最大的秘密——永生！我們現在看到的，是她的化身，真正的身體則藏在蛇村某個地方。找到她的身體，我就一定可以獲得永生！」

「而你，不過是我的棋子。你得的『蛇皮癬』，也是我下的蠱。我看出乍侖雖然聰明，卻有著庸俗的助人之心。加上你住院昏迷的時候，我用『葉障蠱』封住你的紅瞳，他卻能看見。紅瞳者是人鬼部的希望，他沒有理由不救你。嘿嘿……所以，他把你帶回蛇村，雙頭蛇神用自己體內的蠱丹救了你，損耗大量元氣，要不然我也鬥不過這條怪物！」

眞相大白！

原來我是一枚棋子，在泰國的這段時間，還天眞以爲只是自己運氣不好。

然而，正是因爲這雙該死的紅色眼睛，我最好的朋友背叛我，滿哥瑞、都旺不動聲色地利用我，乍侖爲了救我暴露蛇村位置，雙頭蛇神耗盡力量把我從鬼門關拉了回來……

山谷響起晚風的哀鳴，飄起陣陣蛇腥味，濃得如同我心中化不開的悲傷。

我的宿命，是什麼？

紅瞳者是人鬼部的希望，可這希望難道是毀滅嗎？

我心頭空蕩蕩的，猶若被死亡籠罩的蛇村。我下意識看向月餅，瞥見他的手指沾著被我打出的鼻血，在地面來回劃動。

繼續打我！最好往都旺的方向打，我要接近他！我知道錯了，這次，請你相信我！

09

月餅要幹什麼？難道他有辦法幹掉都旺？

我看了看滿身火烈蟻的都旺，覺得再做什麼都徒勞無功。蛇村已經被他毀掉，我們還能有什麼辦法？

快！要不就來不及了！

月餅又在地面寫下幾個字，乞求地望著我。可我搖了搖頭，沒有答應。

兩隻火烈蟻爬進都旺的眼睛，鑽進瞳孔裡，流出兩行黑色的液體。他吃痛地悶哼著，說：「爲了這一天，我不知忍受多少痛苦。滿哥瑞那個笨蛋，居然想藉由佛蠱之戰光耀蠱族，枉費當年我把他引入蠱族。好在最終得到秘密的，只有我，蠱族最偉大的人——都旺！」

這個當下，站在廣場中央的已經不是一個人，而是一個瘋子。

一個徹頭徹尾的瘋子！

「你們可以死了！」都旺冷冷地說完，隨即雙手交叉，嘴裡念念有詞。

火烈蟻像是被他身上的氣流激起，飛上天空，烏雲遮日般覆蓋著天空，黑壓壓地向我們湧來。牠們如同一粒粒沙子落在身上，瘋狂地撕扯著皮膚，我看到好幾隻螞蟻已經鑽進體內，卻絲毫感覺不到疼痛。

也許，這就是臨死前的覺悟。

無痛、無欲、無念、無思……

「你快跑！」月餅猛推我一把，拍打我身上的火烈蟻，全然不顧自己被咬得血肉模糊。

「嗷！」是雙頭蛇神的吼聲。

它勉強撐起龐大的身軀，陰影登時覆蓋我和月餅。抬頭看去，那女人正對著我淒然微笑，又張嘴說些什麼。

這次，我聽懂了。

「我會保護你們的！」

蛇頭張開巨嘴，一排帶著倒刺的尖牙滴著綠色的毒液，直直咬向都旺。

都旺略微吃驚，小退兩步，幾股蟻流迅速匯聚，層層疊疊，在他面前形成遮擋的屏障。

雙頭蛇神不加思索地衝撞蟻牆，將數以難記的火烈蟻擊散，分岔的信子閃電般探出，刺向都旺。

「哼！」都旺冷笑著，一動也不動地等著。

他出手如電，緊緊攥住雙頭蛇神的信子。接著，向旁邊一閃，躲過毒牙攻擊，又扯著信子纏繞蛇頭的七寸處。同時，火烈蟻沿著都旺的身體爬上蛇頭，順著鋼鐵般的鱗甲縫隙鑽動。

信子被硬生生咬斷，雙頭蛇神在地上痛苦地翻滾，全身鱗片張開，發出金屬撞擊聲。女人的臉被粗糙地面磨爛，皮肉全沒了，露出森森白骨。

「沒用的！誰都不是我的對手！」都旺長嘆著，竟有股說不出的悲涼，「以後再也沒有對手，會很寂寞啊！」

巨大的蛇尾拍打著地面，揚起一股股灰塵，抽出一條條裂縫。可雙頭蛇神越來越無力，顯然已經到了生命最後的時刻。

我含著淚，「月餅，你不是有辦法嗎？」

月餅努力地想站起，雙腿卻因爲火烈蟻的撕咬，根本站不起來，「最好的時機過了，我也無能爲力。」

「那我們會一起死？」我擦了擦眼淚，雙頭蛇神沒了聲息，僅剩微微起伏的腹部表示不甘。

都旺根本沒有理會我們，逕自走到雙頭蛇神跟前，單手插入它的腹部攪動。劇烈的疼痛讓雙頭蛇神又一次抬起頭，憤怒地張開嘴，卻只吐出半截被咬得稀爛的信子。女人頭帶著淒苦的微笑，緩緩地閉上眼睛。

這時候，火烈蟻圍成圈，把我們重重包圍。我們就這樣眼睜睜看著都旺把整隻手臂探進雙頭蛇神的腹部，恣意翻攪著，又拖拽出一截截血淋淋的腸子。

誰也沒有注意到，地面有道裂縫快速地向都旺身後延伸。

裂縫騰升起白光，刺耳的尖嘯如同萬千厲鬼，幾乎把我的耳膜刺破。一張淡黃色的東西忽地飄出，在空中盤旋幾圈，俯衝罩向都旺。

那是，人皮風箏！

10

都旺專心往雙頭蛇神的腹中掏東西，渾然未覺人皮風箏已經飄到他的頭上。

只見那張人皮張開到極致，皮質纖維的緊繃聲讓都旺抬起頭，可他壓根來不及反應，整個人已經被兜頭牢牢罩住。

「啊！」都旺在人皮中拼命掙扎，萬般驚恐地嘶喊。

氣氛異常詭譎，但這場景看起來十分好笑。

此刻，都旺手忙腳亂地掙脫，那張人皮一會兒撐出手的形狀，一會兒又頂出腳的樣子。我不禁想起高中時，化學老師經常色瞇瞇地盯著女同學看，還經常趁著單獨輔導的機會揩油。我們幾個男生氣不過，埋伏在那個老流氓回家的路上，用麻布袋套住，對他一頓拳打腳踢。

現在，都旺掙扎的情形，跟高中化學老師被麻布袋罩住時亂撲騰的畫面沒兩樣。

輕薄的人皮近乎透明，隱隱能看到都旺猙獰的臉，隨著人皮越縮越緊，都旺被勒得像個蟬蛹。可是，都旺沒輕易放棄，始終不停掙扎，拼命大吼，腦袋和手腳都用力向外掙。

眼看人皮就要被掙破，雙頭蛇神狂嚎一聲，尾巴用力掃向都旺，又軟軟耷拉在地上。啵的一聲，人皮裡傳出類似開啓易開罐的沉悶聲。都旺瞬間軟癱癱地像堆爛泥，強大的擠壓讓他的骨骼粉碎，渾身血肉摻和在一起。終於，整張人皮像個大布包，圓鼓鼓地堆在地上。

過了良久，又發生奇特的變化。一雙腿從人皮中長出，接著是纖細的腰肢，豐滿的胸部，修長的手臂，美麗的面孔。

這種奇異的畫面使我瞠目結舌，呆愣地看著一位美麗的女子從人皮中長出。是我在飛機上見到的那個女孩！

也是我方才在地縫石頭裡看到的女人！

秀珠！

幾個氣泡在秀珠光滑的皮膚下竄動，如同會遊移的腫瘤，沿著那張風華絕代的臉龐在頭頂匯集。期間還頂得她的眼睛凸出眼眶，看起來有種說不出的恐怖。

啵啵聲連續響起，秀珠的頭頂冒出一股黑氣，身體不停搖晃。經過一整晚的折騰，此刻升起的朝陽像是替她披上一層金紗。

我心中沒有一絲邪念，覺得這畫面很美麗。

生命的美麗。

那一刻，我甚至懷疑人類眞的是猴子進化而來的嗎？

「劫是劫，報是報，人皮裏蛇心，患難無眞情。」秀珠的聲音空靈詭魅，又透著無盡的蒼涼，「千年前，大師留給我一條活路。沒想到他的徒弟學成那本蠱書，成爲第一代黑衣阿贊後，在萬毒森林抓住我，對我下了蛇蠱，讓我變成人不人蛇不蛇的怪物，也就是雙頭蛇神。」

秀珠彷彿沒看見我們，自言自語地走到雙頭蛇神面前，愛憐地摟抱著已經僵死的雙頭蛇神親吻。

「黑衣阿贊這麼做，完全是爲了得到我能夠換皮永生的秘密，可我怎麼會告訴他？」

秀珠再站起身時，肌膚沾染上蛇血，如同一幅完美的油畫，強烈衝擊著我的視覺。

「你是紅瞳？」

這會兒，秀珠像是終於發現了我們，緩步走來。火烈蟻整齊地向兩邊退去，可比被摩西分開的紅海。

我茫然地點了點頭。

「沒想到我居然還能再次看到紅瞳者。」秀珠淒然一笑，「我中了蛇蠱，被禁錮在蛇身上，但黑衣阿贊卻不知我利用蛇蛻，把人皮褪下，包住死在萬毒森林裡的一具屍體，得到了復生的機會。本來，我想告知大師他的徒弟因爲學習蠱術變得喪心病狂，卻發現黑衣阿贊下了『牆蠱』，我全然無法離開萬毒森林。而他怎麼也沒料到的是，所謂的永生，只是長睡不醒，我每年只在蛇月蛇日蛇時甦醒。這樣的永生，又有什麼用處？」

「爲防止黑衣阿贊發現我逃脫蛇身，我只好藏在能夠擺脫蠱蟲搜索的水晶裡沉睡。當我再次醒來時，發現雙頭蛇神產下許多蛇蛋，孵化出人身蛇尾的怪物。看著那些孩子，我感到自己罪孽深重。出乎意料的是，他們之間居然有一個正常人，可他的眼睛……」秀珠深深看了我一眼，「是紅色的！」

「啊……」我忍不住喊出聲。

這句話像把巨大的剪刀，一股腦剪斷我的理智線！

我的紅瞳，竟是蛇族後代的標誌！

我的祖先，是這條雙頭蛇神！

「萬毒森林經常有獵人出沒，難免發現人蛇的行蹤。久而久之，替給我們冠上『人鬼部』這麼可笑的名字。時間過去，黑衣阿贊始終沒有收手，還暗中向反對他的人下蠱，並關進萬毒森林。被種蠱之人，一旦步出萬毒森林，就會立刻全身血管迸裂而死。這也就是所謂的『千年詛咒』。唯有紅瞳者，可以擺脫蠱咒的束縛，逃出萬毒森林。正是這個原因，大師獲得密報，治住黑衣阿贊，處以火刑。千百年後，紅瞳者便成了傳說中佛蠱之戰的關鍵。我每年甦醒的時間很短暫，但是透過部族的隻言片語，總算知道了大概。於是，我決定讓部落將紅瞳嬰兒送出去，避免再受無謂牽連。」

此時，我心神俱疲，完全沒有聽出秀珠的聲音越來越微弱。

「妳……怎麼了？」月餅試探著問道。

秀珠瞥了月餅一眼，「蠱族？」

月餅先是搖搖頭，又點了點頭。看著他，秀珠微笑著說：「是不是蠱族並不重要，重要的是你的心有沒有被蠱惑。」

聽罷，月餅全身一震，換上突然醒悟的神態，堅定地答道：「沒有！」

「那就好。」秀珠笑得很燦爛，露出小小的梨窩，表情宛如天真的孩子。

11

經過一陣沉澱，我的心情略為平復，但內心還有許多疑問。

就在這時候，秀珠臉色一變，一口滾燙的鮮血噴得我滿頭滿臉。她露出抱歉的神情，勉強抬起發軟的手，可還沒摸到我，就渾身失去力氣，一個踉蹌直接倒在我的懷裡。看著這情形，月餅趕忙從背包裡翻找急救藥品。

秀珠對他搖了搖頭，又嘔出一口鮮血，「沒用的，本體死了，我也活不了多久。還好……」

秀珠的身體在我懷裡迅速變涼。

我這才意識到她，秀珠，這個千年前的苦命女人，即將真正地死去。也許，她一直壓抑著被愛人背叛的仇恨，從沒過一天快樂生活，絕望地沉睡著。又或者，她早就想一睡不起，命運卻偏偏不肯放過她，讓她繼續承受無盡的痛苦。

眼下，秀珠終於等到真正解脫的時候，體內卻流著都旺邪惡的血液，不曉得她會上天堂，還是下地獄……

如此矛盾的感覺讓我更加悲痛。

「你……」秀珠在我耳邊低喃著，「記住……都旺不是最後一個黑衣阿贊。以後，你要小心……」

聞言，我的眼淚，一滴又一滴落在她的臉上。順著她白玉般的臉頰，滑到下巴，凝聚成晶瑩的一顆。

「不要在意自己的身世，痛苦糾纏過去，不如快樂地面對未來。」秀珠吸了口氣，眼中神采奕奕。

這是迴光返照的徵兆！

我的心隨著她的身體一起涼了。

秀珠嘴角掛著微笑，用極其微弱的聲音說：「我不認識你，但我相信你。如果有機會，幫我找一下我的弟弟。他的頭髮……頭髮……」

最後幾個字，我完全聽不見，只得把耳朵湊到她的唇邊，卻得知了死亡的冷。

秀珠死了。

我心頭已經解開的疑惑，又再次變得模糊。秀珠不認識我，那飛機上那個和她長相一模一樣的女孩是誰？秀珠不是孤兒嗎？爲什麼會有個弟弟？他又是誰？

我就這樣抱著秀珠，一動也不動，不知前後過了多久。

因爲，我眞的不知道自己該做什麼。

「南瓜，我們……」月餅囁嚅著，「我們把她葬了吧。」

「滾！」我吼出滿腔的怒氣。

「我知道你不相信我，可你一定要聽我解釋。」月餅摸出一根煙點上，塞進我的嘴裡。

濾嘴透出煙草的辛辣，彷彿帶著點朋友的溫暖。

「我沒有騙你，我也被騙了。」月餅拎著包，單手插著褲兜，光線把他的影子拖得很長。

「相信我，和我一起葬了她。離開萬毒森林，回到學校，我會一五一十地向你說清楚。」月餅往村外走，「做不做朋友，到時由你決定。」

我抱起秀珠的屍體，木然地跟在他身後走著，心裡暗暗發誓：萬毒森林，我再也不會進來了！

西元二〇〇八年九月二十七日，泰國有過一個轟動一時的發現：住在萬毒森林邊緣的獵戶入林打獵，卻扛回一具殘骨，上半身是人，下半身卻類似尾巴一樣的長骨節。

這件事引起考古學家、人類學家、生物學家、宗教學家的濃厚興趣，提出各式各樣關於人類起源、高等生物、變異、上帝造人的觀點，且自發性組織一支探險隊，準備進入萬毒森林調查。

奇怪的是，當探險隊準備進入萬毒森林的那個早晨，所有人都選擇退出計劃。這支由各大國際贊助商資助的探險隊，短短幾分鐘就解散，有些人甚至連東西都沒帶就離開了。

隱藏在暗處的新聞記者過沒幾天，在網路上發佈一張照片：一名身著黑衣的光頭老人，正準備走進探險隊的紮營地點……

第7章

草鬼

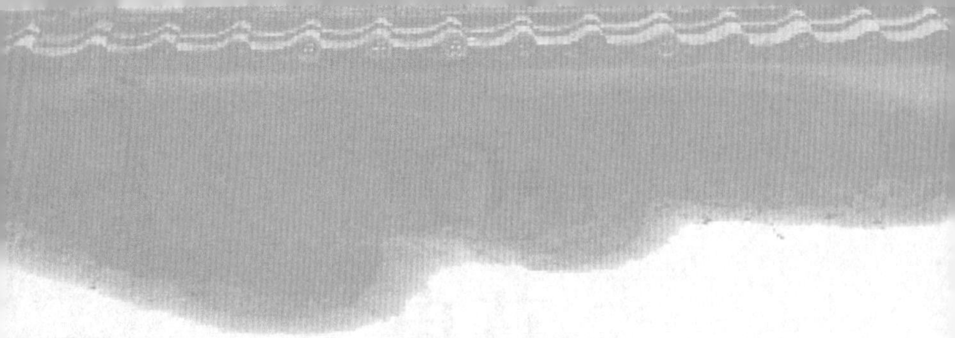

泰國傳說中，蠱又叫「降頭術」，俗稱「草鬼」，只寄附於女子身上危害他人。那些所謂有蠱的婦女，被稱為「草鬼婆」。

草鬼婆住的地方，通常是凶靈、惡鬼聚集處。在泰國，這樣的村落普通人不敢進去，但也有一些草鬼婆會到城市裡，居住在最陰暗的街道。那條街道因而有了新的稱號，「鬼街」。

01

安葬秀珠後，月餅幾次找我說話，我一概不回應。

不單是秀珠臨死前那些話帶給我更多的困惑，還有對自己身世的迷茫，還因爲我始終對月餅騙了我這件事情耿耿於懷。

沒有誰能補償生命消亡的過錯！

來時的路上，月餅留下標記，走出萬毒森林出奇順利。一路上，我們就這樣誰也不理誰，搭上牛糞味沖天的牛車，又轉乘能把腸子顛斷的偏三（軍用三輪摩托，在泰國鄉村極為常見）。兩人好不容易擠上人雞鴨豬兔同乘的長途巴士，最後搭上直達清邁的火車。

踏入久違的校園，清新的空氣讓我感覺心情舒暢了些，頗有再世爲人的唏噓感。回到寢室，月餅也沒廢話，支著卡式爐，悶著頭煮起泡麵。

我心裡有氣，對他愛理不理，自顧自地抽著煙。直到麵香撲鼻，肚子不爭氣地咕嚕一響，才老大不情願地接過他遞過來的那碗泡麵。

「都旺在咱們來泰國前兩天就找上我。」月餅摸了摸鼻子，「他提及你的紅瞳。」

我吸著滑溜順口的麵條，嗤溜嗤溜地震天響，佯裝聽不見，其實耳朵拉得比兔子還長。月餅見我一門心思都在泡麵，嘆了口氣，不再發言，也替自己盛了一碗麵。

我心裡著急，一不留神喝了口麵湯，差點全嗆肺裡，漲紅臉咳了半天，才說：「月公公，你也太缺德了，說半句留半句。你要在中國網站發帖子，估計筒子們能噴死你這個死太監。」

「我肚子餓了。」月餅拿起筷子。

瞧他一副悠哉樣，我胸口一股火往腦門衝，「若不是你瞞著我，都旺怎麼會找到蛇村，那些人又怎麼會……」

沒等我說完，月餅把碗往桌子一擺，「不要再說了！」

我很少見月餅這麼不冷靜。

實際上，我心底早就相信他確實是被都旺欺騙，但蛇村人的慘死實在讓我沒辦法心無芥蒂。

「如果不是因爲你的紅瞳，我也不會被都旺欺騙。」月餅苦笑著，「不過，我也得承認，當他展示蠱術時，自己確實被深深吸引。看來……人眞的不應該有貪念。」

「我的紅瞳和你上當有什麼關聯？」我不冷不熱地刺了一句。

「都旺說，你的紅瞳是被下了蠱，假設不治療，可能活不過今年。對你下蠱的，自然是萬毒森林裡神秘村落的人。至於爲什麼下蠱，他告訴我，是因爲要拿你煉成人蠱。起初，我當然不相信，可你也看過都旺的蠱術，實在太不可思議，我一時好奇心起，居然相信了他的鬼話。這件事情又不能讓你知道，所以安排咱們倆一起來泰國。我提出學習蠱術爲條件，其……其實是想親手治好我最好的朋友。都旺教我的蠱術，我很快就上手。在你車禍後，他帶我到醫院，當著我的面把你的紅瞳治好，我因而更相信他。後來的一切……你都瞭解了，只是沒想到這都是他佈下的局。」

月餅一口氣把話說完，本該挺拔的身軀竟有些頹然，坐在床上悶頭抽煙。他那番話講得很簡單，可那句「想親手治好我最好的朋友」，讓我鼻子發酸。

「月餅。」

「嗯？」

「你就是個二百五！這種鬼話也能信！古有『見色忘義』，今有『見蠱忘友』是不？」

「我知道自己做錯事，隨便你怎麼挖苦。」

他的反應倒讓我沒法接話，忽然又想起一件事，「學校課堂發生的怪病也是都旺下的蠱？」

月餅詭異一笑，從包裡掏出一樣東西。

這笑容讓我全身發毛，莫名感到一股寒意，等看清他手裡的東西，眼睛登時一亮，「你還私存好貨！」

那是一盒紅將軍！

我在中國最愛抽的煙！

我直接奪過菸盒，抽出一支點上，美滋滋地抽上一口，頓時渾身舒坦，火氣也小了不少。

「都旺在蛇村說那是他散佈的蠱毒。」月餅冷冷哼笑著，「施蠱者死了，蠱術也應該解除。可剛才回來，我發現學校附設的醫院還進出中蠱的學生。南瓜，這件事……你怎麼看？」

「必有蹊蹺。」我隨口配合一句。

月餅眼睛一亮，「有興趣跟我去解除草鬼下的蠱嗎？」

「『草鬼』是什麼玩意？」我覺得這個詞很熟悉，好像在哪裡聽到過。想了半天，才憶起課堂眾多同學發蠱當天，有很多人喊著這兩個字。

「記得隔壁寢室死過一個人嗎？」說著，月餅抬頭看向窗外。

「洪森？」

「沒錯！那段期間，我一直在學校裡跟著都旺學蠱術，洪森母親離開學校的時候，我觀察過她。假設沒有推斷錯，洪森母親就是草鬼婆！怪蠱是她下的，爲了報復兒子死得不明不白。」

草鬼婆？

我又接觸到一個新鮮詞彙，接著想到一個問題，「清邁那麼大，到哪裡找那個草……草鬼阿婆？」

「當然是去有草鬼婆的地方。」

「你這不是廢話嗎？我想吃餃子，也知道去餃子館，不是去拉麵店，好不好？」

月餅又開始收拾背包，「清邁哪條街最奇怪？你來了這麼久，不會不曉得吧？」

經他這麼一說，我立刻想到一條街，霎時汗毛豎了起來，「月餅，是那條鬼街？你要去那裡找草鬼阿婆？」

「是草鬼婆。」月餅糾正著我的口誤，「而且，不是我去，是咱們一起去。」

我手一哆嗦，煙掉在地上也顧不得撿，「我不去，我勸你也最好別去。那條街太可怕，出了很多詭異的事情。傳說那條街鬧鬼，很多人不明不白地死在裡面，還有人一進去就瘋了。」

「我必須去。」

「你有把握嗎？你這根本是去送死。」

「我沒把握，但我是爲了救贖！」月餅忽然吼了一句，「我有良心，也有我的尊嚴！我不想後半輩子一直活在自責中！」

我承認，這句話讓我的血也熱了起來。

也許，我和月餅一樣，壓根兒骨子裡就是熱血的人。

02

我和月餅在街上溜達。

剛剛月餅在寢室裡風風火火的，這會兒反倒不急了，居然還有閒情逸致購物，買了一包泰國香米、一瓶醋、幾塊黃手絹和一包石灰。

搞什麼鬼啊？難道是要送禮給草鬼婆，順便看她家裡的牆面是不是有裂縫，用石灰抹平後，再嘻嘻哈哈客氣幾句，講清楚洪森是都旺殺的，都旺也死在萬毒森林，算是扯平。然後，阿婆把蠱撤了，皆大歡喜？

我問月餅，他什麼也不透露，只說到了就明白了。還交代我不要亂動亂碰，跟在他身後云云。

說著，他又從包裡掏出兩本書，順勢往我手裡一塞，「都旺那裡藏書不少，我看這兩本是繁體字，可能是哪個朝代的，就隨手拿了。不過，我對這個沒什麼興趣，你看看吧。」

我將那兩本書翻到正面一看——《東京熱套圖》、《蒼井空の寫眞》，登時兩頰發紅。

「咳……學習蠱術比較枯燥，那天買了，還沒拆開來看。剛拿錯了，是這兩本。」月餅手一揚，又塞過來兩本線裝古本。

上面的字不知是甲骨文，還是金文，反正看不懂。

我沒當回事，隨意塞入背包裡。

這麼邊說邊聊，兩人不知不覺走過好幾條街，直到我眼前一黑，感覺像忽然黑夜降臨。

狐疑之際，我抬頭看了看天空，太陽依舊炎熱，可面前這條小巷卻漆黑無比，透著陣陣陰冷的氣息。

「到了。小心跟著我。」月餅雙手交叉活動著手指。

「在泰國，蠱又稱『降頭術』，或者『草鬼』，只寄附於女子身上危害他人。據《永綏廳志．卷六》記載，眞蠱婆目如朱砂，肚腹臂背均有紅綠青黃條紋，家中沒有任何蛛網蟻穴。該婦人每天都會放置一盆水在堂屋中，趁無人之時將蠱蟲吐入盆中食水。她們能在山裡做法，或放竹篙在雲爲龍舞，或放斗篷在天作鳥飛，不能則是假的。倘若眞蠱婆被殺，剖開其腹部，必定可見蠱蟲。」

「一般而言，蠱術只由女子傳承。如果蠱婦有女三人，其中必有一女習蠱。除了傳蠱給自己的女兒，也可以傳給其他女子。蠱婆若相中某女子，就可能暗中對她施法。該女子必會出現病症，要想從根本得到治療，非得求助蠱婆。蠱婆便會以學習蠱術爲交換條件，不學則病不得癒。」

「蠱有蛇蠱、蛙蠱、螞蟻蠱、毛蟲蠱、麻雀蠱、烏龜蠱等類，在人身上繁衍多了，找不到吃的，就會攻擊養蠱者。蠱主渾身難受，便會將蠱放出去危害他人。」

說完這長長一番話，月餅一揮手，「走！破蠱去！」

每個城市，都會有一些不起眼的街道，滋長著毒品、賣淫、搶劫、強姦、殺人的罪惡種子。中國漢朝劉向的《說苑．雜言》有一個很經典句子解釋這種現象：「與善人居，如入蘭芷之室，久而不聞其香，則與之化矣。與惡人居，如入鮑魚之肆，久而不聞其臭，亦與之化矣。」

這類街道通常位於城市陰氣最重的西北角，假使建造初期沒有特別進行風水處理，則會變成惡鬼滋生的地方。但凡路過這裡的行人，皆不自覺地心生恐懼，通體透涼；居住於此的居民，則會被惡鬼侵體，心生邪念，成爲犯罪份子。

不久，我們倆就站在這樣的一條街上！

03

雖然我來清邁已經有一段時間，但是很少出校園（換作是誰經歷了我這些事情，估計也沒什麼心思出門轉悠）。印象中，清邁是一座現代與古舊氣息結合的城市。眼前這樣的街道景象，卻是我從不曾想像的。

陰暗潮濕的空氣裡透著一股動物屍體的腐敗味道，街邊堆滿臭氣薰天的垃圾，半尺長的老鼠竄來竄去。許多瘦骨嶙峋的小孩在垃圾裡撿拾過期的食物，空洞的眼睛睜得滾圓，茫然地看著我們。

幾個濃妝艷抹、衣著暴露的小女孩斜靠著牆，大概也就十五、六歲，竟擺弄風情地對我們勾著手指嬌笑。

不遠處，頭髮染得像野雞尾巴，胳膊紋滿刺青的青年們惡狠狠地望著我們。其中一人晃著膀子，屌兒郎噹地走到我們面前，掏出一把彈簧刀。

「看我的。」月餅丟下這句話，快步迎了上去，「薩瓦迪卡！」

青年先是一愣，回頭看向同伴後，哈哈大笑起來。

我隱約看到青年身後有一道淡淡的影子從頭頂冒出，很快又鑽了回去，難不成這個人中了蠱？

原先我有些害怕，但月餅絕對不會隨便拿命開玩笑，既然有他這個硬茬幫手，還怕個鳥啊！於是，我也挺起胸膛，繃著臉，故作冷峻狀，跟上月餅的腳步。不過，凡事小心點總是好的，所以我默不作聲地站在他的身後。

青年笑得越來越誇張，嘴巴大開，幾乎咧到耳根子，青黑色的牙齒還沾著半截黑色的條狀物。

看仔細點，我一陣翻腸倒胃，那是半條老鼠尾巴！

「你看他的嘴。」月餅指著青年說：「普通人的嘴不會張這麼大，他肯定是中了蛤蟆蠱，以動物、蟲子的屍體爲食。你以後遇到吃東西狼吞虎嚥，什麼都不講究，笑起來嘴巴又特別大的，一定要多加注意。」

眼下這個場面十分搞笑，月餅這個小年輕，倒像大學教授，用教鞭點著人體標本對我上課。

青年莫名其妙地盯著月餅，我則看到他張開的嘴巴裡有個圓圓的蛤蟆腦袋從喉嚨裡探出。一隻蒼蠅停在青年鼻尖上，蛤蟆哪能輕易放過，立馬吐出舌頭把蒼蠅捲進嘴裡。

青年砸巴著嘴大笑起來，他身後幾個人也笑得前俯後仰。同樣的，也有幾道淡淡的影子從他們頭頂鑽出，只是形狀各有不同。

這時候，本來好端端的人臉，開始發生奇異的變化。青年的嘴越張越大，一直裂到腦後，在他滿嘴尖利的牙齒後方，還有一排密密麻麻的碎齒。另外一個人臉色變得湛藍，額頭裂開，凸出一個豎著的眼睛。無預警之下，那顆眼珠啪嗒地脫離額頭，由一條肉線連接，掛在鼻尖前，骨碌碌地轉個不停……

看著此景，我不由得心想：這下算是苦命丫頭落後娘手裡了！月餅這麼冒冒失失過來抓什麼鳥草鬼阿婆，依眼前這陣勢，估計阿婆沒抓住，我們這兩條小命得交代在這裡。

那群中蠱的青年越走越近，我腿肚子直轉筋，忍不住想溜。看月餅大馬金刀地戳著，我忍不住喊道：「月餅，你光說不練，假把式是不？我們快跑吧！」

豈料，月餅回頭看我，居然欣喜若狂地說：「我正愁找不到中蠱的活人讓你看呢！這回一次就來這麼多，實在是太好了！你瞧，這些人分別是中了蛤蟆蠱、蠍蠱、蜘蛛蠱……」

情勢危急，可月餅竟指著那些人挨個分析中了哪幾種蠱，我覺得自己現在像個傻瓜一樣看著瘋子在表演。他該不會因為蛇村的事情，受了太大的刺激，精神錯亂了吧？

月餅轉了個圈都介紹完畢，又神氣地問：「南瓜，你都記住了嗎？」

我搖著頭，又覺得好像不太應景，連忙雞啄米似的點頭。也多虧月餅跟鬧著玩似的，我心裡倒是踏實不少。

「那麼……」月餅忽然斂起笑容，「接下來再看我如何破解蠱而不傷害普通人的性命！」

青年們已經把我們包圍，或張大嘴，或伸出手，對月餅展開攻擊。

月餅哪容得了這些人在他頭上動土，一聲暴喝，手下不留情地反擊。一記爆拳打在被下蛤蟆蠱那青年嘴巴，脖頭處噴出一股灰氣，拳頭大的蛤蟆被擠了出來。又一拳擊中另外一人的肚皮，且深深陷了進去，再抽回來時，手裡抓著一隻蛆蟲似的生物。再出一招雙拳貫耳，另一人的耳朵裡赫然迸出兩隻蜘蛛……

隨著月餅不停呼喝，中蠱青年七零八落歪躺在地上。這一切發生得那麼突然，月餅猶若化身一尊魔神，傲然俯視著任他爲所欲爲的領域。

「言必稱三，手必稱拳！遇到敵人要謹愼小心，該出手時絕不能留情！」月餅洪亮豪邁地喝道。

場面氣氛太過激昂，我心中也騰起一團火，燙得血液幾乎要沸騰。只見月餅摸了摸鼻子，抓起身負蛤蟆蠱的那個青年，又對著他的胸口惡狠狠地揍了十多下。那人剛恢復神志，嘴裡那排細密的小牙不見了，可還沒弄明白怎麼回事，就被月餅一頓暴捶，當場昏死。

「他體內的蛤蟆蠱沒有除乾淨？」我試探著問道。

月餅又踹了幾腳，才悠悠地說：「當然不是，純粹看這個小兔崽子不順眼！搞什麼，居然還打耳洞！」

我目瞪口呆地看著他，斷定他一定精神出了問題，回學校之後，說什麼也得找個心理醫生替他看看……

04

這一陣打鬥下來，街邊賣春的少女、垃圾堆裡撿食的小孩，全都尖叫著逃散了，僅剩下歪躺在地上哼哼唧唧的耍廢青年。

月餅掏出一根煙點著，剛抽了一口，就皺著眉吸了吸鼻子，好像聞著什麼。我還沒反應過來，他沉著聲音吼道：「退後！」

街巷深處，走出三個人，身著類似苗族、壯族的服裝。當他們進入我的視野，我不自覺冒了一身冷汗。

左側的胖子腰際圈著一條蠕動著的彩色「腰帶」，本來應該是繫扣的地方，取而代之的是一顆吐著信子的蛇頭。蛇身黃綠交錯，蛇眼更是閃耀著詭秘的幽光。

右側的瘦子裸露著胸膛，可以看見他皮膚表層細細碎碎地動著。等看仔細了，才發現那是油嘟嘟的白蛆，擁在一起呈現骷髏形狀。

他們倆中間的是一個蒼老的女人，我曾經與她有過一面之緣。

她，正是洪森的母親！

在她的脖子上，有一塊心形的紅斑，看上去就像把肉挖掉，凹了一個洞，裡面盛著一汪永不凝結的血。

想來月餅判斷得沒錯，同學們的怪病應該就是他們下的蠱。

「你會破蠱？」洪母問道。

月餅語調不屑，哼道：「沒錯！」

「中國人？」洪母略有些吃驚，「苗族？壯族？」

「威武我大漢族！」月餅活動著肩膀，「很奇怪嗎？」

「不用跟他廢話。」胖子抖了抖腰，怪蛇落地，豎直了上半身，探著頭對我們吐著信子，擺出隨時發動攻擊的狀態。

月餅思索著什麼，對怪蛇絲毫不在意，半晌才說：「洪森是都旺殺的，和別人無關。都旺已經死了，妳把學校裡的蠱撤了吧。」

「都旺？不可能！」洪森母親不敢置信地晃了晃身體，厲聲尖叫著，「如果沒有洪森下蠱，乍侖那三個室友死不掉，也就無法孤立乍侖，逼他回蛇村。乍侖不曉得是誰下的蠱，卻知道其中事有蹊蹺，沒有回村的打算，我們蠱族也就失去尋找雙頭蛇神的機會。幸好我們找到紅瞳者，洪森再次故意接近下蠱，終於逼得乍侖送他回萬毒森林治療。為避免暴露蛇村的位置，乍侖臨走前，殺了洪森。都旺前幾天對我說過，不出意外這幾天就能回來，會告訴我們蠱族永生的秘密。」

聽罷，我的腦子嗡聲作響，誰曾想過其中竟有這麼多的曲折。洪森當時接近我，照顧我這個交換學生，居然是為了對我下蠱。都旺顯然是為了獨吞所謂的永生秘密，殺死沒有利用價值的洪森，引得他母親在全校下蠱。這樣才能誘騙秘密學習蠱術，一心想幫我的月餅，慫恿我再次踏入萬毒森林。

都旺這個人實在陰沉得可怕！

如此處心積慮的一個人，會這麼輕易地死去嗎？念及至此，我不由得打了個哆嗦，回頭看著巷子口，彷彿都旺會隨時出現。

「我下了血蠱，有那麼多人為洪森陪葬，也值了！剩下的，等都旺回來，我自會問個清楚。」洪母呼哨一聲，怪蛇身子一屈，彈簧似的射向月餅，纏住他的胳膊，張口咬下。

殷紅的血瞬間變黑，蛇牙上有劇毒！

洪母冷笑著，「怎麼不還手？你以為我就會放過你嗎？」

緊接著，瘦子身上的白蛆長出窄窄的翅膀飛起，發出嗡嗡的聲音，也全撲向月餅。

面對這些攻擊，月餅咬著牙，一聲不吭，強撐的身體劇烈顫動著。

瞧他現在和剛才判若兩人，我忍不住驚叫，「你快還手啊！」

這時候，洪母的目光冷冷對上我，「不要以為你的紅瞳被蠱術遮住，我就認不出來！不用急，很快就會輪到你了！」

那條怪蛇咬了月餅好幾口，讓他的整條手臂烏黑發紫；白蛆則在他的胸前聚集，咬破皮肉就往身體裡鑽。

「學習蠱術的人，是不能向前輩動手的。」洪母這句話算是解答我心裡的疑惑，「否則必遭反噬。」

我替月餅感到不服氣，這是什麼操蛋規矩，擺明以大欺小。

可是，我什麼辦法都沒有，只能乾著急。就算有心衝上前給那個老娘們一拳，肯定也半道被那些蠱蟲做了。

月餅顯然無法做出反抗，我不禁在心裡暗罵：這傢伙的腦子肯定出問題，明知道規矩還來抓草鬼婆，豈不是自找罪受嘛！

好在我沒其他顧忌，當下也再顧不上其他的，鼓起勇氣衝向前，對著怪蛇的七寸抓去。沒想到那條怪蛇異常靈活，躲開我的手，又扭頭咬向我。我來不及躲閃，眼看尖銳的毒牙就要刺進皮膚的時候，一道寒光閃過，齊刷刷地削掉了怪蛇的毒牙。

幾乎是同一時間，胖子大聲呼痛，左手的食指和中指從第一指節處斷掉……

「你錯了，如果不讓你們的蠱蟲咬過來，我又怎麼能一次解決呢？」月餅手裡拿著一把瑞士刀，不顧身上的蠱蟲噬咬，微笑著摩挲刀刃。

說罷，他又扭頭對我傲然地講道：「南瓜，跟你說了別亂動、亂碰，他媽的你要是掛了，我還救贖個屁！」

我是一個孤兒，從小因爲一雙紅瞳被同儕嘲笑。我經常能看見稀奇古怪的東西，卻又不能對別人說，就怕說出來會被當成瘋子。時間久了，變得自閉、敏感、多疑，不相信有眞摯的友情，也不相信有誰會眞心幫助我。

但是，今天站在我面前的這個男人，讓我相信了！

月餅從口袋裡抓一大把石灰撒在身上，隨著滋滋聲響起，白蛆油嘟嘟的軀體迅速發黑乾癟，頓時啪啦掉了一地。

洪母陰惻惻地笑著，「你就不怕反噬？」

「怕！我他媽的怕死了！」月餅把一個瓶子扔向洪母，瑞士刀跟著飛出，在空中擊破瓶子，一股濃厚的醋味薰得我想打噴嚏。

醋水劈頭蓋臉灑了三人一身，怪的是，他們居然像是被熱油燙了，皮膚燎起赤紅的血點，膨脹成透明的水泡，還冒著陣陣白煙。

未等三人發出慘叫，月餅已經把黃手絹纏在手上，抓了一把泰國香米含在嘴裡，衝到洪母面前，張嘴往她脖子上的血紅斑塊一吐。

香米黏到斑塊，不但沒有掉落，還融化得像的米糊，從毛孔滲入洪母的體內。紅斑先是擴大到整個脖子，高高凸起，表面青筋血管縱橫交錯，像是巨大的核桃。之後又迅速縮小，顏色越來越淡，終究消失不見。

洪母乾瘦的身軀在地上掙扎，不停地痛苦哀號。胖瘦兩人撐過被醋「燙傷」的那會兒，此刻嘴裡不停叨唸著。胖子高舉雙手在空中揮舞，那條怪蛇立刻又竄向月餅。瘦子的身體裡擠出無數小白點，密密麻麻一大片，還在微微蠕動。如果沒有特別說，倒像是全身長滿白色的芝麻。

見招拆招，月餅把黃手絹展開，一把罩住怪蛇。抓著蛇頭狠命一擰，胖子同時腦袋一歪，嘴角滑出一抹血跡，癱倒在地。

瘦子帶著悲傷大吼，又一大片白蛆飛向月餅。

月餅不慌不忙揚撒一把石灰，飛蛆立刻化爲黑色焦粒。再撒出一把糯米，瘦子被白蛆撐開的孔洞還沒閉合，落入不少米粒。糯米瞬間化成漿水，瘦子悶哼一聲，仰面摔倒，在地上抽搐一會兒，再沒聲息。

「解蠱吧。」月餅輕聲說道，語調透著一絲悲傷，「何必等所有人都死了，才肯做早就該做的事情？」

洪森的母親渾身哆嗦著，幾乎蜷縮成一隻大蝦，聽月餅這麼講，惡狠狠地抬起頭，「解蠱只有一個辦法，那就是讓我死！不過……現在就算我死，也沒有用了。」她詭異地笑著，回頭看了看巷尾不起眼的小屋，又迸出一句難以理解的話，「開始了！匹……匹……」

她的聲音越來越弱，終於，頭一耷拉，沒了氣息。

結束了？

一連串驚心動魄的畫面，讓我緊張得幾乎忘記喘氣。

事情算是告一段落，月餅擦了擦眼角，沉吟著說：「南瓜，為什麼要有人死？為什麼仇恨可以讓人變成瘋子？為什麼慾望能讓這個世界變得陌生？」

05

街上的人都不知道去了哪裡。

可能在這種危險的時刻，沒人想要報警，都躲在家裡自求平安，才是人的本性。

月餅神情落寞，「去看看。」

我的嗓子乾澀得火辣辣疼，「看什麼？」

「草鬼婆臨死前那句話很奇怪。」月餅皺著眉頭，眼中閃過一絲迷茫，撿起瑞士刀劃破指尖，黑血立刻滲了出來，「我想進那間屋子。」

「月餅，蠱術不是不能對前輩使用嗎？」

月餅簡單包紮傷口後說：「我沒用蠱術。都旺教我蠱術時，我就覺得有些不對勁。他家有很多藏書，有些介紹中國古老方術，我順手學了不少。剛才用的是中國傳統對付惡鬼的辦法，沒想到拿來破解蠱術也有效。」

我暗暗佩服月餅就是藝高人膽大，後來又覺得這句話哪裡不對勁，「你的意思是，你也沒把握這些招能對付蠱蟲？」

「南少俠果然聰明伶俐。」月餅略有些尷尬地笑著。

我差點沒一口氣背過去，「你這不是扯淡嗎？萬一不好使，咱們倆乾脆成了砲灰是不？」

「結果呢？」月餅反問。

我一下沒想出詞反駁，垂頭喪氣地回道：「你贏了！」

兩人這麼邊說邊聊，走到小屋前。月餅推開屋門，一股惡臭撲鼻而來！我探頭看去，屋裡除了中央有個三米的方正木池，再無一物。而那股惡臭，就是從池子裡傳出的。靠近一看，我當場吐了出來。池裡擠滿癩蛤蟆、小蛇、蜈蚣的屍體，高度腐爛，綠豆大的蒼蠅鋪了一層。無數白蛆在裡面蠕動，把爛肉變得像一池肉糊。

我吐到實在吐不出東西，才抹了抹嘴，可牙根還是發酸。難道就是他們煉蠱的方式？必須把肉糊喝下肚，用自己的身體培養剛才那些蠱蟲？

正胡思亂想之際，屋裡響起微弱的呻吟聲。我嚇了一跳，打量四周，發現剛才注意力都在池子裡的爛肉，沒看到西北角遮著布簾，還在輕微地動著。

「Help me……」這次聽得真切，的確有人在呼救，而且居然還用的是英文。

月餅箭步上前，扯下簾子，一個滿頭金髮的外國人蜷縮在牆角。他無力地抬起頭，我看清了他的模樣：細碎的金色長髮，高挺的鼻梁襯得那雙淺藍色眼睛更加深邃，略方的下巴猶如希臘神像般剛毅，只是眼神時不時透出孩童般的天眞迷茫。

腦袋突然如斧劈般疼痛！

劇痛中，我聽見月餅詢問對方，「你是誰？怎麼會在這裡？」

「我叫傑克。」金髮男人虛弱地回答，「都旺……都旺……」

泰國清邁有一條非常有名的老街，之所以名氣大，並非有悠久的歷史、豐富的人文或令人垂涎的美食，而是大多數人走進這條街，都會莫名迷路，甚至感到暈眩。

有個知名的例子，有個少女誤入此街後昏迷，在醫院醒來後，居然張嘴說出了奇怪的語言。泰國語言學家進行分析研究，發現她說的竟是早已失傳的泰國古語。還有一點也非常詭異，少女對進入那條街後所發生的一切，一無所知。

亞洲某著名影視歌三棲明星，到泰國遊玩時也曾進過這條街，沒多久就在事業如日中天時選擇自殺。

第8章

蝙蝠幽洞

清邁府的范縣，有個非常奇特的連體山洞——丹島洞。不僅兩洞緊緊相連，裡面還有兩尊不知何人所造的佛像。兩洞相連處是深不見底的懸崖，只有一道木梯連結。

爬過木梯，有個狹窄的石洞，被稱為「罪惡之門」。有罪之人無論多麼瘦，都無法通過。相對地，心地善良的人，即便是大胖子，也能輕輕鬆鬆通過石洞。所以，儘管參觀遊覽的人很多，卻極少有人能通過石洞。畢竟，有幾人一生中沒做過小奸小惡的事？

丹島洞還有個名字——蝙蝠洞。

從前，洞裡住著五百隻蝙蝠，某天，一名苦行僧來到這裡念經。五百隻蝙蝠聽了苦行僧念佛，也信奉佛教，死後，都升天成了神仙。佛祖遊幸人世間，為傳播成佛之道，讓蝙蝠投胎降臨人間，潛心修行，成為五百個高僧。後來，高僧們回憶自己的生世，說：「我們曾住在丹島洞，為了傳播十波羅蜜，完成佛祖的願望，才一起來到世間。」最後，五百高僧圓寂，屍身堆放在山洞裡。幾天後，死屍開始散發氣味，傳到天國。神仙們忍受不了，相約向帕英神稟報。帕英神飛進洞裡噴出聖火，死屍燒成灰燼，大火卻一直蔓延到地下最深處，久久不熄。最終，龍界的王叫阿祖那紮，噴水滅了神仙聖火。

由於死屍的灰燼堆滿整個山洞，人們把這個洞稱為「灰覆蓋的洞」。後來因為語音流變，諧音成了「丹島洞」，又被稱為「蝙蝠洞」。

傳說，高僧的骨灰可以解一種奇特的蠱。也因為這個傳說，丹島洞經常有探險者，卻都沒有任何發現。

直到西元一九九一年，丹島洞裡發現兩具美國考古學家的屍體，渾身除了脖子大動脈被咬開，再無其他傷痕。令人百思不得其解的是，屍體本身的血已經被抽乾，周圍卻沒有一絲血跡。自此，丹島洞再無人敢去遊覽。

01

我們把傑克送進醫院，過程都沒有受到那條街的人阻攔，我再次感受到人性的淡漠。傑克始終處於昏迷狀態，幸好泰國的醫療條件遠比想像中好，醫療人員更做到盡善盡美。老遠看到月餅渾身是血，還扛著傑克，不由分說上來一幫人，讓他們一人躺上一個推床，急匆匆往急診室推。

起初，月餅還掙扎了幾下，用不熟練的泰語吆喝，「我沒事！」結果一個五大三粗的女護士手持鎮定針，插進月餅的三角肌，片刻他就消停了。這個場面讓我實在忍不住，邊笑邊麻溜地辦理住院手續，隨口編造理由，說是在逛街時遇到搶劫。醫護人員也沒有懷疑，外國遊客在清邁那幾條街上被搶劫，不是什麼稀罕事。

月餅倒沒大礙，多是皮肉傷，消毒包紮，連針都沒縫。他的身體素質確實不錯，我辦好所有手續再進急救室，鎮定劑的藥勁已經過了，他坐在病床上，看著點滴發呆。

本以爲這段詭異的泰國之旅，隨著草鬼婆事件告一段落，剩下的就是「good good study, up up day」的生活，可傑克的出現又帶來一團迷霧。

爲什麼我看到他會劇烈頭疼？我始終覺得他很熟悉，是不是曾經在哪裡見過？我想起自己喪失一段記憶，難道他在那次車禍中出現過？

經過急救，傑克仍然持續昏迷，但好歹脫離了危險。我陪著月餅吊點滴，把內心的疑惑一五一十和他講了。

我刻意避談自己的身世，因爲我無法接受自己是雙頭蛇神的後代，更不願去想我的父母是誰。該不會我是從蛋裡鑽出來的吧？光想這點，心頭就覺得彆扭。乍侖、秀珠的死，都隨著都旺死去而告一段落，我有時寧願失去的記憶是第二次進萬毒森林的那幾天。

或許，我只是一個不願承受和面對壓力的人。

月餅摸出一根煙，想起身處醫院，只好叼在嘴裡過煙癮。好幾次他想和我聊這些事，都被我明著暗著岔開話題。大概看出我實在不願提起那些事，他輕輕嘆了口氣，繼續盯著點滴發呆。

兩人苦巴巴等著點滴打完，拔了針頭，就去傑克的病房。

這個帥氣的金髮男人還沒醒，眼皮不停顫動，估計是在做夢。看來關於都旺的事情，只能等他醒來再問了。

按照正常程序，醫院替我們通報警方，有員警前來錄製口供。我們表示沒有重大損失，傑克也沒生命危險，本著「多一事不如少一事」的原則，面帶微笑地備了個案。

這時候，我肚子裡的五臟廟吵著要接受供奉，月餅也正有此意，兩人隨便找一間咖哩飯館子，飽餐一頓。

老話講得好，「喜事喝酒，孬事吃」。反正這幾件事情有喜有孬，雖是在異域，中國的老傳統不能忘，必須有吃有喝。

咖哩是泰國人最愛的風味，主要是用薑黃當香料，讓人一聞就胃口大開。唯獨點菜時，需要仔細斟酌一番，泰國人吃得雜，老鼠、蝸牛、田雞、乳豬、鴿子、蛇、蝗蟲都能當食材，而且好吃生，有些蔬菜、海鮮放些調料就算經過料理。所以，假使不會選菜，來盤咖哩老鼠、爆燜毒蛇之類的，外地來的肯定當場吐了出來。

泰國人還愛種花、送花，更善吃花，有一種小吃叫「漬水飯」，又叫作「攙花汁飯」，就是用花製成的。

我看過菜單後，點了幾道能接受的烤魷魚、炸香蕉、地瓜羹、炒河粉。不多時，服務人員就把做好的菜品端上桌，還問我們要喝什麼酒。小館子的酒櫃，陳列一排排的全是洋酒，肯定喝不到最愛的二鍋頭，我便隨性點了一瓶。服務人員端著酒到後台去開瓶，我們二話不說，拿起筷子，開始對盤中的食物進攻。

烤熟的魷魚泛著晶亮的油泡，吃起來香脆可口，越嚼越香。香蕉去皮，經油炸後，吃時甜中帶酸，別有風味。將地瓜切成條狀，用糖醃上，蒸熟後過油，勾上椰子芡粉，再經冰凍，就成了色香味俱全的小吃，地瓜羹。炒河粉比起廣東河粉不遑多讓，細軟爽滑，味道十足。

我們餓斃了，不顧其他桌顧客的驚詫，像八輩子沒吃過飯一樣，狼吞虎嚥。

服務員把酒端上來，先在杯子裡加滿冰塊，才把酒倒進去。我看那些量，大概就只有一個瓶蓋那麼多。在泰國，用瓶蓋量著洋酒的現象很普遍。我不禁猜想「酒水」一詞，搞不好就是起源於泰國。都說「酒水」，當然是「酒」加「水」。

我曾經與三個泰國學生一起喝酒。四個大老爺們喝了一整晚，都沒喝完一瓶洋酒，蘇打水倒是喝掉三打多。最後弄個肚圓，睏得我直打瞌睡，第二天打嗝都是碳酸氫鈉味。接下來的幾天，我都在思考泰國人到底是在喝酒，還是喝蘇打水？但是沒想出個所以然，結論是與泰國人一起喝酒，喝到最後不是「醉」，而是「累」。

一小瓶蓋的酒量當然滿足不了常年喝二鍋頭的我們，覺得不過癮，乾脆把冰塊倒在空盤，直接一人一杯開喝。一瓶酒很快見了底，又補了一瓶，直到第三瓶喝了一半，才滿足地剔牙嘮嗑。

酒足飯飽心情大好，腦子也遲鈍許多，我摸了摸圓滾滾的肚子，心裡暗嘆自己胖就胖在這一頓上了。

「月餅，你這事做得不道地。」我剔著牙，斜眼看向他，「別以為我是傻瓜，你隨便幾句話就能把我唬弄過去。什麼鬼好奇心，蠱術是這麼好玩的東西嗎？你肯定是『豬油蒙了心』，才會著了都旺的道。」

月餅自顧自地乾了一杯，「這件事確實都怪我，可你不也沒事嘛！」

「你真是坐著說話不知道站著的腰疼。」我氣不打一處來，「我好幾次差點掛了，你知不知道？」

「那你掛了沒有？」

「這不是掛不掛的問題！」

「乾了！」

「喝就喝！」

有時候，男人的友情就是這麼奇怪，不用多做解釋，一杯酒可以說明一切。

「不曉得傑克什麼來路，該不會也被都旺坑了，當棋子用的？」我敵不過好奇心，還是把話題繞回這些事情。

「我覺得有些奇怪。」月餅晃著酒杯，透過玻璃看著我，眼睛在光線折射下變了形，「都旺為什麼會這麼認真教我？怎麼想都說不過去。」

「那老兔崽子估計看月公公你貌美如花，準備把你變成人妖也說不定。等解決我和蛇村，獲得永生秘密，立馬送你進夜店當紅牌，賺錢完成他一統江湖的夢想。」

「南瓜！」月餅臉上掛不住，「當心我對你下個屎殼郎蠱，一張嘴說話就臭氣薰天！」

我往椅背一靠，發覺硬物頂著腰很不舒服，才想起是月餅給我的兩本書，「月公公，你儘管下，可千萬別手軟啊！到時候我天天對著你說話，看誰頂得住！」

「不要因爲我做錯一件事情，就可以一直開我玩笑。」月餅臉上青一陣白一陣，顯然氣得不輕。

「我……」還未等我說完，手機鈴聲響了。我按下接聽鍵，幾聲「嗯」、「啊」，掛了電話就急忙身往外走。

「傑克醒了？」月餅一口把酒乾了，百忙中還不忘拎走剩下半瓶的酒。

「嗯！」我匆匆走到櫃檯，率性地向後一指，「他結帳！」

老闆精神一振，雙手合十鞠躬，笑瞇瞇地說：「兩萬三千泰銖（折合人民幣約六千多塊）。」

月餅倒沒說什麼，掏出鈔票點了點，「不用找了。」

這個揮金如土的土豪態度，讓我很沒面子，但也只能自我安慰，幸好他和我做了朋友！

02

回到病房，已是半夜。

傑克已經醒了，半靠在床上，專注地盯著天花板，認眞的態度彷彿好像上帝隨時會出現救贖他。我心裡嘀咕著「外國人身體素質就是好，不愧是吃牛肉長大的」時，月餅簡單做完自我介紹。

「謝謝你們，其實我已經聽醫生說過了。」傑克勉強笑了笑，「我是加拿大人，前段時間接到清邁大學的邀請，希望我能來當心理學助理教授。我對亞洲文化很感興趣，想藉著這個機會來看看，立刻就同意了。都旺接了我，把我領進那條街，和幾個身上長蟲的人說了幾句話，我看到有隻奇怪的蛾子飛向我，接著就昏迷了。再醒來時，我被綁在牆角，直到你們救了我。你們可以告訴我，這是怎麼回事嗎？」

這番話聽起來絲毫沒有破綻，但是反過來想，都旺和草鬼婆幾個都死了，這下沒人可以對證，傑克是否有可能不動聲色地把問題全丟向我們？

我看著他藍得近乎銀白的眼瞳，乾淨透澈，又不像在撒謊。可是，我怎麼也想不通，都旺大老遠地把傑克騙到泰國來幹什麼？難道養蠱到了一定階段，需要白人的血肉餵養？

月餅支著下巴認眞聽著，突然伸手向傑克抓去。傑克傻愣愣地沒反應過來，眼看月餅的手指要插進他的眼球，才驚叫一聲，「你幹什麼？」

月餅若無其事地收回手，「有一隻蒼蠅。」

傑克納悶地看著月餅，「我很謝謝你們救了我，可是請不要侮辱我的智商。」

我也覺得月餅的手法很拙劣，想試探傑克，好歹找個好點的藉口，居然使出如此下三爛的招式！

正想替他打圓場，傳來了輕輕的敲門聲。

「咚——咚——咚——」

大概是護士夜間巡房吧。

我靠近門口，這麼想著，邊順手推開門。泰國處於熱帶，氣溫偏高，可不知是否走廊的空調比較強，一股冰冷的空氣襲來。

奇怪的是，門口居然沒有人。

這下我有點發毛，探頭左右看了看，走廊亮著淡黃色的燈，直到遠處的護士台都空蕩蕩的。別說人了，鬼影都沒有，會是誰敲門？

有時候人不能隨便聯想，尤其是在醫院這種邪門的地方，想多了就會害怕。我連忙關上門，表情奇怪地看著月餅。

「你幹什麼？」月餅扭頭看著我。

「剛剛有人敲門，你沒聽見？」我這麼說著，心裡更緊張了。

月餅揚了揚眉毛，「敲門？剛才嗎？」

聽月餅的語氣，也觀察他的表情，我確定他沒有在開玩笑，頓時起了一身雞皮疙瘩。該不會只有我一個人聽到敲門聲吧？

「我……」

話才說半截，又響起咚咚咚的敲門聲。

這次的聲音比上次要響很多，月餅也清楚聽見了，三兩步衝到門前，猛地打開門。

冰冷的空氣再次透體，我的牙齒不自覺上下相擊。不對，這種冷的感覺，絕對不是空調造成的，倒像夜晚路過墳地，突然有不乾淨的東西鑽進身體，那種從內臟裡透出來的冷。

門外，依然空蕩蕩，什麼都沒有……

「誰在外面？」傑克問了一句。

我剛想說話，月餅對我投來噤聲的眼神，當先走出病房。氣氛詭異沉重，我幾乎快喘不過氣，一腳踩在病房裡，一腳跨入走廊，替月餅把風。實際上，內心暗暗打定主意，一旦真有不乾淨的東西，二話不說先躲到傑克後面。

「注意我身後。」月餅交代一句，就向護士台方向走去。

我集中注意力觀察反方向，總覺得脖頸陣陣冷氣，似是有人對著我的肩膀呵氣。

「踢踏……踢踏……」

月餅越走越遠，不知何故，我總覺得哪裡不對勁，卻又講不出個所以然。我只好時不時回頭看，確保不會有東西竄出來。眼看月餅走到護士台，我忽然意識到不對勁的地方在哪裡了！

「踢踏……踢踏……」

「踢踏……踢踏……」

腳步聲！

走廊裡明明只有月餅一個人，而我分明聽到兩個人的腳步聲！

「月……月餅……」莫名的恐懼讓我腿肚子差點轉筋。

月餅在護士台前駐足，咦了一聲，沒有搭理我，直接拐了進去，瞬間不見蹤影。

「踢踏……踢踏……」我的耳邊依然響著腳步聲。

這次，我聽得真真切切，是從我身後傳來的！

我的身體瞬間僵住，猶豫是否要回過頭，同時無數在電影、小說裡有關醫院的恐怖場景，不斷在腦子裡亂竄。該不會有一個穿著白衣，濕漉漉長髮蓋著臉的女鬼，正從我的身後慢慢爬起……

最終，我放棄回頭查看的想法。沒出息就沒出息吧！就算真的有不乾淨的東西，我寧可被咬死，也絕對不想被嚇死！

我渾身僵硬，準備慢慢退進病房。就在此時，脖子傳來一絲搔癢，宛如有人拿著線團往我脖子摩娑了一下，又像被貓尾巴掃過的感覺。緊接著，背、腰、屁股接二連三地傳來一碰又消失的觸感。

有東西從後方不停地觸碰我！

人就是這樣，隱約感到身後有東西卻看不見，當下肯定覺得異常恐怖。一旦這種虛幻的感覺變成真實的觸感，反倒心裡鬆一口氣。

「操！我他媽的就是命犯天煞鬼星，到哪裡都不得安生！嚇死就嚇死，總好過被折磨死！」我恨恨低罵著，做足視覺受到恐怖畫面衝擊的準備，猛然轉身一看。

身後，依然什麼都沒有……

我左右四顧，目光所及的範圍內，除了帶著水漬的牆面和關閉的窗戶，空無一物。

明明有東西，我卻看不到。這回，我是眞的害怕了！

「南瓜……」護士台後面，月餅輕聲喊著我。

從護士台的入口處，閃出一道淡淡的人影，映在牆壁上，如同被攔腰截斷。而我分明看到，這道影子的腰部，多出兩條腿，在兩邊的腰側耷拉著。

護士台裡走出一個人，披著一襲白衣，半彎著腰，長長的頭髮遮住臉，每一步都邁得艱難。從我的角度看去，那個人沒有雙手，一雙腿從腰兩側伸出。

而他穿著的破洞牛仔褲，正是月餅的！

「南瓜……」

那個人緩緩抬起了頭！

03

看著這畫面，我嚇得差點一屁股坐在地上。仔細再看，才發現是月餅背著一個護士，兩手插在護士後膝。

「快回病房！」月餅加快腳步跑過來。

一連串詭異的事情，搞得我的心臟都快炸了。剛閃進病房，月餅也跑進來，一腳把門踢上。

瞧他把護士放在椅子上，我不禁納悶沒抓住不乾淨的東西，扛回來護士幹嘛？

正當我思索之際，月餅忽然問道：「傑克怎麼了？」

我這才意識到，打從傑克剛剛開口問了一句話，再沒有什麼動靜。扭頭看去，發現他直勾勾盯看著門口，單手伸出，臉上滿是驚恐，如同武俠片裡被點了穴道的人，一動也不動。

看著他，我立刻聯想到，方才站在門口時，身後有東西碰我，傑克一定是看見那東西，才會有這個表情。但是，他怎麼突然不動了？

「你身後是什麼？」月餅伸手摸著我的脖子。

他的手指冰涼，激得我縮了縮脖子。

「快脫衣服！」月餅不由分說撕扯我的衣服。

我一時沒弄明白啥意思，往前一掙，好好一件衣服頓時裂成兩半。

「你他媽的……」我話還沒說完，看到自己的衣服，不由得倒吸一口涼氣。

月餅手上沾著紅色液體，衣服上也滿是斑斑點點的紅色。「血？」我的聲音有些哆嗦。

「嗯！」月餅手指捻了捻，湊近鼻息間一嗅。

「人的？」我提出猜測。

「動物的。」月餅摸了摸傑克脈搏，又把臉湊在他脖子上觀察著，「血蠱！」

光聽這名字，我就渾身不自在，「我也中了？」

「不，目標不是你。」月餅指了指護士，「是她們。」

「咚——咚——咚——」

敲門聲再度響起！

我們互看一眼，沒有說話，屏著呼吸仔細聆聽。那聲音飄忽不定，忽輕忽重，每當敲門聲響起，緊接著是細不可聞的吱吱聲，也可以聽見「撲稜撲稜」的空氣震盪聲。

月餅攥著病房門的喇叭鎖，手心裡全是汗，輕輕轉開，用力向外推開！

說時遲，那時快，一道淺灰色的影子，從我的頭頂飄過，擦著月餅的臉頰，閃電般向門外竄去。月餅的動作更迅速，伸手一抓，可惜那道影子還是以奇怪角度飛出去。

病房裡居然有東西，爲什麼我們都沒有看見？

「我明白了！」月餅閃到門後，「快看！」

我跟著他踏出病房，站在走廊，看見門上有一道巨大的蝙蝠形狀的血印，尚未凝固的血集結成血珠仍往下淌。

忽然間，幾道灰影從天花板落下，暗青色的血管跟蜘蛛網似的浮在薄薄的肉膜上，兩隻尖利的爪子摳著地面，毛茸茸的小腦袋血肉模糊，依稀能見爛肉裡面的白骨。渾圓的小眼睛透著即將死去的暗淡光芒，兩隻大得異常的耳朵軟軟垂著，尖嘴張開，肉紅色的舌頭微微顫抖，發出吱吱幾聲怪叫。最後，脖子一歪，癱在地上。

蝙蝠！

剛才並非有人敲門，而是蝙蝠在撞門。

當時，打開門，我替月餅把風，有一隻蝙蝠趁機想鑽進病房，意外連續撞了我好幾下。針對的目標，不用多說也知道，是剛甦醒的傑克。

「剛剛我看到護士一動也不動地坐在椅子上，脖子有兩道血印，還以爲是蜈蚣。」月餅摸了摸鼻子，「有人透過蝙蝠，對她和傑克下了血蠱！如果天亮前不能解蠱，蠱蟲湧入大腦，活活把腦袋撐爆，人也就活不了了。」

這件事一定是和都旺有關聯的蠱族所幹，可爲什麼針對的目標是傑克和護士，而不是我們？

我認爲這點解釋不通。

傑克身上是否也隱藏著不可告人的秘密，有人不想讓他說出來？誰能神不知鬼不覺地在門上畫一個紅色蝙蝠？

然而，這些都不是當前最緊要的事情。

「怎麼解蠱？」我焦急地問。

月餅看向窗外，夜色漆黑如墨，天邊的星星像一顆顆鬼眼，閃爍著妖異的光芒。

「丹島洞，又被稱爲蝙蝠洞，最深處的骨灰可以解蠱。」

「骨灰？」

「對！傳說是五百位高僧燒死後留下的骨灰，不過，這麼多年來，還沒有人眞正見過。」

果然不是看風景那麼簡單。

接著，我又想到一件事，「月餅，我們去了，這兩個人怎麼辦？會不會有人折回來把他們……」

「不會的。第一，下蠱的人根本不會想到有人敢去那裡，認定他們倆必死無疑；第二，我們不去，難道眼睜睜看著他們腦袋像西瓜一樣爆了嗎？只能賭一賭了。而且，這人在門上畫血咒，用蝙蝠放蠱，去了那裡，說不定能碰上他。」月餅用力拍著我的肩膀，「南瓜，你一定要去。」

我點了點頭，「我是臨陣逃脫的人嗎？」

說罷，又默默地想：我就算不去，你也會傾盡全力對我洗腦，讓我最終改變主意。弄半天終究還是得走一趟，何必聽你跟老娘們一樣囉唆？

「哦，倒不是因爲這個。」月餅回病房收拾著背包，「也許你能通過『罪惡之門』。先說了，我是過不去的。」

我一個踉蹌，險些整個人撲倒在地上，「怎麼是我衝鋒在前，月公公你坐享其成呢？」

月餅聳聳肩，無奈地笑了笑，「路上說吧。」

04

關上病房門，看了看時間，距離天亮還有六個小時。

月餅用手機上網搜尋一下，丹島洞所在的范縣距離清邁市中心不遠，大約一個小時的車程。開車可以直達山下，上山到達洞口約莫在花半小時。算起來，光路上來回一趟，就要用掉三個小時。

丹島洞裡面到底什麼情況，光靠網路上幾張照片看不出個結果，我們擁有的時間也不是很充裕。當下不多說，出醫院攔了一輛TAXI，說了地點，司機二話不說，開車就走。

泰國是著名的旅遊國家，每年有四億多遊客入境遊覽，交通業算發達。計程車司機估計見多像我們這樣一時興起，半夜逛景點的，壓根兒不緊張。

不像中國，大半夜攔計程車說是去山上，那是萬萬拉不得。萬一遇到劫匪，搶了車，劫了錢，都算運氣好。一旦碰上手黑的，殺人劫財，直接在山上挖個坑埋了，就真的成爲山間野鬼。

再者，泰國雖然毒品、妓女、小偷猖獗，但是極少出現殺人事件。內在原因是泰國爲佛教大國，殺人是要下十八層地獄裡的第七層刀山，忍受億年萬刀刺體劃肉、開膛破肚之苦。

世界上「意外死亡率」最低的國家排名第三就是泰國，第二是「幸福之國」尼泊爾，第一想當然是「天堂」不丹。

這麼胡思亂想，感覺沒多久，我們便抵達丹島洞的山下。仰頭看去，山不高，亞熱帶的植被茂密，根本看不見洞口在哪裡。

月餅按照網路下載的地圖悶頭研究，我不好意思打擾，獨自躲在一旁抽煙。想著如果照月餅所說的，「罪惡之門」只有沒犯過錯的人才能通過，估計我也夠嗆。前兩天才無意間瞥見女同學彎腰收拾課本時，V領短袖衣服露出來的半個胸部。過不去更好，鬼知道那裡面有啥玩意，萬一冒出個吸血鬼，小爺大好年華也就和那五百高僧的骨灰廝混了。總不能指望那邊其實是蝙蝠俠的秘密基地吧！

連抽了兩三根煙，我越琢磨越心虛，開始打了退堂鼓，「月餅，你看個破地圖，至於這麼半天嗎？」

月餅訕訕地撓了撓頭，「我看不太明白，按照地圖方位，丹島洞應該在山下，而不是山上。」

我詫異地接過地圖，這一瞅，差點沒把眼珠子瞪出來，「你根本就看反了！」

「是嗎？」月餅面不改色，宛如沒有半點羞恥心，「那就上山吧。」

一路無話，既沒什麼奇怪蟲子阻路，也沒有山妖樹精搞怪，風平浪靜地到了丹島洞口。如此順利反而讓我有些不安，月餅也微微皺起眉頭，「暴風雨前的海面是最平靜的。」

我不作聲，安靜地點了點頭。心生恐懼之餘，想起小時候孤兒院阿姨教過一個方法，沾點口水抹在眼皮上，據說可以增加陽氣，走夜路時不會看見不乾淨的東西。

原以爲丹島洞很大，沒想到洞口不過兩米見方。洞中漆黑一片，月餅用強光手電筒一照，筆直的光柱瞬間湮沒在黑暗中，完全看不清楚裡面的情況。

此時此刻，我不只想打退堂鼓，是徹底後悔答應跟月餅來這個鬼洞。

我對沒有光線的黑暗空間有莫名的恐懼，身處其中總會感覺面前不到一釐米處就站著一個人，或者身後一直有人跟著我，伺機伸手掐住我的脖子。

月餅轉身對我笑了笑，拿出幾根螢光棒，往洞裡扔去。就著熒熒的綠光看去，洞裡沒什麼奇特，地面積了一層厚厚的塵土，岩壁長滿蔓藤。我有樣學樣，跟月餅一樣把褲管塞進鞋子裡，再綁緊鞋帶，防止被毒蟲叮咬。

提心吊膽地走進洞，每踏出一步，都能激起大片的灰塵，鼻子癢得厲害。我想打噴嚏，又覺得洞中透著詭異，強忍著不敢打，只能使勁揉鼻子止癢。

「南瓜，我忘記告訴你一件事。」月餅慢吞吞地說：「這個洞裡曾經發現兩具被抽乾血的屍體，具體原因沒人知道，所以荒廢二十多年都沒人來。」

「你幹嘛不早說！」我恨不得給月餅兩個嘴巴子，「你還是不是人啊？」

話剛說完，我一腳陷進坑裡，當下感覺腳底有個堅硬的凸起物被踩進地底。下一秒，洞中響起沉悶的咯咯聲，像極許久未轉動的齒輪，再次咬合時發出的摩擦聲。此外，蔓藤也嘩啦啦響動，似是有東西向外鑽。

月餅突然摁著我的脖子，直接撲倒在地上。我一個措手不及，吃了滿嘴灰。就在這時候，聽見腦門上響起嗖嗖的空氣摩擦聲，側頭往上一看，無數三寸長短的黑影來回交錯，深深釘入對面的岩壁。其中有幾道黑影在空中撞擊，迸出閃亮的金星，又落到地面。

是弩箭！

看著這景象，我忍不住咒罵，他媽的泰國的山洞裡居然出現中國的機關術，這都哪跟哪啊？想著，狠狠瞪了月餅一眼。

接收到我的目光，月餅搖頭表示也不知道怎麼回事，如此等了一分多鐘，憑空亂射的弩箭才總算停消。他起身拍了拍灰，順手撿起一根弩箭看。我這才鬆了口氣，罵罵咧咧地叫道：「你神經未免太大條了吧！小爺被你騙進來，差點當場被噴成刺蝟，你起碼安慰我兩句行不？」

月餅沒言語，把箭遞到我手裡，又去拔洞壁上的，「小心箭鏃，有毒。」

如他所言，箭鏃可見暗藍色的漬痕，整枝箭堅硬冰冷，像某種金屬鑄造，上面鏤刻花紋，做工極為精巧。花紋延伸到箭體中央，攢聚成兩個繁體字：洪武。

明太祖朱元璋的年號！

「這個丹島洞，可能不是我們想像的那麼簡單。」月餅彈著弩箭，發出清脆聲音。

「血蠱、蝙蝠、罪惡之門、抽乾血的屍體，這會兒又冒出洪武年間的機關，哪裡簡單了？」我的好奇心被勾了起來。

在萬毒森林裡耗了大量電力，回到清邁又來不及充電，月餅手裡的強光手電筒光線越來越弱，由明亮轉為淺黃，光圈越來越小，最終熄滅了。洞裡只剩下幾根螢光棒泛著綠光，猶如幾朵鬼火。

身旁的蔓藤突然動了，我心裡一緊，還沒反應過來，一個東西落在肩膀上。我啊地一聲怪叫，慌亂中忘記向前掙脫，而是往後一靠，後腦勺碰上軟綿綿的東西，惡臭撲鼻，幾道黏糊糊的液體順著脖子流道胸膛。

又是一陣令人牙酸的機械摩擦聲，下一刻響起雷鳴般的轟隆聲，一塊巨石從洞頂落下，把洞口擋得嚴嚴實實。

「完了！這下出不去了。」我哭死的心都有。

月餅稍稍愣了一下就恢復冷靜，「你別動。」

經他這麼一提，我才想起自己的腦袋還在一堆東西裡，也不曉得那是什麼玩意，當下不敢再隨意動彈。眼巴巴看著月餅緊繃著臉走過來，抓著我的腦袋，拔蘿蔔似的拔了出來。意識到自己可以恢復自由行動，我摸了摸後腦勺，放在眼前一看，手心全是淡黃色的液體，且臭不可聞。

「我勸你別回頭看。」月餅抓起一把土抹了抹手。

這話純屬廢話，我能不回頭看嗎？回過頭，我瞬間明白他這次真的沒跟我開玩笑。

我撞上的，是一具屍體！

隔著幾條蔓藤，那具屍體被無數枝弩箭牢牢釘在岩壁上，不知死了多久。肌肉塌癟，連帶著皮膚貼在骨骼上，一滴滴屍水帶著油珠，掛滿屍體全身。剛才掉落在我肩膀上的，正是一隻手。屍體的腦袋則被我撞破一個大洞，軟爛的肉醬裡還來回鑽著白嘟嘟的屍蟲。

我想著剛才撞到這麼一具屍體，忍不住怪叫著撲打身體。

「丹島洞也許是一座古墓。」月餅拿著弩箭，在地上畫出簡易的草圖，「第一層，也就是第一個洞，是陪墓，設置大量機關，防止盜墓賊。第二層，也就是第二個洞，是主墓，裡面不知道葬的是誰，也許是中國人，又或者……這座墓只是中國人設計的。這又說不通，如果僅是中國人設計的，爲什麼會出現明朝的機關暗器？」

我嚥了幾口酸水，「這不太靠譜吧？哪個中國人會把墓建在泰國？何況你剛才也說了，丹島洞裡供奉著佛像，沒發現乾屍之前，遊客都能進出自如，從沒碰上什麼機關，怎麼偏偏咱們倆進來就碰上？這麼背，都能跟出門走路被樓上掉下的花盆砸死有得一拼。」

「搞不好就是發現洞裡的奧秘，那兩個人才死在這裡。乾屍被守陵人擺在洞口，並刻意散佈謠言，阻止閒雜人等隨便進出，並開啓機關進行防衛。」月餅仔細看著草圖，「到底會是誰？」

我聽得目瞪口呆，「你今天是柯南附體，還是盜墓小說看太多？」

洞深處，忽然吹來一股強烈的冷風。藉著螢光棒發出的微弱光線，一大片點點綠光亮起，吱吱尖叫著衝向我們。

是蝙蝠！

05

我看得頭皮發麻，轉身已經沒有退路，可總不能讓自己活生生被這群蝙蝠搞死吧？

「別動，蝙蝠懂得利用超音波定位，不會撞到靜止物體的。」月餅吼了一聲。

正說話間，蝙蝠已經飛來，雙翼在空中拍打著。眼瞅著牠們越來越逼近，我幾次想蹲下，或靠著蔓藤站住，但看月餅雖滿頭是汗，卻一動也沒動，索性心一橫，在原地等死。

大批蝙蝠轉瞬間飛到我身前，卻神奇地拐了個彎，向洞口飛去。有幾隻幾乎貼著我的臉飛過，可以看見牠們芝麻大小的眼睛下方，是長著鬍鬚的嘴，細細碎碎的牙齒黏著絲狀的唾液。

蝙蝠的數量超乎想像多，不消片刻，已經把整個洞填滿。由於洞口被堵住，牠們飛不出去，便死腦筋地在洞穴裡四處亂飛。

兩人這麼站著，猶若淹沒在蝙蝠海裡，任由牠們在身邊飛來飛去。如此恐怖的場景，我這輩子不想再經歷第二次，暗暗祈禱千萬不要有哪隻蝙蝠的超音波系統故障，一腦袋撞在小爺的臉上。

噁心的是，有幾隻蝙蝠居然邊飛邊拉屎，弄了我一臉。

惱怒之餘，我的目光穿過蝙蝠群，發覺月餅也好不到哪裡去，臉上滿是蝙蝠屎，像個唱大戲的，險些忍不住笑。

「蝙蝠屎又叫『夜明砂』，是不多見的珍貴中藥，價錢大概跟黃金差不多。要是進到洞深處，挖上幾斤帶回去，你可就真的成土豪了。」眼下都什麼情況，月餅竟還有心思跟我講這些。

「現在怎麼辦？」看這些蝙蝠一時半晌沒回家睡覺的意思，我十分無奈地說：「我們總不能耗在這裡，跟牠們玩耐力賽吧？」

聽我這麼講，月餅摸了摸鼻子，險些被一隻蝙蝠撞臉，「直線往前走吧。」

我盤算這也是沒辦法中的辦法，咬著牙和月餅在蝙蝠海裡逆浪前行。不知走了多久，洞內的寒氣越來越重，凍得我牙齒打顫，直到一處刀削般的懸崖前才停下腳步。

寒氣由懸崖底部竄起，遇到上層的空氣，凝結成霧狀，模模糊糊可見有兩條手腕粗的麻繩，上下並排著連接到懸崖對面。

懸崖那頭，是一個半人見方的小洞，估計按照我的個子，需要貓著腰鑽進去。

「罪惡之門到了。」月餅探手抓起繩子，試了試結實程度，當先踩了上去。他靠著上方的繩子保持平衡，挪移著步伐往對面走去。

我沒多想，也跟著向前走著，哪知繩子一承受兩人的重量，在空中晃悠起來。我心裡一慌，腳下用力，繩子晃動的幅度更大。幾次沒有抓穩，整個人險些跌落懸崖。

「有點腦子行不行？」月餅臉色煞白，「繩梯要一個人一個人地過，你丫這麼一來，重力不勻，徹底沒了平衡！」

危急之際，我也沒心思反駁，只覺得繩子晃得像是斷了繩的鞦韆，上下左右完全沒有規律，眼看就要跌下去了。

此時，月餅像猴子一樣，抓著上面那條繩子，盤著腿吊在半空，「南瓜，趕快抱著下面那條繩子，咱們一起爬過去。」

月餅反應非常迅速，總能在最危險的時刻找到最簡單直接的解決辦法。於是，我連忙照著他的話，抱著下面那條繩子，像雜技團的猴子往懸崖對面挪去。

麻繩又粗又硬，我一邊維持著平衡，一邊爬著，手心火辣辣的，估計皮都被磨破了。眼瞅著離對面越來越近，忽然覺得繩子一鬆，整個人往懸崖下墜落。

繩子斷了！

我急速下墜，可雙手還是死命抓住繩子，指望不要脫手，至少能繼續吊在半空。但是下墜的重力加速度，完全超出我的預期，我的手不斷往下滑，被麻繩磨得越來越熱、越來越疼。最後，真的堅持不住，鬆開了手。

完了！

這是我最後一個念頭。

那一刻，忽然有個荒謬的念頭充斥我的腦袋：如果這是一個無底洞，我豈不是會在墜落中活生生餓死，直到變成一具骷髏，還在不停下墜？

那實在是太恐怖了，還不如一次摔個稀爛來得痛快。

06

這個念頭剛冒出來，背部一陣落地的疼痛。

居然這麼快就掉到了懸崖底部？

就在我納悶不已的時候，聽到了月餅的喊聲，「南瓜！南瓜！」周圍漆黑一片，根本看不見東西，我有些發毛，生怕竄出什麼玩意。不過，抬頭看，懸崖上倒有光亮。隔著霧氣，在上方的月餅正探著身子喊聲，其實距離也就五、六米高而已。

這麼點距離拴什麼繩子，還不如在兩邊鑿出石梯呢！根本是吃飽了撐著沒事幹！念及至此，我沒好氣地應聲，「我他媽的活著呢！你在上面鬼哭狼嚎，急著哭喪幹嘛？」

「你沒死？」月餅一副吃驚的語氣。

我聽了更加不爽，「五、六米能把我摔死，那才叫稀罕！不信的話，你自己下來看看。」

邊說邊起身，這才發現自己不知掉到一堆什麼東西裡。抬腳再踩下，腳底傳來陶瓷破碎的感覺，一抬手還碰倒石筍。懸崖上的光線被霧氣遮擋，根本透不下來，我尋思要是亂走，萬一被橫出的石筍絆倒，可不是鬧著玩的。

爲了我的安危著想，張口吼了一句，「月餅，扔一根螢光棒下來！」

沒想到他居然和我心有靈犀，話音剛落，幾根螢光棒落下來。綠熒熒的螢光在霧氣中看著異常飄忽，隨著螢光一閃而過，我瞥見崖壁上有奇怪的紅色花紋。還來不及細看，螢光棒已經落地，照亮了四周。

待我看清了一切時，才懂得「有時候，看見還不如看不見好」的含意。黑暗帶給人恐懼，可光明帶來的恐懼或許更加強烈。

此時此刻，我身處的地方，密密麻麻豎著的骷髏！

由於從高處摔落，幾具骷髏被我壓成碎骨渣子，不少骷髏像多米諾骨牌依次倒下。在我身旁，還有兩具骷髏一左一右立著，身上泛著幽幽藍光，下巴因爲失去肌肉的牽連，半張闔著，泛黃的牙齒積滿灰塵，空洞的眼眶陰森森地盯著我。

如果這一切已經挑戰我的視覺極限，更讓我震驚的是，骷髏堆的深處，沿著岩壁挖出個半個足球場那麼大的坑，裡面有一座三角形的建築。順著層層台階向上看去，建築物的頂端擺著一張椅子，上面坐著一個穿著僧袍的人，面色紅潤，單手支著下巴，遠遠望著我。

我如同被閃電劈中，全身僵硬。

這……這裡，怎麼會有人？

月餅咬著一根螢光棒，順著繩子爬下來，看到這一切，先是愣了愣，接著眼中透出讓我覺得陌生的狂喜。

「沒想到……沒想到……」月餅神情古怪，自顧自地向建築物走去，很像第一次看到雙頭蛇神時的模樣。

他這個舉動，再次觸及我內心深處最可怕的念頭。

其實，我並不是百分之百相信月餅。

雖然他對我解釋過，可是表現出來的一切，並不像只是跟著都旺學了幾個月蠱術那麼簡單。對付草鬼婆的時候，他所會的中國秘術，難道也是跟都旺學的嗎？爲什麼他的泰語比我熟練？關於丹島洞，他是從哪裡知道的？又憑什麼進洞沒多久，他就斷定這裡是一座古墓？

對於這些事情，我都有疑惑，之所以不願去想，是爲了相信最好的朋友。然而，他現在的狀態，遠比坐在建築物上的僧侶，更讓我覺得可怕。

「南瓜！」月餅興奮地揮舞著手大喊，又不小心碰倒幾具骷髏，「我明白是怎麼回事了！」

我冷冷應了一聲，心裡有種說不出的彆扭。

「這確實是一座古墓！居然會是這樣佈局！太奇妙了！太出其不意了！」月餅雙眼閃著精光，不斷發出讚嘆，「原來第二個洞只是掩飾，當人們來到懸崖邊時，看到繩子，當然會順著往第二個洞走。我剛才看了，裡面有個小佛塔，是順著岩壁石紋走勢雕刻出來的。也難怪如果沒仔細看，根本看不見佛塔；而見過佛塔的人都會說『不知道有沒有看到佛塔，但是可以清楚感覺到』。所謂的『罪惡之門』更是噱頭，傳說有罪之人無法通過這道門，其實就是一種心理暗示。內心有愧的人大多貪生怕死，又看到只有兩條繩子，當然不敢爬過去。最危險的地方反而是最安全的地方！這一切無非是爲了分散他人的注意力，保護懸崖下面的這座古墓！」

「我們不是來找五百高僧的屍灰救傑克和護士的嗎？」我反問道。

「這就是高僧啊！」月餅指著骷髏堆，「難道你還沒看明白嗎？」

「我他媽的看明白了！」我再也忍不住了，「你他媽的有事瞞著我！」

月餅意識到自己失態，趕忙調整表情，「南瓜，跟都旺學習蠱術的時候，我聽說丹島洞裡藏著一個近千年的秘密，能破解秘密的人，即有意想不到的收穫，所以剛才有些失控。」

「滾！」我大聲吼著，彷彿這樣心裡才能痛快點，「那你一開始怎麼不告訴我？」

「我原以爲這只是個傳說，進了洞才發現是眞的。」月餅摸了摸鼻子，很牽強地回道。

這會兒，立在身邊的骷髏看著也沒那麼恐怖了。我心思煩躁，踹倒其中一具消消氣，踩著碎骨頭走到月餅面前，「我需要一個合理的解釋。」

月餅看看我，又望向建築物上的僧人，「答案就在它身上。你看它的右手，是不是拿了一本書？」

聽他這麼一提，我才想到都過了這麼半天，僧人居然沒有任何反應。藉著微弱的光芒，我運足目力，依稀可見僧侶面色紅潤，手裡果眞握著一卷書本大小的東西。

「不曉得它死了多久，居然還能保持肉體不腐！」月餅深一腳淺一腳踏著遍地殘骨，向高聳的建築物走去。

我不願單獨一個人待著，只好心事重重地跟上前。

07

沿著階梯向上爬，遠看覺得挺高的建築，實際三兩步就爬了上去。只是偶爾往下眺望，遍地骷髏跟兵馬俑似的並排而立，陰森中透著些壯觀。

我也想通了，月餅明顯藏著什麼，至少沒有害我的意思。他天生好奇心強，又聰明，跟著都旺學那麼久，知道一些我不知道的事情，也沒有什麼好奇怪的。

相較於他，我這人心大，遇到事情總喜歡往好的方面想。多一事不如少一事，這段時間的經歷已經讓我快承受不住，我的身世更是一個謎團，倘若再琢磨下去，估計用不了幾天，月餅就得拎著五袋蘋果去精神病院探望我。

這麼想著，我心頭一鬆，不知不覺爬上建築物的頂端。五米見方的平台上，那具不腐的僧侶屍體，端端正正地坐著。

它半低著頭，緊閉雙目，相貌極醜，下巴向前半彎著凸起，塌鼻樑下的朝天鼻有點像豬鼻。一雙粗密的眉毛呈倒八字，雖然死了不知多久，眉宇間依然透著深深的哀愁，而且散發一股說不出來的氣勢。此外，灰色的僧袍上繡著九條金絲蟠龍，更增添了這份感覺。

我覺得他非常眼熟，似乎在書上或電視裡見過。

這名僧侶長相不佳，身材高大，膚色不像泰國人那樣黑，很像中國人。而且按照骷髏的腐敗程度，起碼死了一千年，屍身還能保存得如此完好，確實是一件詭異的事情。

它的右手緊握的書本呈現朽黃色，封面空空如也，沒有一個字。

月餅皺了皺眉，腳尖輕點地面試探，確定沒有機關，才放心走過去。當他繞到僧侶身後，忽然啊地一聲驚呼。

就在此時，僧侶猛地抬起頭，睜開了雙眼！見狀，我腦袋刹那浮現「詐屍」兩個大字，還來不及回神，那雙眼睛又讓我倒抽一口涼氣！

兩團紅色的火焰，在眼眶中不斷跳動著！

紅瞳！

「這不是詐屍，而是蟲對蟲的感應。」月餅隔著僧侶，扔給我一根煙，「南瓜，我終於想到解除你紅瞳的辦法了！我知道你對我有所懷疑，現在我就一五一十地告訴你，不過你得先看看這個。」

月餅的話讓我的心頭一震，照著他的話，機械地繞到僧侶背後，驚見毛骨悚然的一幕！

僧侶屍體的後背，糜爛得跟紅色漿糊沒兩樣，鼓著密密麻麻黃豆大小的血泡。每個血泡裡，都蠕動著手指粗細且肉嘟嘟的暗紅色蚯蚓。牠們歪歪扭扭從肉醬中鑽出，頂破血泡，拼命想掙脫，可幾乎快脫離屍體時，唯獨尾部掙脫不了。沒辦法之下，只得張開圓筒狀的嘴，呑噬著血肉，又鑽了回去。好不容易完全鑽進去，又在其他處擠出另一個血泡。

如此周而復始，乍看這具屍體的背部猶若長滿會動的肉芽。

「你的眼睛，其實是被下了蠱。」月餅語調輕緩地解說：「你並不是泰國人，也和蛇村完全沒有關聯。你知道嗎？對自己最好的朋友隱藏秘密，實在是一件痛苦的事情。我先前之所以隻字不提，是怕你承受不了，現在找到解蠱的辦法，終於可以告訴你了。」

「蠱族想搜出被秘密從萬毒森林送至世界各地的紅瞳者，可人海茫茫，到哪裡去找？因此，他們會對生辰八字陰時的人下蠱，後天培養成紅瞳者。這類人相當稀少，但憑著千奇百怪的蠱術找出他們，還是比搜索原生的紅瞳者容易得多。而你，就是被選中的對象。蠱族絕對不能說出紅瞳者眞正的由來，否則會失去所有蠱術，所以都旺到最後都沒有說出你的秘密。至於這是爲什麼，我也不知道。」

「我之所以懂這麼多東西，原因很簡單。蠱族選中的嬰兒被下蠱後，一雙紅瞳必不能被世人接受，成長過程中難免遭遇各種危險，必須有年齡相當的夥伴暗中保護。不知道是幸運，還是不幸，我就是那個人。都旺在我小學的時候就找到我，教了我許多東西。你這一生到目前為止，遇到許多危險，生過幾次大病，都是我替你解決的。我和你考上同一所大學，住同一間寢室，也都是安排好的。」

「我知道你不相信這些，可我說的全是事實。在泰國有個奇怪的傳說，紅瞳者是受到詛咒的人，可也只有他們，才能解開蠱族最大的秘密。這個秘密不僅是你經歷過的事情，還包括蠱術的由來。據說，眞正的蠱術並非起源泰國，而是中國。說起來，此事和鄭和下西洋有關。明成祖朱棣派遣鄭和下西洋，除了耀揚國威，加強外交，還有一個衆所周知的秘密：尋找建文帝朱允炆。不過，其中還有更深層的原因，那就是尋找一本遺落在泰國的蠱書。」

「明朝開國皇帝朱元璋在爭奪天下之際，一直有一支神秘部隊幫助，組成的成員多是擅使蠱術的南疆少數民族。見識過蠱術的神妙，朱元璋深感是個威脅，建國後對這支部隊下達殺無赦的死令。殘存的蠱族穿越南疆，逃到泰國，據說是為了找到蠱書，習得更高深的蠱術報仇。這成了朱元璋心頭一直未解的大患。直到朱棣篡位奪得天下，遍尋朱允炆不著，又有傳言泰國曾見建文帝的蹤跡，斷定他也在尋找蠱書，企圖聯合蠱族復國。因此，暗中吩咐鄭和打著下西洋的旗號，帶領中原能人異士與泰國的蠱族進行一場大戰。」

「結果不得而知，只曉得雙方傷亡慘重。這也是鄭和爲何能夠得到朱棣器重，還賜國姓，不惜花費大量國庫錢財，數次下西洋的原因。不過，另有一說，鄭和實際對朱棣竊國心懷不滿，尋找建文帝，是爲了幫他復國。但是，最後爲什麼沒有實現，這也不是我們能夠知道的。」

「你可能無法體會，我因爲對蠱術的好奇，也被下了蠱，不得不扛起保護你的使命。和你接觸這麼久，我早已把你視爲親兄弟，我懇求都旺解除你的紅瞳，都旺也答應了，才有後來在萬毒森林裡我發覺被騙的事情。我……眞的對不起乍侖和蛇村的人。還有，秀珠。可即便都旺死了，我始終沒有放棄尋找解開紅瞳的辦法。」

「對傑克和護士下蠱的人，我確實不知道是誰，但沒想到誤打誤撞，居然讓我找到了這具萬蠱不變之屍。它，也是第一個紅瞳，手裡拿的，據說就是眞正的蠱書。至於，我直到此刻才跟你說明一切，是因爲一旦說出眞相，不僅蠱術全散，還會被體內的蠱蟲反噬身亡。」

「萬蠱不變之屍身上的蠱蟲，可以治癒任何蠱毒。時間很緊迫，你先不要多問，快跟著我做！」

08

月餅說到這裡，突然咳了一下，嘴裡噴出大口的黑血。

這個當下，我目瞪口呆，久久沒有做出反應。萬萬沒想到，早在我出生的時候，就已經被別人安排命運。月餅何嘗不是？他所做的一切，都是爲了幫我解開蠱術。

此刻，月餅又一聲咳嗽，黑血噴得胸前斑斑點點，煞是刺目。他深吸一口氣，一把探入僧侶後背，再伸出手時，多了幾條拼命扭動的蚯蚓。

「吃！」月餅塞給了我一條。

「啥？」我看著手裡活蹦亂跳的蚯蚓，還沾著僧侶屍體稀爛的血肉，心想這玩意別說解蠱，千年的爛肉也能把我毒死。就算沒被毒死，估計吞下肚，我也被噁心死了！

月餅捏起一條蚯蚓，仰著脖子，滿臉痛苦地吞下去。咕嚕一聲，喉結翻動，蚯蚓被活生生嚥進肚中。他肚子裡雷鳴般響了半天，再次張嘴，吐出一隻綠色的甲蟲。

只見那隻甲蟲嗖嗖爬往僧侶的屍身，下一刻就鑽了進去。

「快吃！」月餅見我還拿著蚯蚓做心理掙扎，不由分說地捏著我的下巴，用手把蚯蚓捅進我的嗓子眼。

那瞬間，一股又臭又腥的氣味從食道裡冒出，緊跟著是蚯蚓沿著食道向胃裡爬動的感覺。他媽的，這種感覺太噁心了！

我張嘴想嘔，可月餅大力摁著我的下巴，還把我的腦袋扳住，「不進胃裡，絕不能吐！解蠱只有一次機會！只有解了你的紅瞳之蠱，蠱族才不會再發現你！」

他都這麼講了，我只好拼命吞嚥口水，期盼蚯蚓能早點進胃裡。我背了點，這條蚯蚓不如月餅吞的那隻滑溜，過了好一會兒，還在食道裡遛達。該不是把我的身體當成萬蠱不變之屍，咬破食道在我身體裡面搭窩過日子吧？

那玩笑可開大了！

這麼一想，頓時覺得蚯蚓停留的位置鑽心地疼。

「到哪兒了？」月餅看我表情不對，連忙問道。

我疼得話都說不出來，指了指胸口。月餅忽然一拳打過來，我一口氣悶在胸口，嚥不下去，吐不出來，接著感覺到有東西飛速順著食道掉進胃裡。神奇的是，一股熱流從腹中升起，順著血液傳至全身，說不出的舒服。

我略略喘了口氣，頃刻肚子又如刀割般疼痛，腸子好像被剪刀一寸寸剪斷。這時候，好像有個活物從腸膜掙脫，沿著腸子反向鑽進胃，又飛速順著食道上到嗓子眼。我感覺惡臭，開口把那玩意吐了出來。

一團紅色的東西在地上蹦躂著。

我仔細一看，居然是條紅眼金魚！

這就是我中的蠱？

「南瓜，你的蠱終於解除了。」月餅擦著額頭的冷汗，神色有些遺憾，「我再也不會蠱術了。」

我訕訕地不知該說些什麼。如果換做是我，願意扔掉學了多年的蠱術，放棄讓人羨慕的能力，解救自己的朋友嗎？

但是，月餅做到了！

「謝謝你！真的！」我心裡熱騰騰的，鼻子有些發酸。

「操！」月餅摸了摸鼻子，無所謂地聳聳肩，「謝個屁，多大點事兒。」

「我還想問一件事。」我揉著肚子，兀自噁心不止，「現在洞口被堵死，咱們怎麼出去？」

地面忽然輕微顫動著，洞頂下雨般掉落碎石屑。月餅連忙把手裡剩下的蚯蚓塞進竹筒，抬頭盯著刀削般光滑的岩壁，「我們入洞時觸動機關，這可能是最後一道防盜手段。山洞要塌陷了。」

正說著，岩壁響起斷裂聲，閃電狀的裂痕由地面迅速向上延伸，扯出幾道一人見寬的縫。下落的石塊越來越大，我和月餅拼命閃躲，險些被一塊臉盆大的石頭砸成肉泥。慌亂中，那一排排骷髏早被落石砸得稀爛，僧侶屍體也被層層掩埋。

落石把我們逼到岩壁一角，眼看就快沒有落腳的地方，月餅扯著我的胳膊，吼道：「進這條裂縫！」

「萬一裂縫合上，不就把我們擠死了！」我想進，又不敢進去。

「總比活埋了強！」月餅已經閃身鑽進去，「山體斷裂，說不準還有逃出去的機會！」

還在猶豫，一塊巨石落下，向我這個方向彈來。這會兒，我再沒別的選擇，哀嚎著和月餅一同鑽進裂縫。

09

無休止的黑暗！山體裂縫中，眼睛如同被蒙上一塊黑布，持續聽見山腹深處崩塌的轟隆響，和石塊不停砸落的聲音。

我摸索著向前跑，一路跌跌撞撞，不知在狹窄的裂縫裡奔跑多久，渾身被凸起的尖銳岩石劃得全是血口子，汗水混著泥灰浸到傷口，疼得無法忍受。有什麼事情會比處在這樣的環境裡，沒有希望地向前奔跑，更讓人喪失信心呢？

忽然間，一塊岩石砸中我的肩膀，麻痛得連心臟都縮成一團。我悶哼一聲，也許是太過勞累，也許是心裡早已放棄，緩緩收住腳步，雙手撐著膝蓋，大口喘著氣，再也不想動了。

揚起的灰塵嗆入嗓子，我劇烈咳嗽著，咳得眼淚都流了出來。我突然覺得可笑，什麼都還不知道的時候，總能化險爲夷；明白一切眞相後，卻迎來了死亡。

不是命運和我開玩笑，也許，這就是我的命運。

「南瓜，使勁往前跑啊！」月餅就在我前方不遠處。

我苦笑著，跑，又能跑到哪裡去？

「月餅……我不行了，你跑吧……」我沮喪地喊著，心裡反而很平靜，一屁股坐在地上。

月餅，加油啊！如果能擺脫黑暗，你的世界從此就是光明的。

然而，腳步聲由遠及近，月餅跑到我身前，一把揪住我的頭髮，硬生生把我拽了起來。雖然看不見他的臉，不過我能想像他此刻的表情。

「南瓜，快了，我看到前面有光。咬咬牙，再堅持一下！」

前面有光？

這句話比任何鼓勵的話還好使，我不曉得哪來的力氣，再次邁開步伐向前跑。

山腹裡響起霹靂般的脆響，我清楚感覺整個地面如驚濤駭浪般翻騰，腳掌幾次陷進龜裂的地縫再抽出來。突然前腳踩空，又踏進一道地縫，腳踝頓時疼痛難忍。我拼命想拔出腳，卻怎麼也辦不到。

「月餅！」我喊了一聲，可是聲音下一秒就淹沒在岩石崩裂的聲響中。

我蹲在地上，感覺身體兩側的岩壁越來越擠。山縫正在收縮，胳膊清晰感覺到石頭抵在肌肉上，胸口的壓迫感也遽增。全身骨骼咯咯直響，內臟幾乎被擠到一塊，每次呼吸都比上一次困難。

我被箍在這座山裡了。很快地，我會在絕望中被擠壓成碎肉，和山體融爲一體。生命的最後一刻，我微笑著想：不曉得月餅是不是跑了出去？他跑得那麼快，一定沒問題……

此時，一隻手從黑暗中探出，一把抓住我的胳膊，用力地往外拖拽。

月餅又回來了！生死時刻，我的朋友沒有放棄我！

「我的腳卡住了，你快跑吧。」我推開他的手。

「把鞋帶解開！快脫了鞋子！」

聞言，我不由得暗罵自己笨蛋，趕緊手忙腳亂地解開鞋帶，拔出被卡住的腳。

「大概再三五米就能出去了！趕快！」月餅放聲喊著，「不到最後一刻，不要輕言放棄！」

這肯定是我人生中最絕望，最漫長的三五米路。

石縫把我擠壓得已經僅能側身慢慢向前挪移，但我終於呼吸到夾雜野草香味的清新空氣。不遠處，一條狹長的裂縫透出點點星光……

「月餅，我欠你兩條命。」我點了根煙，踩著柔軟的青草，腳心很癢。

「你欠我的多了。」月餅撕下半邊T恤，纏在手裡，又摸出一瓶二鍋頭澆透，抹著我被岩石劃爛的傷口。

我疼得齜牙咧嘴，「你欠我一雙靴子！」

「什麼靴子？」月餅忙活完，坐在草地上，把剩下的半瓶二鍋頭喝了個乾淨。

我指了指只剩一隻靴子的腳，「那可是『踢不爛』的限量紀念版啊！」

「都這種時候，你居然還在想這個？你腦子是怎麼長的？」月餅疲憊地低著頭，「解除了蠱術，感覺好累。」

我挨著他坐下，「可惜了那本蠱書。」

月餅嗯了一聲，沒有言語。

「你說，那個僧侶是誰？」方才連番劇變，我沒時間去想，眼下思及這個問題，下意識問出口。

「朱棣發起靖難之變，奪位登基後，沒有發現建文帝的屍體。還記得鄭和下西洋的目的是什麼嗎？據說，朱元璋早就看出朱棣心懷野心，替孫子建文帝安排好一切事情，當然也包括如果失位的逃脫辦法。明初著名的風水大師、建墓大師汪藏海，在朱元璋駕崩前忽然失蹤，有人看到他乘船下南洋，也有人說他是爲了給自己建船墓。不過，方才那弩箭上刻著『洪武』，且以山爲墓，佈下如此精妙的機關……這下你應該能猜到那個僧侶是誰了吧？」

我心裡一驚，難道千年前那個神秘失蹤的人，葬在了泰國？

「別想那麼多了。古人的事只是歷史書上的故事。我們能解開血蠱，但是那個下蠱的人仍然是個謎。」月餅撿起一塊石頭用力扔出，恰巧砸在剛剛合攏的山體，連帶著紛紛石屑落入草中。

此時此刻，丹島洞的洞口已經完全垮塌，封印一段不爲人知的歷史，也封印了我們至今解不開的層層謎團。

月餅伸了個懶腰，「我的黑暗時代終於結束了！」

我沒來由萌生豪邁之情，在心底大聲吶喊著：去他媽的宿命！這個世界上有什麼事情，比得上一個最值得信賴的朋友始終待在身邊，更加來得重要呢？

西元二〇〇八年五月十三日，泰國清邁范縣發生一次微幅地震，熟睡的人們都沒有察覺到。隔天，有獵人上山打獵，才發現許久沒人進去的丹島洞被層層疊疊的巨石掩埋。

而在前一天，中國西南某城市，一場災難性的地震引發舉世震驚的巨大災難……

第9章

人骨皮帶

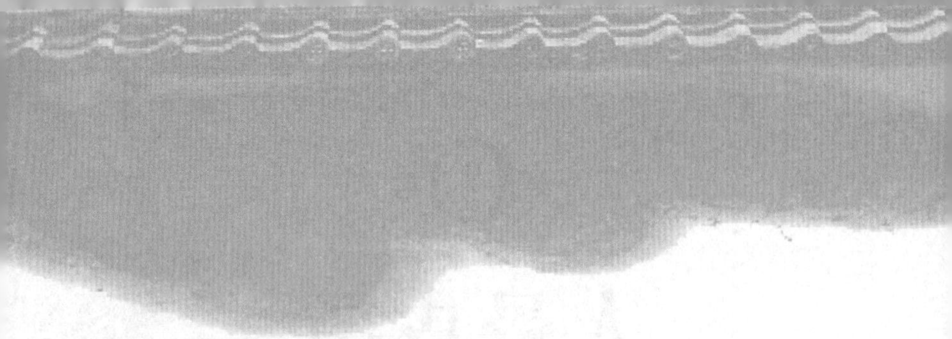

泰國最恐怖的一個傳說，大概就是《鬼妻娜娜》，幾乎所有泰國人都認為這個故事是真實的。

有一對夫妻，妻子娜娜才懷孕，丈夫就被迫從軍。後來，娜娜因難產死了，接生婆偷走她的結婚戒指，又叫人把母子的屍體埋了。到了晚上，接生婆拿出戒指對著油燈看，卻發現娜娜從天花板上探出頭說：「請把我的結婚戒指還給我……」

娜娜很愛丈夫，不想讓丈夫知道她死了。於是，拿回結婚戒指，帶著孩子在家裡等待丈夫。時間過去，丈夫結束軍旅，回到家裡。村民都想告訴丈夫，娜娜其實已經死了，但說出真相的人都會無故死去。由於丈夫很愛娜娜，也不相信和他生活在一起的女人早已死亡，何況還有個孩子。

有一天，娜娜在做菜，一顆檸檬滾落，她卻一伸手就撿了回來。泰國的傳統屋子，是杆欄式建築，用幾根柱子架高，就像亭

子。一般而言，距離地面至少一米，可娜娜居然一撿就把滾落地面的檸檬撿回來。直到此時，丈夫開始相信村民的傳言，彎腰透過胯下看自己的妻子和孩子，驚見他們居然是一對已腐爛的屍體。

受到莫大的驚嚇，丈夫躲到寺廟裡，不敢再待在家裡。娜娜對丈夫非常失望，可依然愛他，在寺外苦苦哀求他回家。鬼進不了寺廟，娜娜被寺廟裡的佛光彈得死去活來，起了憎恨的心，所有阻止她和丈夫在一起的僧侶都會被她殺掉。

最終，人們請來一名法術高強的僧侶收服娜娜，把她的頭蓋骨做成一個皮帶扣。娜娜的靈魂封印在裡面，交由最有慈悲心的人佩帶，就能封住她；可如果有一天，皮帶扣落入壞人手裡，娜娜的靈魂就會得以釋放。

現在那個皮帶扣就在泰國民間流傳著。

01

兩人急匆匆趕回醫院，蓬頭垢面的模樣把巡夜的醫生嚇了一跳。

幸好我們倆先當了回飛賊，偷走兩件晾在院子裡的衣服，否則光著上半身闖入醫院，不是被押進警察局，就是幾針麻藥外加幾下電棍，直接送上清邁醫院十八樓的精神病房。

看著月餅餵傑克和護士吞下帶出來的蚯蚓，我居然有點幸災樂禍。等到兩人吐出老鼠屎一樣的黑球時，想起自己肚子裡居然養了這麼多年的金魚，又是一陣噁心。

兩人還在昏迷，月餅把護士送回護士站，回到病房，坐在椅子上發呆。

我不好打擾他，這些年壓在他心裡的事情太多，好不容易擺脫那些，難免需要一些時間沉澱。

對待朋友，不一定要時時刻刻噓寒問暖，有時候只是坐在他身邊就好。

過了片刻，月餅脫了鞋子，窩坐在椅子上沉沉睡去。此時，天邊泛起魚肚白，我反正睡不著，索性摸出月餅給我的線裝古籍打發時間。兩本古書的邊角都翻起來，入手脆硬，果然有些年代。

翻開第一頁，映入眼簾的是八個繁體大字：欲練神功，必先自宮！

靠！《葵花寶典》？

翻到下一頁，又見一行簡體字：南瓜，和你開玩笑的——月餅。

我哭笑不得，嘴邊輕聲叨唸著：「月餅，你還眞有幽默感啊！」

隨手翻過一遍，書裡寫的多爲風水、五行、中醫理論，是我從來沒有接觸過的。很多內容看不懂，但有各種陣法的簡圖，我竟然越看越覺得有意思。

早晨的陽光滑進窗戶，蒸烤著病房裡有些潮濕的地面。絲絲水汽蒸騰，扭曲著光線。月餅伸了個懶腰坐起，我憋著笑，儘量保持平靜。月餅伸手拿鞋，卻一把抓了個空。他又抓一把，明明在眼前的鞋子卻根本抓不到。

我面無表情地問：「怎麼了？」

月餅思索了片刻，臉色一變，「南瓜，有問題！可能昨晚回來的時候，我沾上了陌鬼！」

陌鬼常見於小巷陌弄、髒亂不淨，無法居住之處。它們喜歡夜間出沒，常依附於醉酒之人。有些醉漢露宿街頭，第二天發現時已經死了，通常是被陌鬼附身所致。

有些喝醉的人愛耍酒瘋，回到家中更是大哭大鬧，說出讓人摸不著頭緒的言語，就是陌鬼附身，藉著他們嘴巴說出的鬼話。消除的辦法很簡單，洗個熱水後，在泥丸、膻中、天突、迎香穴擦些薄荷油。這種氣味讓喜歡髒臭的陌鬼無法忍受，自然會脫離依附者。

以上這些，都是我從那兩本古書裡學來的知識。

02

月餅光著腳跳下椅子，一臉緊張地在病房裡走動。翻翻這裡，又摸摸那裡；時而沉思，時而掐指。

我故作驚恐，叫道：「發現什麼了？」

月餅有些納悶，「沒有陰氣，也沒有寄靈的對象……」

我把鞋子踢到他跟前，「不就是一雙鞋嘛！小題大做！」

月餅聰明得很，旋即弄懂是怎麼回事，「南瓜，你怎麼辦到的？」

「我簡單佈置一個『迷形陣』。」我揚了揚手中的兩本古書。

「迷形陣？」月餅穿上鞋子，「你看懂了？我怎麼看不大懂？」

這句話倒出乎我的意料，「書上寫得很明白啊！方位、卦數、天干地支、五行、算砂數燭，都標註得明明白白，怎麼會看不懂？」

「都旺說那兩本書很少有人能看懂，你這就都會了？」月餅登時來了興趣。

「什麼書？」這句話發自不知何時甦醒的傑克。

月餅對我使個眼色，「沒什麼。你感覺怎麼樣？」

傑克疲憊地笑了笑，「好多了！不過，昨晚做了一場夢，我居然把蚯蚓吃下肚子！哦，實在太噁心了。」

又過兩天，傑克的身體好得差不多，辦了出院手續，和我們一起到學校報到。期間，我和月餅或明或暗地套話，傑克人倒老實，問什麼說什麼。他也十分健談，經常沒話找話，滔滔不絕。我們問「都旺如何和他聯繫」的事情，他都能講到「因紐特人的冰屋多麼美麗」。

我聽得耳朵都快長繭，月餅更是乾脆跑出去抽煙，耳不聞心不煩。

傑克對被下蠱的事情摸不著頭緒，幾次詢問我們。月餅懶得回答，我只好繪聲繪影編了個「都旺會蠱術，每年都會騙幾個外國人煉製新蠱術，結果被我和月餅發現，且一舉擊破」的故事。當然，我沒忘記把自己的形象提升一下，成爲拯救傑克於水火的男主角。

最後，我神秘兮兮地叮囑他，千萬不要把這件事情透露出去，而且說出去也沒人會相信。

到底是親身經歷這件事情，傑克睜大眼睛聽完，用西方人慣有的誇張語氣，喊道：

「Oh，My God！」

傑克究竟爲何遭都旺下蠱的事情，始終沒有答案。而那晚佈下血蠱的人也再沒出現，我的心裡還有一絲擔憂。

月餅一副無所謂的調調，「該來的自然會來，想那麼多幹嘛？」

我一琢磨也是，他作爲我這個半吊子「紅瞳者」的守護者這麼多年，什麼事情沒經歷過？如今終於擺脫蟲蟲，想當然覺得萬事隨心過，處處不留痕。

既然事情過去了，那就讓它過去吧，等再發生事情時，再想辦法解決就好。何況我也感覺到疲累，寧可當所有事情都不會發生，也暗暗祈禱不要再發生任何事，安安穩穩把書念完，回國當個「海龜」。雖說只是個東南亞「海龜」，好歹也算是鍍了層泰國金不是？

說到這兒，不得不提起一點：泰國大學經常會出現老師神秘失蹤事件。

絕對和靈異恐怖事件無關，眞實的原因講出來很好笑。這個國度毒品、槍枝、妓女氾濫，犯罪組織的魔爪自然不會放過校園裡的學生。個別老師、教授會利用受尊重的身份，暗中參與非法活動，兜售毒品給學生、誘騙女學生當妓女。

這類事情偶會發生，一旦被警方發現，爲了維護校方榮譽，他們會被秘密帶走，且不對外宣佈。當時，滿哥瑞把我騙去參加佛蠱之戰後失蹤，我還納悶學校怎麼沒反應，學生們也沒當一回事，才知道其中蹊蹺。

接下來，我和月餅要做的事情，非常重要！

那就是——讀書！

「既然出了國門，不能丟了中國的臉啊！」月餅鄭重地拍著我的肩膀，「我的成績全都靠你了！」

「你有心思學這麼多年蠱術，又會那麼多稀奇古怪的玩意，就不能好好念念書？」我無奈地嘆了口氣，「在中國，逢考必抄我的，這都抄上癮，還抄到泰國來了。」

「學霸，我們當個朋友吧！」月餅穿上帆布鞋，牛仔褲搭配純黑T恤，用髮蠟攏了攏細碎的頭髮，準備跟我上課去。

瞧我上下打量著，他連忙低頭查看鞋帶是否沒繫，褲鍊沒拉。

「月餅，你沒校服嗎？」

「校服？話說……南瓜，你怎麼穿得和人妖一樣？」

在泰國大學，學生對老師都十分尊敬，上課必須統一穿校服，一般都是「黑白配」。近兩年，據說要「國際接軌」，女學生的白襯衫改為緊身短袖式樣，身體曲線表露無遺。黑裙子則由以往的過膝寬裙改為低腰迷你褶裙，腰線剛剛及胯，裙邊則短到大腿中間，爲了走路方便，斜側面還要開一道小縫，養眼得很。

男學生的校服更是誇張，緊身白襯衫配上超低腰牛仔褲。不用穿在身上，光想像也能知道穿起來是什麼效果，稍微一彎腰，絕對露出半拉屁股。很多男學生爲了搭配校服，還特地購買許多花俏的內褲，以致於我經常腹誹製作校服的，肯定和內褲廠商是一家子。

我還有兩套校服，給了月餅一套應急。但是，他打死也不穿，還振振有詞地說：「中國人就要穿出中國人的風格！」

經他這麼一講，加上我也厭煩天天穿得和人妖一樣，索性跟他一樣，換上襯衫搭配牛仔褲。

上了幾天課，老師都沒表示任何意見，而且回頭率暴增，心中竊喜不已。直到學校排名第二的校花紅著臉塞給我一封情書，滿心激動地打開後，發現是請我轉交給月餅的，這份喜悅才瞬間換成憤憤不平。

03

如此風平浪靜了半個多月。

這些日子以來，我和月餅閒著沒事就往傑克那裡跑。一是，這個老外知識豐富，聽他講幾個段子很有趣。第二，哥們好像很有錢，去他那裡能喝上正經好洋酒，還能抽上頂級的古巴雪茄「哈瓦那」。最後，還是有些不放心，畢竟事情擺在那裡，想真的不當回事，是絕對做不到的。

這天吃過午飯，下午又沒課，我們倆準備去傑克那裡蹭酒，卻迎面碰上他。一問才知道有一個中國留學生，前段時間不知道什麼原因，精神出了點問題，在醫院治療一段時間，學校希望他做心理評估，看能否繼續學習。

傑克問我們有沒有興趣，去學校的心理輔導室玩玩。我們聽對方是中國留學生，隨口就答應了，也想一瞧心理評估到底是什麼樣。

一路上，我們跟著傑克走，他話癆的毛病又犯了，滔滔不絕地講著，沒幾分鐘就把家底攞個底朝天。

我斜著眼睛看他一眼，心想你這禿嚕嘴子，肯定保不住秘密，應該是真的被都旺不知出於什麼目的拐到泰國。這麼一想，心裡多了幾分踏實。

月餅沒心思聽傑克絮叨，板著一張撲克臉，跟誰欠了他錢似的。瞅那表情，顯然是前天我以「考試不給抄」爲由，宰了他一雙靴子，眼下他正因爲飛走的三萬多泰銖感到鬱悶。

心理輔導室在清邁大學的西側，一個頭髮亂糟糟的青年坐在階梯抽煙，地上滿是煙頭。對此，傑克皺了皺眉。

待青年抬起頭，我著實被他嚇了一跳！

來的路上，我們已經知道青年叫蔡參，在中國是一個三流小編劇兼導演。不曉得哪根神經搭錯，爲了拍一部鬼片，特地跑來泰國學編劇。結果，甩了中國的老婆，和一個泰國女大學生同居。半年前，又被一炮而紅，當上小明星的女大學生甩了，精神受到刺激，出現臆想症。

我暗罵他給中國丟了人，「中華兒女千千萬，不行就換嘛！」

爲了一個泰國小娘們當上陳世美，還把自己搞出精神病，值得嗎？

演藝圈的事情，大家都心知肚明，沒幾個人是乾淨的，所以也不值得同情。我順手查了他的微博，沒瘋之前經常和女粉絲互動，而且專挑漂亮的，不禁憤怒夾著點羨慕和嫉妒。

可是，當我看到他的模樣，開始覺得這件事情沒那麼簡單。

我從未見過一個人能長成這個樣子！

不是因爲太醜，相反還有點帥，但人相搭配太過凶煞。

按照那兩本古書，人相也有五行，搭配得好，五行相生，一生順風順水；如果差了，五行相剋，這一生只能自求多福。

簡單點說，細瘦者屬木，尖露者屬火，濁厚者屬土，方正者屬金，圓肥者屬水，體型配上命理五行，才會順當。

所以，不要一味減肥增重，根據人相和命理五行相生相剋的原理控制體型，自然會事半功倍。有些人本來挺順利，胖了、瘦了之後，開始諸事不順或者諸事皆順，就是這個道理。

蔡參極瘦，眉髮疏秀，鼻樑長而直，喉結非常明顯。耳朵尖尖的，有點像《魔戒》裡精靈族的耳朵，手指纖長蒼白。這些都是典型的「木形人」特徵。

這類人命格還算過得去，發跡較遲，個性嚴正，耿直不阿，不愛慕虛榮、操權弄舞。但是，容易固執己見。

可偏偏他膚色土黃，眼睛飄忽，坐在那裡身子不停擺動，雙腳虛浮，全是「木形人」的大忌，這下倒成了好色虛偽、極易招鬼的人相！

蔡參歪著腦袋，對傑克不是單獨前來感到疑惑。

傑克抱歉地笑道：「不好意思，這兩個朋友也是中國人，聽說了你的事情，想來看看你需要什麼幫助。」

這會兒，傑克的語調中又軟又帶磁性，和平時說話大不相同，連淺藍色近乎銀白色的眼睛都有些迷離，讓人看著有種說不出的放鬆感。

蔡參沒表示拒絕，僵硬地點了點頭。傑克便打開門，和蔡參先走了進去。

「南瓜，你看出什麼了嗎？」月餅低聲問我。

「他是容易招鬼的人相。」

「我說的不是這個！你注意到他的皮帶扣了嗎？」

我剛才只注意人相，沒把心思放在皮帶扣。

「進去再說吧！他的皮帶扣雕著玫瑰花，中間是個戒指，讓我想起《鬼妻娜娜》的傳說。」

說罷，月餅閃身進了門，獨留我站在門外。熱辣辣的陽光炙烤著皮膚，我卻覺得渾身發涼。

我當然知道《鬼妻娜娜》的傳說，難不成蔡參現在繫的皮帶扣，就是傳說中的那一個？

進了屋子，蔡參已經陷進鬆軟的沙發，閉上眼睛，夢囈般說著話。

傑克坐在他的身旁，剛把一個懷錶收回兜裡，又拿著錄音筆記錄。月餅從桌上拿起一支筆，在手上寫寫畫畫，再亮給我看——

催眠！

傑克會催眠？

還未等我琢磨過來，蔡參開始講述一個故事……

04

我很喜歡泰國的恐怖電影，因而自費來學習電影編劇。半年後，在校外租下一間不大的小屋。再過半年，和我有共同志向的女朋友，楠薩嫩，也搬了進來。

楠薩嫩學的是導演，整天夢想拿下奧斯卡最佳導演獎。有夢想總是好的，但在我看來，她的夢想不切實際，因而經常勸她做人要腳踏實地。可她總嘟著性感的小嘴，嬌嗔著叫我一定要幫她。沒辦法之下，我只得無奈答應，誰叫我學的是電影編劇，又是中國有名的導演。

這幾天，楠薩嫩說是去采風，打過招呼一溜煙就不見了。我也習慣她風風火火、來去匆匆的個性，繼續我的劇本創作。

午夜十二點，我都會到一家咖啡屋，不僅因爲老闆尙達是我的同學，更因爲這家咖啡屋的名字很符合我喜歡的風格：幽靈咖啡屋。

那是一間很冷清的咖啡屋，我經常懷疑，假使我不光顧，是否還會有別人上門。

進門後，我習慣地陷進鬆軟沙發裡，點一杯香濃的Royal Copenhagen，打開筆記型電腦，或快或慢地敲擊鍵盤。

然而，那一夜，春夜的雨水細密又輕柔，我拍打著衣服上的水珠，走進咖啡屋，發現最喜歡的座位已經坐了一名女子。她的臉在昏暗的燈光下模糊不清，五官輪廓虛化，透著讓人不舒服的詭異感。

我皺著眉頭看向侍者，用眼神詢問他怎麼回事。他知道我和老闆的關係，我不多做解釋，單刀直入地問道：「尙達呢？」

侍者刻意壓低聲音回答我，「老闆這幾天有事外出。那個女人來了之後，非要坐那裡，咳……您知道的，店裡生意……」

聞言，我不由自主地嘆一口氣。

尙達混得確實很狼狽。他剛上大學，父母就車禍雙亡，留下來的只有一套老房和一筆不菲的保險金。

這傢伙的夢想是當全球最有名的編劇，可他夢想與現實就像鐵軌，雙雙平行，永遠不會交集。眼瞅所剩遺產不多，劇本又沒人欣賞，就開了這麼一家咖啡屋聊以度日。

爲了同學的收入著想，我告訴自己反正就這麼一天，拎著筆電找了個座位，背對著女子坐下。

見狀，侍者如釋重負，連忙送過來煮好的Royal Copenhagen，又遞上一個小禮盒，說道：「老闆說，您來了之後，把這個給您。東西是他從舊貨市場淘來的，您肯定喜歡。」

我打開一看，是一個純銅的皮帶扣，看成色和邊角的磨損程度，有一定年代了。皮帶扣上刻著絢爛的玫瑰花，繁花錦簇中是一枚精緻的戒指。由於我平時挺喜歡蒐集這些小玩意，看了這個自然很高興，立馬把原來的皮帶扣換下。

點了點頭，表示謝意，打發侍者離開，開啓電腦，我正構思著「女雕刻師被老鼠啃成白骨」的橋段，卻因爲突如其來的小插曲而心緒不寧。盯著空白的Word畫面，一個字也敲不出來。

筆記型電腦泛出幽幽的慘白光線，螢幕中映著的人臉罩著白得幾乎發藍的螢光，模糊而扭曲，顯得極爲陌生。我下意識伸手摸了摸臉，螢幕上的人也伸手摸著臉，表明那不過是反射作用下我的投影。

咖啡屋外飄著毛毛細雨，輕輕撲在玻璃窗上，發出細碎的聲響。水珠匯集成形態奇異的圖像，又被新撲上的雨水擊碎。數道水痕沿著玻璃緩緩而下，在玻璃窗上相互糾纏，如同地獄中被束縛的惡靈，拼命掙脫禁錮的枷鎖。

此刻，正播放風靡一時的《第六感生死戀》電影主題曲〈Unchained Melody〉，The

Righteous Brothers以悲涼滄桑的嗓音，藉著婉轉的旋律，如泣如訴地講述著一段人鬼殊途的愛情輓歌。

寫不出東西的時候，我習慣點上一根煙，凝視著窗外。燈光把屋內的情景清晰投影在這塊玻璃，窗外的街景反而越發隱沒在黑暗中。光明與黑暗，完美組成奇異的三維空間，在玻璃上無節制地相互吞噬。

看一樣東西久了，目光很容易游離，我不禁產生一個奇怪的想法：現在的我是眞實的？或者，鏡中的我其實才是眞的？我看著鏡中人的時候，他也這樣看著我。他的想法和我一致嗎？假使我離開了，他會繼續停留在那個空間，冷漠地觀察我所在的空間嗎？

05

初春深夜，思緒紛雜，我沒來由想起一本看過的恐怖小說，內容描述一個女人在梳頭的時候，發現鏡中的她和現實中的她完全不同。當她驚恐地發出尖叫時，鏡中的女人卻將擋住臉的烏黑長髮撥開，露出青白色的臉，對著她妖異微笑。

想到這裡，我打了個哆嗦，一股寒意順著脊樑爬上頭頂，像無數螞蟻在每一根髮梢處竄行，撩撥著纖弱的神經。

我搖晃腦袋，甩開那些畫面，把手放在嘴邊輕輕呵氣，帶著濕度的溫暖在掌心散開。〈Unchained Melody〉已經播放至末段，若有若無的尾音在咖啡屋裡繚繞，似哀怨的幽魂輕輕撞擊著咖啡屋裡每一個角落，然後慢慢侵入我的身體，用通靈的方式在我心中慢慢講述愛情與死亡的糾纏。

音樂終於結束，咖啡屋裡頓時靜下來，狹小的空間異常空蕩。寂寞的人們早已三三兩兩離去，只剩下我，還有我身後那個女人。

因爲，我聽到淺淺的啜泣聲。

那個女人在哭！

哭聲斷斷續續，像一條條詭絲鑽入我的耳朵，把剛剛捕捉到的靈感攪得亂七八糟。我厭惡地抬起頭，側了側身體，這樣就可以藉著玻璃窗看到身後的女人。

然而，我不自覺地打起哆嗦。

我看到那個女人就站在身後，俯身看著我，長長的頭髮擋著她的臉，垂墜在我的肩膀上。

乍見意想不到的一幕，我渾身僵硬，小腿抽搐。脖頸裸露的皮膚彷彿感受到髮梢掃過的酥麻，後腦也傳來那個女人呼出的陣陣熱氣。

一秒、兩秒、三秒。

兩者保持著同樣的姿勢，一動也不動，維持恐怖的平衡。可我幾乎能聽見自己的靈魂，正聲嘶力竭地驚叫。

我雙手死死扳住，因爲用力過度，桌子竟然晃動起來，筆記型電腦的螢幕跟著顫動不止，白色的螢光也搖曳不定。藉著玻璃望去，我們倆忽明忽暗，看似靜止，其實不停地活動。

終於，強壓著狂亂的心跳，我轉動僵硬的脖子，緩緩回過頭，頸關節發出咯咯聲響。

身後，竟什麼都沒有！

再看那個座位上，空無一人！

驚嚇之餘，我連忙又轉頭看向玻璃窗，發現那女人竟坐在我的身旁，緊緊依偎著我。被長髮遮住的臉上，兩道幽藍的目光穿出，直射在我扭曲變形的臉上。這回，我完全僵住了，連眼角的餘光都下意識收斂。

那瞬間，我的大腦飛速運轉，無數恐怖電影裡面的場景以蒙太奇的方式來回切換，最終定格在一張恐怖的臉上。

蒼白如紙的臉龐，黑洞洞的眼眶像是在平整的紙上挖了兩個大坑。眼眶裡面根本不見眼球，卻覺得她的目光注視著我。眼角兩道血痕如醜惡的蔓藤，爬在沒有顴骨凸起的皮膚上，濕漉漉的長髮緊貼著臉頰。綠色的嘴唇微微翹起，似乎衝著我微笑，露出的尖牙在燈光下發出懾人的光……

「您沒事吧？」

從鍵盤上抬起頭，我茫然看著滿臉關切的侍者。音樂已經換成鐵達尼號主題曲〈My heart will go on〉，桌上的咖啡也早已冰冷。

左右看去，咖啡屋裡只剩下我和侍者兩人。

「我睡著了？」

「是的，你來沒一會兒就睡著了。現在四點了，要打烊了。」

「什麼？四點了！」我望向牆上古老的掛鐘，鐘擺不知疲倦地擺動著，時針正好指向十二的位置。

噹、噹、噹、噹……掛鐘準時響起。

也就是說，我不知不覺睡了三個多小時！

我猛然站起身，久坐使得血液積累在下半身，頓覺天旋地轉，整個人險些摔倒。

侍者連忙扶住我，「您是不是生病了？」

我搖搖頭，表示自己沒事。豈料，搖這麼幾下，頭痛欲裂。舉起手用力揉著太陽穴，努力讓自己清醒過來，一件衣服從肩膀上滑落沙發。

一件女士外套！

正是那個女人穿的外套！

06

我心裡一驚，腦海裡破碎的畫面瞬間串聯起來，回頭看去，那張沙發上空無一人。拾起外套，柔滑冰涼的質感從手掌透進血液裡，我立刻覺得清醒多了。

「這件外套是那位女士的。臨走時，看您睡著了，就蓋在您身上了。」侍者曖昧地笑著。

我拿著外套，沉默不語。只是一場惡夢？爲什麼這個惡夢如此眞實？眞實得讓我感覺又如此不眞實。難道這次碰上鬼了？

侍者等了許久，「店要打烊了。」

「哦！」我抱歉地點點頭。

關閉Word檔，螢幕跳出一個對話方塊「是否保存對新建文檔的修改」，我習慣性地順手點擊了「是」的那個選項。

走出咖啡屋，雨，比來時更大。

路燈下，透過幽黃色的光可見密集的雨絲，細細密密地落在馬路上，挾著泥土變成濁流，流入下水道。

我三步併兩步衝入雨中，但方才在咖啡廳裡做的惡夢，依舊不停從記憶夾縫中鑽出，揮之不去。人是很奇怪的動物，當你越不願意想起一件事情的時候，思緒越不由自主地偏向那件事情。

奇怪的夢，奇怪的女人，奇怪的夜晚。

憶起那個女人，我有意無意瞄了一眼手中的白色外套。剎那間，我的身體又一次僵住。

白色外套上，隱約出現幾個字——血紅色的字！

鮮紅的字跡像蚯蚓般歪歪扭扭浮現在外套上！

我深吸一口氣，把那件外套展開，宛如一具沒有頭顱和四肢的軀幹，被我舉在半空，淒慘地飄蕩。

五個血色大字赫然入目：午夜盼君來。

我用手指往字跡上面摸了摸，潮濕黏膩，又把手指放到鼻尖，一陣濃厚的血腥味鑽入鼻腔。

難道我遇到一個女鬼？這是召喚我去地獄相會的招魂幡？

這時候，我的手機突然亮了起來！

螢幕右上角閃爍著提示，我解開手機的鎖，三個蒼勁的行書小字告訴我當天的節日：清明節。

我這才想起今天是中國的清明節。

天地鬼門開，萬鬼夜行。

傳說，冤死的孤魂野鬼不能轉世，只能在陽間徘徊遊蕩。唯有清明節這天夜裡，能以人形示人，把封存怨念的一件物品轉交給陽間的人，耗乾陽氣，奪取魂魄，從而轉世。而被怨靈選中的人，則代替化爲孤魂野鬼，茫茫然遊走於陽世，等待下一個清明節，尋找新的替身。

我登時手足失措，任由雨水劈頭蓋臉地打著，不知下一步該如何是好。

突然，視線闖入一道白色的人影，孤獨地站在街道中央。我揉了揉眼睛，想努力看清那道白色的人影，人影卻消失了！

這個當下，我不由得汗毛直豎，竭力不去思索發生的一切，拼命地奔回到家中。進了屋門，我把所有的燈打開，又把電視的音量調到聽力所能承受的最大限度，才倒杯冷水一飲而盡。

冰涼的液體順著我的喉嚨落入胃裡，使我清醒了不少。打開熱水，關上浴室的門，準備等溫暖的水蒸氣充盈浴室，再好好洗個澡。

那件外套早在跑回家的路上扔了。我強迫自己相信一切都是幻覺，故意裝作漫不經心的樣子，把淋濕的衣服放入洗衣機。躺在床上，手指不停地摁著電視遙控器。

「NBA季後賽即將開戰，各隊厲兵秣馬……」

「恐怖微電影全民海選進入倒數計時，泰國民間最佳導演花落誰家？」

「網路驚現裸胸姐，一夜之間家喻戶曉。」

抽了根煙，精神稍稍鬆懈，走進浴室，熱騰騰的水汽使視線變得模糊。蓮蓬灑出的水流讓我全身肌肉放鬆。洗完了澡，對著鏡子擦頭髮時，我已經相信剛剛發生的一切不過是可笑的幻覺。

豈料，這時鏡面居然起了奇異的變化！

水霧附著在鏡子上，模糊與清晰之間，逐漸幻化出一張女人的臉。不，應該說半張臉，因爲另外一半的臉，隱藏在垂墜的長髮中！

恐懼到極點，就會忘記恐懼。

我仔細盯著那張臉，不是很清晰，但我斷定就是在咖啡屋遇見的神秘女子！

霧氣盈盈，鏡面又浮現出五個字——

午夜盼君來。

07

我完全呆住了。

不知過了多久，地面也出現異樣。低頭看去，浴室的地面竟然變成血紅色，大片紅色的液體在流淌。排水孔大量冒出血水，整間浴室充斥著濃烈的血腥味。

驚惶之際，我衝出浴室，打開洗衣機的蓋子。幾件衣服在血紅色的水中上下翻滾，還有那件已經扔掉的白色外套！

這一刻，我想起一個民間傳說：在清明節、鬼節這兩天，如果晚上獨自出門，碰上怨鬼，就會被盯住。唯有幫助它們解決怨念，才能擺脫糾纏。

難不成我今晚碰上的女人是怨鬼？她究竟有多大的冤情，不停用各種方式向我顯示她的怨念？

看著洗衣機裡的水慢慢轉爲清澈，我不禁又想：難道她可以感應到我的意識？

思索到這點，我連忙開啓電腦，搜尋相關的事件。

我順手打開QQ，看著形象各異的顯圖灰暗著，後面綴著各式各樣的稱號，突然感覺很像一面面墓碑橫在那裡。上面有他們的照片，他們的名字，他們的墓誌銘。

整個QQ就像巨大的墓園，容納著死去的人們。

這種感覺讓我很不舒服，正想關閉整個程式時，意外發現陌生人那個框裡有個顯圖是彩色的，且不停地閃動。瞧對方是個女的，我禁不住好奇，點擊滑鼠右鍵兩下，慘白色的對話方塊驀地出現在螢幕上。

紫衣：你好。（這個名字好熟悉）

我：你好。

紫衣：你在家對嗎？

我：對。

紫衣：你沒有穿衣服。

我：你怎麼知道的？（我不安地看了看拉得嚴嚴實實的窗簾）

紫衣：因為我能看見你。

我：我不是一個幽默感很強的人。

紫衣：我確實能看見你。

我：你是什麼人？

這句問話發送出去良久，都沒有回應。就在我猶豫是否關掉對話框，對方傳過來一句話。

紫衣：我是一個死人。確切地說，我是一個從未活過的人。

我心中陣陣寒意，自己現在正和幽靈用QQ對話？

紫衣：陽間有QQ，難道陰間沒有嗎？陰間，只是陽間的反世界。你們是實體，我們是靈體，但使用的東西是一樣的。

我愣愣地看著螢幕，方才我明明沒有在鍵盤敲出任何字，對方怎麼知道我在想什麼？

紫衣：你不記得我了嗎？

我：不記得。如果你是我的朋友，我希望你停止這種無聊的玩笑，因為愚人節已經過去五天了。還有，你若是我不認識的人，很抱歉，我要把你拉黑了。

紫衣：等等，你真的不記得我了？再想一想，好嗎？

我：完全沒印象。再見。（我心中煩躁不已）

紫衣：紫衣、紫衫。兩年前啊！你記起來了嗎？

最後這句話猶如一柄利斧，凌厲劈開我塵封在記憶深處的一段往事：

大一時，那屆入校的新生中，有一對雙胞胎姐妹，在校園引起轟動。她們是以第

一、第二的成績考進來的，兩人長得一模一樣，容貌更可以被稱爲舉世無雙。

姐妹倆的姓氏很奇怪，紫，姐姐叫紫衫，妹妹叫紫衣。

開學不到一個月，週六的中午，學生大多回家，或者出門玩耍，或者在宿舍裡補打了一晚上牌沒睡的覺。校園裡只有稀稀落落的幾個學生，在三食堂門口等開飯。

因爲一食堂和二食堂週末是不開，我也是排隊等待的其中之一。

聞到滷雞腿散發的誘人香味，我的肚子不爭氣地咕嚕咕嚕響了起來，排隊的學生也開始不耐煩。

「開飯了！」廚師用特有的重慶方言吆喝一聲，把巨大的湯勺探到鍋底，準備撈起滷得又香又嫩的雞腿。

突然，食堂的廚師發出驚叫，滿臉恐懼地摔倒在地上。排隊的學生們不明所以，紛紛衝上前圍觀。緊接著，所有看到那一幕的學生，全都失去控制地倒彈一步，幾名女生當場暈倒，更多人不斷嘔吐。

無數從鍋中撈起的雞腿散落地面，其中有一個圓形東西在亂滾……

那是一顆被煮爛的人頭！

08

那顆人頭煮得爛透，根本看不清楚原本的模樣，僅有幾絡還未脫離的長髮顯示生前是一名女子。

警車很快就閃著警示燈飛馳而來，封鎖現場，所有人惴惴不安地回到宿舍。

事情還沒有結束，當天晚上，與紫衣同一間寢室的女生回到宿舍，被當場嚇昏。因爲她打開門的剎那，看見一具女屍吊在半空，來來回回地擺盪著。

紫衣吊死在宿舍裡。

長長伸出的舌頭，味蕾長時間沒有唾液的滋潤，乾乾地暴露在空氣中。左半邊的臉不見皮肉，只剩下潔白的頭骨，甚至連牙肉都被剝去，肉眼可見牙齒鑲嵌在牙床，左眼、左耳、左鼻孔上留著三個孔洞。右半邊臉完好無損，承受痛苦凸出來的右眼球佈滿血絲，透過沾上血液的長髮，恐懼地注視著一切。

鍋裡的人頭，經過法醫鑑定，正是姐姐紫衫。同時，還從鍋裡撈出兩截胳膊，可身軀始終沒有找到。之所以能區分出她們，是因爲紫衣右眼角處，比姐姐多一顆小小的紅色朱砂痣。

這件案子最終沒有偵破，排名建校以來「十大懸案」之首。無數自認爲有偵查天賦的人，在校園BBS論壇上，匿名推測案發情形，活靈活現到讀者產生他就是兇手的錯覺。而我，作爲一名學編劇的，按照思路編了個劇本。可惜我的想像力不如論壇上那些人豐富，所以劇本編了一半就不了了之。

紫衣：記起來了嗎？

我：記起來了。（手心冒汗）

紫衣：我感覺到你的恐懼。別害怕，我不會傷害你的。但是，換做我姐姐，就不好說了。

我：紫衫？

紫衣：嗯。剛才在咖啡屋那個。

我：為什麼找我？

紫衣：因為你是我們的父親。

我：父親？（我啼笑皆非。這絕對是我哪個同學換了QQ帳號逗我。可是，他又怎麼知道我光著身子躺在床上用筆電呢？）別開玩笑了，你到底是誰？

對方再次陷入沉默，當我忍不住要抓狂的時候，又傳來一句話。

紫衣：這件事情很複雜，需要和你當面談，可以嗎？

我：當然可以。時間？地點？

紫衣：我已經提示你很多次，難道你不記得嗎？

「午夜盼君來」，我突然想到這句話。

我：午夜，幽靈咖啡屋？

紫衣：嗯，希望你今晚務必到。對了，這件事情不能對任何人說。時間不多了！

我：為什麼不能對別人說？為什麼時間不多了？

紫衣：你中了我姐姐的血咒。三天內不解開她的怨念，你就會變成和我們一樣的孤魂野鬼。如果你對別人說了，知道的人也會遭受血咒禁錮，下場同樣讓人慘不忍睹。

我：今晚我一定去。倒要看看是誰這麼無聊，跟我開這樣的玩笑！

紫衣：我知道你不相信，可你來了就明白了。

唯一亮著的QQ顯圖暗了，整個QQ又變成陰氣沉沉的墳墓。

仔細想了想，距離我的生日還有半年，斷然不會有人在這時候吃飽了撐著祝我生日快樂。我在腦中思索一片所有與今天有關、且值得紀念的日子，一無所獲。最後，我笑了。

一定是她！

楠薩嫩！

這麼折騰男朋友好玩嗎？嚇死人不償命啊！

我無奈地搖晃腦袋。

楠薩嫩是個精靈古怪的女人，利用專業製造這些事情，實在太容易了。而且，她也聽我說起這個案件，還嚷嚷要拍出一部恐怖微電影參賽。

錯不了的！

今天晚上，我必然要經歷一連串恐怖至極的遭遇，那丫頭最後會大笑著蹦出來，尚達也興致勃勃看我被嚇得半死的模樣。

既然如此，我只需要裝作不明就裡，積極配合就好。要不這鬼丫頭失望之餘，不知還會想出什麼鬼點子。

想到這裡，所有不解之謎豁然開朗。我的心情大好，有極度緊繃再放鬆的疲憊，眼皮越來越重，酣然睡去。

一覺睡得很好，醒來後，我興奮地等到午夜，提早抵達幽靈咖啡屋。不過，我儘量保持疑慮重重的模樣，走到自己常坐的座位，裝作心神不寧地盯著屋外。侍者依照慣例，送過來一杯Royal Copenhagen，就躲在櫃檯後玩手機。

鐘擺來回擺動著。終於，漆黑的時針和分針重疊在十二的位置，午夜到了。

「咚、咚……」

我精神一振，興奮地瞠大雙眼環視四周，想著：等一下會發生什麼？

一切都沒有發生。

幽靈咖啡屋依舊如常。

然而，當我把視線轉移回身前，卻猛地看見一個女人坐在我的對面！

她是什麼時候來的？

雖然我早已猜到這是一場鬧劇，但仍舊被嚇了一大跳。看著對面的女人，我暗暗讚嘆：這兩人從哪裡請來這樣一個美女？難道她準備色誘我，以此試探我對楠薩嫩的忠誠度？

我連忙正襟危坐，目不斜視，眼神中還夾雜些許驚懼。

09

「你很守時。」女人聲音極其悅耳。

「紫衣？」我努力回憶當年入學時，幾度對紫衣、紫衫的驚鴻一瞥，眼前這個女人的長相確實與她們極為相似，就連那顆小小的朱砂痣的位置，也分毫不差。

「對，是我。這些年過去了，沒想到你還記得我的樣子。」女人淺笑，左半邊臉始終被頭髮遮擋著。

這時候，我大笑起來，指著女子問道：「楠薩嫩、尙達給了妳多少錢，讓妳費這麼大的勁演這齣戲？」

紫衣莫名其妙地注視著我。

我實在忍不住了，笑著站起來，快速把咖啡屋每一個能藏人的角落都翻了個底朝天。別說是人，就算是一隻蒼蠅，我也能找出來。

我大聲喊著，「快出來，別鬧了！」

咖啡屋裡一切如昔。

我抬頭看了看天花板，除幾盞昏黃的吊燈亮著之外，什麼都沒有。當我的聲音停下，店裡異常安靜。這會兒，我開始覺得事情沒有想像中那麼簡單，因爲侍者看我的眼神就像在看一個瘋子，且絕對不是裝出來的。

我的腳步僵立，冷汗不斷往外冒。

「你以爲是惡作劇嗎？」紫衣似笑非笑地說：「時間不多了，我希望你能靜靜地坐下來聽我說。」

難道這不是楠薩嫩整我？

我抓住侍者的手，急切地喊道：「快告訴我！別再裝了！」

「告訴您什麼？」侍者掙脫著我的手，驚恐地往後退。

「只有你能看見我，其他人是看不見我的。」紫衣話語中透著些許無奈。

我指著紫衣，問侍者：「你看得見那個女人嗎？」

侍者茫茫然看著我，又順著我指的方向望去，表情更加驚駭。他立刻退進櫃檯裡，後背緊緊貼著展示咖啡豆和杯子，以如若見鬼的表情對我說：「你……你……你到底……到底在說什麼？店裡就只有你和我兩個人啊！」

我的手無意識地在空中亂抓幾下，當時的臉色一定非常詭異，侍者嚇得縮在櫃檯角落裡。我大口喘著氣，努力使自己平靜下來，「我在想一個恐怖劇本的橋段，現場模擬一下，嚇著你了吧？」

侍者懷疑地看著我，「這樣會嚇出人命的。」

我抱歉地笑了笑，頹然坐回座位上。

紫衣悲傷地盯著我，「父親，這次你相信了嗎？」

我沒來由地惱火起來，憤怒地吼道：「不要叫我父親！我完全不相信！」

聞聲，侍者警覺地問：「您今晚要不要早點休息？」

這時候，紫衣豎起食指，做了一個噤聲的姿勢，「說話小點聲，或者乾脆不說話。店員看不見我，也聽不到我的聲音，你再這樣大聲說話，搞不好會被當作精神病人送進醫院的。」

10

我瞪著眼睛，內心逐漸接受自己遇鬼這一項事實，但仍不由自主地抗拒著。

紫衣輕輕搖了搖頭，把手伸到我的面前，「你試試看，能不能摸到我。」

幽靈只有形體，沒有實體，遇鬼的人可以看見它們的形狀，卻無法觸摸到它們。我哆哆嗦嗦伸出手，摸向她潔白如玉的柔荑。

可我的手毫無阻礙地穿過她的手，兩手嵌合在一起，看上去就像一個畸形，在手掌處又長出半截手掌。

我繼續向前探去，手完全穿過她的臉，從她的腦後伸了出去。

那一刻，有種說不出的感覺，涼颼颼的，好像微電流穿過時的感覺。我驚恐萬分地把手抽回來，壓低聲音地問道：「爲什麼叫我父親？」

這是我最迫切想知道的事情。

「因爲那本小說。」

「哪本？」

「就是你沒寫完的那本小說，關於我們姐妹倆被殺的恐怖小說，《碎臉》。是你創造了我們。」

「我不明白。」

「我們姐妹倆被殺後，強烈的怨念無處宣洩，正巧你寫了《碎臉》，讓我們的怨念有了依託的地方，成爲我們寄居的宿主。時間越久，怨念越深，終於能夠幻化成實形。」

「書妖？」

「山有山魈，水有水精，花有花妖，樹有樹鬼，爲什麼書就不能有書妖呢？」

「妳讓我想起一句古語，『書中自有顏如玉』。」

「是的，顏如玉也是書妖，只是她的結局比我們好。」說到這裡，紫衣的眼中隱隱有幾分淒怨。

「妳們是怎麼死的？」我沒頭沒腦地問了句。

紫衣一愣，茫然搖晃腦袋，「我不知道。當我們有意識的時候，就生活在那本小說裡。對於之前的事情，我們完全不知道，是從你的小說中瞭解到我們的身世。或許我們根本不是那姐妹倆的靈魂，單純只是她們的怨念形成的惡靈。你還記得小說裡的情節嗎？昨天晚上經歷的事情，你不覺得很熟悉嗎？」

我記憶力不太好，習慣把經歷的事情用文字記錄下來。那本《碎臉》的情節，老實講，確實完全記不得了。

我搖了搖頭。

此刻，時間來到十二點半，紫衣說話的速度突然加快，「父親，你那本沒寫完的小說裡，我和姐姐是兩個性格極端的人，彼此有著對方所沒有的優點和缺點。姐姐性格陰沉惡毒，我善良純眞。十三年後，我們終於找到殺人兇手，姐姐要殺了兇手，妹妹卻為了轉世放過兇手。小說寫到這裡，你就沒有再寫下去了。我們是小說衍生出來的，一切都按照情節進行。由於小說沒有寫完，我們這些年被禁錮於前半段故事而不得轉世。終於，小說中十三年的期限到了，強烈的怨念使姐姐把你當作那個殺人兇手，將恨意轉嫁到你身上，我則成爲你的保護者。倘若姐姐眞的殺了你，我們從此只能存在這沒結尾的小說裡面。原本，姐姐昨天就會殺了你，但恰巧與我轉換了身體。今天她對你下了血咒，假若你能把小說寫完，並設計一個圓滿的結局，我和姐姐都會轉世，無論投胎做什麼，都比現在要好。如果你沒有寫完小說，則會和我們一樣變成怨靈。眼下只有你能幫助我們了！十二點過了，父親，你還有兩天時間。小說裡的最後日子停在四月八日，這是你，也是我們最後的期限。」

話說到這裡，紫衣的聲音發生奇怪的變化，右半邊臉開始蠕動，左半邊遮臉的長髮無風卻飄到腦後，露出半張破碎的臉。皮膚下好像藏著幾條蚯蚓爬來爬去，相貌逐漸變得猙獰，眼看即將成為我在浴室玻璃鏡看到的那張臉。

紫衣焦急地說：「我和姐姐共用同一個靈體，一小時輪換一次。隨著最後期限將到，姐姐的怨念和靈力越來越強，我眼看就要壓制不住她，每天中午十二點和晚上十二點才能出現。父親，你一定要抓緊時間！等會兒姐姐出現，無論她對你做什麼，你只要說時間沒到，她就會消失。還有……」

紫衣的聲音細不可聞，下一秒，坐在我對面的人變成了紫衫，空蕩蕩的衣服裡完全沒有身體，只有一張滿是碎肉，辨別不出五官的臉架在肩膀上，探出兩隻手慢慢伸向我。

我像是被下了奇怪的咒術，完全無法自主移動身軀。

木然間，我似乎聽見她對我說：「你既然創造我們，為什麼不讓我們善始善終？十三年了，每天重複沒有結局的一切，日復一日，年復一年，你知道我們過得多麼辛苦嗎？和我們一起承受這種痛苦吧！」

看著那蒼白的手指忽然冒出妖異的藍色，向我的喉嚨伸過來，我卻發不出聲音，最後才勉強逼出四個字，「時間沒到！」

那雙手在距離我不到十釐米的地方停了下來。

這會兒，那張破碎臉龐的眼睛位置，隱隱有兩個圓圓的凸起轉動著，射出怨毒地的目光。忽然，那具只有胳膊、肩膀、脖子、腦袋的身體，飛速穿過沙發，穿過玻璃，消失在咖啡屋外無盡的深夜。

暫時脫離危險了……

我的心狂亂地跳動，全身虛脫般癱軟在沙發裡。

可事情尚未完結，一道陰冷的聲音傳入我的耳朵，「父親，兩天，再兩天，你就能永遠陪伴你的女兒了！」

我渾身乏力，勉強站起身，不顧侍者嚇得不知所措，心緒煩亂地回到家裡。沖了一個冷水澡，迅速打開電腦，搜索關於書妖的資訊。

越看，我越心驚膽顫。

11

唐朝貞元年間，某書生考進士未中，鬱鬱寡歡，清明節獨遊長安城郊南莊。一路漫行，看不盡的紅花綠草，春山春水，不知不覺離城已遠。他忽然覺得腿酸口渴，舉目四眺，見不遠山坳處，一片桃花掩映中露出一角茅屋，於是，加快腳步走近柴門，叩門高呼，「小生踏春路過，想求些水喝！」

吱呀一聲，屋門敞開，走出一位妙齡少女。少女布衣淡汝，眉目透出一股清雅脫俗的氣韻，使書生甚感驚訝。他再次說明來意，少女明眸凝視，覺得來者並無惡意，就殷勤地將他引入草堂落座，自往廚房張羅茶水。

待茶送上，書生禮貌地接過茶杯，十分客氣地詢問少女的姓氏及家人。少女似乎不願多提，淡淡地回道：「小字絳娘，隨父親蟄居在此。」

對方不提及姓氏和家世，似乎有難言之隱，書生自然不便多問。

一對未婚男女端茶遞水，獨處一室，已屬破格之舉。兩顆年輕而炙熱的心，在春日午後的暖陽中激盪，彼此深深吸引著。

然而，「發乎情，止乎禮」，眼看太陽偏入西邊的山坳，書生只好起身，懇切地道謝後，戀戀不捨地向少女辭別。

少女把書生送出院門，倚在柴扉默默目送著他走遠。書生也不時地回過頭張望，只見桃花一般的少女，映著門前艷麗的桃花。

第二年清明，書生再度來到這家農舍，卻發現此地人事已非。詢問鄰舍，方才得知，他去年所遇女子，已於三年前病故身亡。那麼，去年清明時分，他看見的女子究竟是誰？

當夜，書生住進荒廢已久的農舍，夢見那女子走來，告訴他眞相。她本不是病故身亡，而是被本村惡霸凌辱後，不堪羞辱自盡。去年清明時分，怨念寄託在桃樹化成實形，與他邂逅，只盼他用詩句助她早日轉世，必有重謝。

第二天醒來，書生在牆上題詩一首，成爲千古傳誦的佳句。之後，他進士及第，並懲治了惡霸。出京赴任路上，於一農舍駐足休息，發現農舍女子不僅和絳娘長得一模一樣，名字也相同，成就了一段千古良緣。

那首詩就是唐朝著名詩人崔護寫的《題都城南莊》：

去年今日此門中，人面桃花相映紅。

人面不知何處去，桃花依舊笑春風。

杜牧在池州時，清明時分不能回故鄉掃墓祭祖，心情鬱鬱。踏春之時，賦詩一首《清明》：

清明時節雨紛紛，路上行人欲斷魂。
借問酒家何處有，牧童遙指杏花村。

不多時，居然眞的見到一個牧童，說不遠處有一酒家，專門接待清明時分不能歸鄉祭祖的孤人。

杜牧信步走去，果見一酒家，飲酒衆人均面帶淒然之色。觸景生情，飲得酩酊大醉，不知不覺伏案而臥。再醒來時，已是第二天，而他則睡在一堆亂墳荒塚之中。

最著名的的例子，自然是《聊齋志異》中「書中自有顏如玉」的段子。

查看完資料，天色已經大亮。我絲毫沒有倦意，陷入了沉思。我遇到的是兩個寄託在文字中的怨靈，通過各種資料顯示，類似的事情古今都有。

忽然間，我想到一句話，「書讀百遍，其義自見」，這句話裡面的「義」，難道眞的只是「含義」的意思嗎？義字也有「人工製造」的意思，如：義肢、義齒。

那麼，是否讀書百遍之後，書中人工製造（作者筆下製造）的東西就會突然出現呢？為什麼形容一部好看的小說「活靈活現」，這個「靈」是不是「靈魂」的含義？

那麼「躍然紙上」呢？是什麼東西會躍然在紙上？鬼嗎？

為什麼我們看恐怖小說的時候，總覺得身後有人，閉上眼睛就會看見不乾淨的東西？甚至做夢，都會夢見小說中的人物與我們對話呢？

這個當下，一個非常恐怖的問題浮現在我的腦海：我們到底是現實裡的人，還是一個作家筆下文字世界裡的靈魂呢？為什麼我們的生活中會有如此多的故事，如此多的巧合？我們有沒有可能只是小說中的一個人物，按照設計好的橋段茫茫然度過一生？而寫這部小說的作家，實際上也是另外一本小說裡面的人物幻化出的靈魂呢？

一個人從出生那天開始，命運就已經為他安排好結局。這個結局是某本小說的結局？冥冥中自有安排。所謂的「安排」是什麼？是現實，還是文字？

我們是不是懵懂地活在一本本小說裡面的文字，孤獨地擠在書架上？

12

我的思緒非常混亂，心中湧起很悲觀的絕望。

假使我的推測正確，再怎麼努力，也擺脫不了早已爲我設計好的結局，我又何必努力呢？

思及至此，我有些意興闌珊：我是某本小說裡的角色，紫衣和紫衫是我的小說裡的角色。簡言之，一切不過是小說裡的靈魂，遇到他寫的小說裡面的靈魂。

這一刻，我有些明白紫衫對我的恨意了。

原來，我們都是小白鼠，被作者隨意實驗，捏造虛幻的人生。我憤怒地看著天花板，很希望看到天花板變成一張紙，一枝巨大的筆在上面寫來寫去，再往上看，一張巨大的人臉，或喜或怒，叼著煙奮筆疾書。

你可以安排我的命運！

我也可以安排紫衣和紫衫的命運！

我現在要做的，就是把小說寫完，爲她們姐妹倆設計一個圓滿的結局，結束這段十三年遲遲未散的哀怨。

由於覺得每一樣東西都有生命，不能隨便捨棄，我有把所有用過的東西都保存下來的習慣。想到這裡，我一陣翻找，搞得住處亂七八糟，終於找到一本日記本。

這本日記本，正是《碎臉》這個故事的載體。

摸著封面，指尖傳來紙張的觸感，我感到似乎在摸紫衣和紫衫的靈魂。打開日記本，看著一行行略顯稚嫩的字體，有種熟悉的親切感。紫衫和紫衣彷彿就在我面前，一個仇恨地看著我，一個微笑地看著我。

時間不多，我匆匆讀過一遍，腦海裡有了故事結局的構思。這兩天發生的事情就是很好的橋段，我提起筆，把故事接續下去。

大概是描述親身經歷，我寫得分外投入，也格外快速，進入渾然忘我的狀態。筆尖在紙面上發出沙沙聲，時鐘敲響中午十二點的鐘聲，一縷寒氣悄無聲息地從背部透入我的體內。我頭也沒回，輕輕說了一句，「紫衣，妳來了？」

「嗯！父親，謝謝你。」紫衣幽幽的聲音在我身後響起，隨即站到我的身旁，安靜看著我寫作。

那一刻，我突然覺得很溫暖，也很悲哀。

「不用謝，這不是爲了妳們，而是爲了我自己。」我依舊寫個不停。

「我們都無法安排自己的命運，只能接受作者的靈感嗎？」紫衣到底是我創造出的人物，完全瞭解我的想法。

筆尖頓了一下，黝黑的墨水在紙上暈出一團烏黑，我苦笑著回道：「認識妳之前，我從未想過，自己或許是別人筆下的人物。」

紫衣輕嘆一聲，沒有言語。

我停下筆，轉過頭，紫衣先前遮擋左臉的長髮已經梳攏到腦後，完美無瑕的臉上帶著悲傷。

這是我描寫的畫面：姐妹倆的相貌已經恢復。

我滿意地笑了笑，「對不起，讓妳和妳姐姐以恐怖的形態活了十三年。」

「沒關係，現在也不晚。」

「紫衣，看過《全面啓動》嗎？」

「《全面啓動》？沒有，那是什麼？」紫衣的眼中閃爍著好奇的光芒。

「是一部電影。講述夢中夢，夢中的夢還有夢。最後，主角根本分不清楚自己是在夢中，還是現實裡。」我揉了揉太陽穴。

「就像我們，對嗎？書中的人寫書中人，如此無限循環。」紫衣若有所悟地點了點頭。

我笑道：「紫衣，我下午就可以完成小說，妳和妳姐姐絕對會有一個圓滿的結局。午夜十二點，妳們倆會同時出現在幽靈咖啡屋，到時我也會去，那是我們一起完成的尾聲。」

「嗯！我們等你。」紫衣的聲音越來越微弱，最終消失不見。

午夜，我帶著日記本，信心滿滿地走進咖啡屋。

在這裡，我將結束這個故事，然後繼續按照我早已被設計好的人生前行。

侍者不在，尚達不在。

這是我小說裡設計好的情節。因爲這個結尾只需要我們三個人完成。

兩個女子並排坐在沙發上，長髮遮臉。

這也是我設計好的。

我只需要坐在她們對面，輕柔拂開她們的長髮，在她們天使般美麗的笑容中，看著她們周身散發出神聖的光芒，慢慢消失，轉世投胎到一個生活富足、幸福美滿的家庭裡。然後，開始她們快樂的下一生。

我是這麼做的。

我把手伸向她們的長髮，竟然激動得有些顫抖。

紫衣、紫衫，妳們會快樂的。

當我把她們的長髮完全攏起時，她們倆同時抬起了頭。我自信地看著她們，卻看見這一生中最無法接受的事情。

那是兩張一模一樣的臉，森森白骨上掛著碎肉，暗紅色的血管像吸飽人血的螞蟥，泛著油亮肥膩的光澤。眼眶是兩個黑洞，白色腦漿不停從洞中緩緩流出。透過黑洞，甚至可以看到和豆腐一樣的腦子在裡面輕輕蠕動。

「父親，我們等你很久了！來陪伴你的女兒們吧！」兩人的嘴中說出來自地獄的呼喚。

這與我設計的情節完全不同！

此時此刻，我的神經徹底錯亂，沒來由感覺到心臟好像被一隻巨手緊緊攥著，又緩緩鬆開。

那種疼痛，叫作恐懼！

13

蔡參講完這個故事，沉沉地睡去。

傑克雙手托著下巴，面色嚴肅，半晌才抬頭望向我們。

我被故事搞得有些糊塗，分不清蔡參到底是在說傻話，還是眞話。如果是眞話，那麼是他的女朋友楠薩嫩和好哥們尙達聯手做了個局，以求最眞實的拍攝效果？

還是，另有原因呢？

月餅踱步到熟睡的蔡參身前，「皮帶扣。」

「什麼？」傑克納悶地放下筆。

皮帶扣在心理輔導室幽暗的燈光中，蕩漾流波似的光芒。我靜下心再看，發現這光芒的流動有規律的，兩道光芒分別從皮帶扣兩端的玫瑰花莖沿著玫瑰花瓣向戒指滑去，又沿著戒指兩端匯聚到中間再散開，如此周而復始。

月餅輕手輕腳地把蔡參的皮帶解開抽出，放到地上，嘴裡不知道嘟囔著什麼，又把食指放到嘴裡。輕輕咬下，指尖霎時湧出鮮血。

別說這麼做，我光是看，也覺得手指疼。傑克更加納悶，誇張地大喊著，「Oh！My God！」

月餅把血珠滴到皮帶扣上，連忙後退幾步。滋滋的炙烤聲響起，皮帶扣像是要融化的巧克力，一聲陰冷的尖叫響起，玫瑰圖案化成一張核桃大小的女人臉。接著，一道灰色氣體托著女人的腦袋升起，擺脫皮帶扣，疾衝向月餅。

月餅迎著人頭，中指彈到它的額頭，對我喊道：「南瓜，鞋墊！」

「啥？」

「鞋墊！兩個都給我！」

人頭被彈出兩三米，乒乓球似的在地上彈來彈去，稍稍穩住勢子，又向月餅衝去。月餅一邊躲閃，一邊彈著那顆燈泡大小的人頭。

這個場面異常搞笑，可我來不及說什麼，趕忙脫鞋取出鞋墊。

「這是在打乒乓球嗎？」傑克看得目瞪口呆。

此話一出，我終於忍不住，邊笑邊把兩個鞋墊扔給月餅。

月餅一手一個接住，對準人頭，雙手一合，把灰氣形成的人頭夾在鞋墊之間。又一聲尖叫，月餅雙手像是被無形的繩子扯著，不受控制地跟著到處跑。

場面實在太滑稽了。

本來挺危險的事情，莫名其妙成了喜劇。我和傑克都捂著肚子狂笑，倒是蔡參還在深度催眠中，否則醒過來一看，肯定會笑瘋過去。

月餅雙手合十猛擊，一團藍色的火苗冒出。再鬆開手時，鞋墊帶著火落到地上，火焰依稀化成人形，不停掙扎，越來越小，直至消失不見。

屋裡瀰漫著淡淡的土腥味和濃烈的腳臭味！

「太神奇了！」傑克捂著鼻子嘆道：「我能學嗎？」

月餅喝道：「南瓜，快打一盆水！」

我少見他有這麼緊張的表情，當下沒多問，衝去廁所，拿了工具間的水桶，接了一桶水，滿頭大汗地端回來。

傑克正盯著那雙鞋墊燒成的灰研究，還時不時用手扒拉。月餅則眉頭都快皺成了疙瘩，站在原地一動也不動。見我提水回來，他一記箭步竄過來，「別亂動！」

我不知道還可能有什麼事情發生，當下不敢亂動，心裡卻不停琢磨，書上說水木最易養鬼，月餅這是唱哪齣？

月餅把手放進水桶中，起碼洗了兩分鐘，連指甲縫都沒有放過。最後，隨便拽著我的T恤擦乾手，才大大舒了口氣，「你噁不噁心啊？天天不洗腳嗎？鞋墊黏糊得和漿糊一樣！」

眼下我提著水桶，看著T恤上兩個濕濕的手印，恨不得將髒水潑往月餅的臉上！

「誰能告訴我發生了什麼？蔡參應該沒事了吧？」傑克拿著一張紙，小心地把灰燼掃上，方方正正地包好。

月餅掏出煙點上，「沒事了，不過他以後的日子還是得承受痛苦的記憶。剛剛發生的事情跟你解釋，你也不會明白，最好當作沒發生過，不然也會和他一樣。」

傑克一臉驚恐，心有餘悸地看著蔡參，順手把紙包放進口袋，「我可以用催眠術，把他的這段記憶封印，讓他忘記這件事情。」

封閉記憶？我心裡一動，想到自己喪失的那段記憶，試探性地問：「傑克，你能把喪失的記憶找回來嗎？」

傑克聳聳肩，「心理暗示喪失的記憶可以找回來，但若是物理打擊造成的記憶喪失，我沒那本事。」

我有些失望，因為對剛來泰國發生車禍喪失記憶那件事情，始終耿耿於懷，總覺得那段記憶是很多事情的關鍵！

「有的時候，人最悲劇的事情，就是記憶太好。比如蔡參……遺忘或許不是什麼壞事。」月餅還在擦手。

我承認他的話有道理，可想到自己少一段記憶，總是有點彆扭！

傑克還沒回過神，不停重複著一句話，「實在是太奇妙了……」

月餅掏出手機，忙活了一陣遞給我，又對傑克說：「放心吧，這件事情算是解決了。」

我接過手機，上面是一條半年前的娛樂新聞：小成本製作，真實場景偷拍，電影特效成功運用，具備諸多中國元素的恐怖大片《碎臉》一攬泰國微電影各項獎項！編劇尚達，導演楠薩嫩一舉成名。楠薩嫩親自操刀，化裝扮演女主角紫衣，男主角因身陷劇情無法自拔而導致失蹤。

新聞底下附上一張劇照：蔡參和紫衣的臉重合在一起，背景是幽靈咖啡屋，在以黑色爲主色調的框架裡，顯得異常詭異。

我心裡說不出的滋味，又看了一眼紫衣，發現她右眼角旁那顆剛才還有的紅色朱砂痣，竟然消失不見了。

這則新聞讓我說不出的難受，告別了傑克（因為他要給蔡參進行深度催眠），我和月餅回到寢室。

我抽著悶煙不吭聲，盯著天花板發呆。

「南瓜，別糾結你的記憶了。」月餅枕著雙手，懶洋洋地躺在床上。

我深深吸了口氣，「我不是爲這個糾結，只是在想，爲什麼那麼多人爲了慾望和利益而犧牲別人呢？尙達和楠薩嫩爲了出名，藉著送出帶著怨靈的皮帶扣，對蔡參下蠱……他們怎麼能下得了手？人不該是這個樣子的！」

「慾望本來就是魔鬼。」月餅做出結語，轉身睡了過去，「蔡參心中的魔鬼更邪惡，才會被人骨皮帶蠱惑。」

西元二〇〇八年，轟動泰國娛樂界最大的事件是：新銳導演楠薩嫩與編劇尚達裸死家中，無他殺跡象，疑被下蠱，無人知道其中的原因。

據消息靈通人士透露，這些事件與一個隱藏在暗處的神秘組織有密切關係……

第10章

陽白指甲

泰國的美容業異常發達。有人開玩笑，能把男人變得比女人都漂亮，全世界獨此一家別無分店。

且不說別的，以美甲業為例。女孩子哪個不愛漂亮呢？一般只是塗個指甲油，當然還有單色光療、3D彩繪等五花八門的美甲種類。在泰國，手繪美甲的價格只要三百泰銖，換算人民幣不過六、七十塊錢，而且是十隻手指頭全包。同樣的價格在上海，恐怕只能塗個OPI單色。

指甲對泰國人有特殊意義，代表著生命的延續。許多家庭即使定期剪指甲，也會把指甲收集起來，用陶土罈子封存。

每個人的指甲尾端或多或少都有月牙形的白色印記，即為「陽白」。如果手指上沒有陽白，那就要小心了。

陽白的多寡顯示體內陰陽兩氣的多少，陽白太少，則體內陰氣盛，會有體虛多病、內寒易冷的狀況。

有一種人，十隻手指頭的指甲皆不見陽白，是純陰體。純陰體的人會看見許許多多稀奇古怪的東西，也能感覺到常人無法感覺的東西。

在此，必須提醒一點：不要隨便在泰國美甲，即使在中國，也不要隨便找不認識的美甲師做指甲。

有一種人，專門喬裝成美甲師收集陽白。

01

時間過得很快，轉眼到了秋天。

泰國的秋天和夏天沒什麼區別，依然到處綠油油的，唯有通過日曆，才醒悟原來已經來這個國家快半年。而這段時間，風平浪靜，簡單的學生活和豐富的異域風情，讓我忘記了很多驚悚的片刻。

生活本該是這麼簡簡單單的，經歷那麼多大風大浪、不可思議的事件，難不成是在拍美劇嗎？

我好奇月餅爲什麼懂得這麼多東西，他被我纏得沒辦法，也爲了防止再有什麼事情，我不至於每次都是個廢柴拖他後腿，點頭答應教我幾手。

爲了增強我對各種草藥的認識，月餅每隔幾天就會去山上採藥。傍晚若喜滋滋地回來，他手裡會拎隻山雞，或者兜裡裝著幾顆野雞蛋。然後，把採來的草藥往我面前一丟，選出一樣盯著我吃下去。

當然，絕對不是千年靈芝、萬年何首烏這類武俠小說裡能增添一甲子功力的靈藥，皆爲諸如斷腸草、曼陀羅、天南星這類有毒的草藥。

吃完之後，我必須在最短時間內，從那一大堆草藥裡找解毒的。

偏偏有一次吃了天南星，我滿頭大汗找了半天解藥，正在燉雞的月餅才一拍腦門，叫道：「壞了！忘記採解毒性的黃連和魚腥草了！」

於是，我整整兩、三天，都跟中風似的，歪著半邊嘴流口水，說話都不利索。

此外，要對人體進行深入瞭解，就必須進行人體解剖。可是，在泰國這麼一個佛教盛行的國度，人死後把屍體捐給學校、醫院是大不敬。所以在泰國醫學院裡，能看見大體老師，是可遇不可求的奇蹟。

爲此，月餅想出一個天才的餿主意。

一個月黑風高的夜晚，他扛回來一個麻袋。見狀，我大驚失色，難道是從哪裡偷回來一具屍體？

豈料，月餅喜神氣地打開麻袋，說道：「我去屠宰場弄了一頭現殺的活豬，不但可以讓你熟悉經絡血脈穴道骨骼，還可以當半個月的下酒菜！動手吧！」

我拿著手術刀，欲哭無淚。

在小小的男生寢室裡（月餅把屋裡貼滿隔音棉，再怎麼折騰，別人也聽不到），滿臉是血的少年咬牙宰著一頭豬，碎肉橫飛，有熱騰騰的心臟，白花花的腸子，蚯蚓一樣的血管……

月餅一邊吃著泡麵，一邊進行現場指導，直到我實在忍不住，把隔夜飯都吐在豁開的豬肚子裡。

如果上述這兩件事已經挑戰我的生、心理極限，那麼下面這件事情，則可以用「慘無人道」四個字形容。

有一天，我苦著臉站在馬蜂窩前，月餅則全身裹得嚴嚴實實，手裡拿著根木棍，「準備好了嗎？」

「能不能這麼沒人性。」我唯唯諾諾地提出抗議。

「人性？遇見解決不了的怪事或者不乾淨的東西，它可不會對你講人性！打不過，總要會逃啊。」說罷，月餅一揮棍子。

西瓜大小的蜂窩掉到地上，馬蜂登時烏雲般從騰起，瘋了似的追著讓牠們「家破蜂后亡」的我！

「操！」我狂吼著撒開步伐，在山林裡亂竄。

「加油啊！」月餅在遠處哈哈大笑。

月夜，我在樹林裡上竄下跳，揮灑著青春的汗水，身後是天殺的蜂群。

還有——月餅抽著煙，優哉遊哉！

每次回想那個畫面，我的眼睛都很濕潤……

很熱血的青春就那麼深深烙印在那一年的記憶裡。

除了月餅的所謂「特訓」，我們閒著沒事，就往傑克那裡跑。傑克聽了特訓方法，大呼有趣，非要嘗試。我心想你他媽的眞是吃飽了撐著沒事幹，主動找虐！

三個大老爺們聊了幾天就沒話題，又不能老抽煙喝酒，於是月餅教會傑克「鬥地主」，每天都能從這個老外手裡贏個百兒八十的。

傑克也無所謂，樂呵呵地給我們點錢。

賺來這些錢，我們都用來看泰拳賽。

泰拳，被稱爲「泰國國技」，目前最強的拳者名叫阿凱，我是他的忠實粉絲。阿凱不知何故，在三個月前宣佈主場從曼谷遷到清邁，更讓我興奮不已，幾乎每場都拉著月餅和傑克去看。

月餅看過一場比賽後，表示阿凱之所以這麼強，全因爲他也是蠱族，所以每次戰鬥時恢復能力強，幾乎不見傷痕。

對於這句話，我相當不以爲然，照他這意思，泰國不就沒有幾個正常人了？

02

週末睡一上午，醒了之後閒來無事，我翻著校門口買的小報，頭條是「曼谷出現人妖殭屍」。這種小報經常使用誇大的標題增加銷售量，我覺得沒意思，便沒再往下看。洗漱完畢，又和月餅往傑克那裡溜達。哪知他不在，不曉得幹嘛去了，只好上街亂晃。

大概與宗教信仰有關，泰國人無論做什麼事情都慢悠悠的，且隨時面帶微笑。因此，泰國以「微笑之國」著名的。

微笑到底是眞誠，還是虛僞，那就另當別論了。其實，有時候想一想，每個人都保持微笑，也是一件挺恐怖的事情，因爲你根本分不出眞假。

「月餅，你覺得傑克去做什麼了？」我手插在口袋裡，有一搭沒一搭地說著。

「我又不是算命先生，前知八百後曉一千。」月餅懶得回答我，正拿著相機四處拍照。

「能掐會算也是件好事。」我瞇著眼睛看太陽，陽光透著七彩的色暈。

「想那麼多幹嘛？要是眞的有那樣的人，活著多沒意思啊！一生還沒有開始，就全都知道了！生命就是在未知中探索才精采！」月餅停住腳，檢查方才照的相片。

我正琢磨著這句話挺有道理的，月餅咦了一聲，「南瓜，你看這是誰！」

我湊過去，螢幕上相片被放大，一個不大的小店鋪，屋裡坐著一個金髮青年，身材很高大，神情緊張地向外看。

傑克！那家店鋪上寫著「花繡美甲店」幾個字，我實在不懂一個大老爺到美甲店能幹什麼？

「看看去。」月餅收起相機，向那邊跑去。

我忽然想到一件事，連忙拉住他，「月餅，你慢點！萬一傑克幹啥去了呢？」

「他一個大老爺不可能有美甲的癖好吧！」月餅顯然沒往那方面想。

泰國的色情業發達，也被稱爲「男人的天堂」，許多外國遊客來到這裡，不爲別的，就是來嫖妓。所謂「天堂地獄只在一念之間」，泰國的性工作者很多都有性病，不曉得那些嫖客究竟圖個什麼。

萬一傑克有這種嗜好，我們過去找他，豈不是很不合適？想到這裡，我冒出一身汗，以後還是少和傑克接觸微妙，喝酒也要帶上自己的杯子！

再回想傑克滿臉警覺，越覺得自己判斷正確。

「南瓜，你在想什麼鬼啊？」月餅終於明白過來，「你家美甲店也負責那種事？快跟上！」

美甲店距離我們不遠，不到一分鐘就跑到。站在美甲店門口，我吸了口涼氣，察覺不對勁的地方。

按照那兩本古書所論，世間分陰陽兩氣，陰氣重的地方易鬧鬼招魂，而陽氣重的地方，凶煞過於強烈，易發生火災或血光之災。這間美甲店不是陰氣重，而是陽氣太過兇猛，我能明顯感覺到燙人的熱浪炙烤著皮膚。

傑克此刻背對著門，隔著茶色玻璃，那頭金髮還是如此耀眼。

他跑到陽氣這麼重的地方做什麼？

月餅準備推門進去時，傑克恰巧回頭看見我們倆，臉色大變，倏地起身就要往裡屋跑。大概想到裡屋是死路，二話不說又拉開門要往外衝，被月餅一把抓住了胳膊，「傑克，你在幹嘛？」

「沒……沒幹什麼啊！」傑克見跑不了，又往店裡看了看，「走，鬥地主去！」

我好奇地探長脖子往裡面看，碎花布簾擋住視線，隱隱可見兩道陰影。

「你不說明白就別想走。」月餅罕見地蠻不講理。

傑克索性把眼一翻，死豬不怕開水燙的樣子，來個一問三不知。

「傑克，你看我的指甲漂亮嗎？」

就在我和月餅拿他沒辦法的時候，布簾後方走出來一個女孩。瘦高的個子，古銅色皮膚，一雙棕色的眼睛笑起來能彎成月牙，就是嘴巴稍微大了點，不過也挺配她略帶野性的氣質。

帕詫！

洪森母親在學校裡下草鬼術的時候，第一個中蠱的就是她。所有人都被送進醫院，當作病毒性感冒治療。學生們當然不相信自己感冒，可大家更不願相信自己中蠱或撞鬼。帕詫有了心理障礙，後來在傑克那裡做心理輔導，月餅趁著傑克對她催眠時，偷偷餵了她最後一條蚯蚓，把蠱解了。

看這樣子，這兩人日久生情，傑克今天才會陪著帕詫來做美甲。

我鬆了口氣，這能有多大的事情，傑克至於這麼緊張嗎？

月餅訕訕地鬆開手，「天氣不錯！哈哈……」

帕詫舉著亮晶晶的指甲，看見我們倆，有些不好意思，「你們倆也在啊？」

傑克臉色幾乎鐵青，一邊一個，摟著我們倆的脖子到旁邊，「拜託，這件事情千萬不能讓學校知道。學校不允許師生談戀愛的。」

原來這哥們是在擔心這個啊！難怪這麼緊張！

「南瓜，你不是還有幾本書要買嗎？」月餅打了個響指，「前面有家書店。」

我也樂得成人之美，「都要考試了，那幾本參考書還沒買到。」

「這附近哪裡有書店？」帕詫不知道是太單純，還是智商略低，喃喃自道：「要考試了嗎？我怎麼不曉得？」

我和月餅識相地溜了。

爲朋友兩肋插刀不太現實，但是插朋友兩刀這種事情，我們也做不來啊！

倉促間，我們倆竟然忘記打探美甲店的陽氣爲什麼會這麼強烈……

如此，又幾天過去，晚上沒事幹，我和月餅喝起了悶酒。一覺到天亮，直到被一陣急促的敲門聲驚醒。我懶洋洋地不願動彈，月餅一邊嘟囔著「南瓜，你也太懶了吧」，一邊把門打開。

傑克衝了進來。

我被傑克的樣子嚇了一跳！

一晚上沒見，竟感覺他起碼老了十歲。金髮像雞窩一樣亂蓬蓬，淡藍色的眼睛滿是血絲，下巴冒出一片鬍渣。

「出什麼事了？」

03

月餅剛問半句，就被傑克一把拉住，「來不及說了，快跟我走！」

聽見這句話的當下，我感覺傑克強忍著巨大的悲痛。這會兒，再顧不上其他的，我們手忙腳亂地穿了衣服，跟著傑克到他住的地方。這間房子我們只來過幾次，跟他混在一起時，大多都是在心理輔導室，所以印象並不深刻。

進了屋門，傑克深深陷進沙發裡，雙手插進短髮，哽咽著說：「你們自己看吧。」

靠床的那半邊被布簾遮著，月餅刷地拉開簾子，一具女屍靜靜地躺在床上。

帕詫！雖然我早猜想到可能會有死人，但萬萬沒有料到竟是傑克的女朋友。

「傑克？」我剛開口就被打斷。

「不要問我……」傑克搖著頭，臉上掛滿淚水。

帕詫臉部扭曲，眼睛圓睜，似乎在臨死前看到恐怖駭人的事情，腮幫子鼓起，半張的嘴裡好像塞滿東西。

月餅摸出一柄瑞士刀，撬開帕諾的嘴巴。

待我看清是什麼東西，張口險些嘔了出來。

滿滿一嘴都是指甲！

月餅皺了皺眉，疑惑地看向傑克，輕輕掀開遮蓋著帕諾的白布。帕諾的雙手血跡斑斑，十指的指尖全爛成碎肉，像被啃過一樣……

這下我實在忍不住了，衝去廁所，對著馬桶大吐特吐。吐完之後，我捧水洗把臉，看著自己的指甲。每一個指頭上都帶著小小的陽白，指甲尖像野草般快速生長，纏住每根手指頭，向肉裡面勒著。指肉從指甲縫裡擠出，軟軟地，如同擠牙膏……

我猛力甩了甩頭，整個人略微清醒，才搖晃著走出廁所。傑克雙手握拳，眼淚仍不停流淌。

「帕諾很喜歡做美甲。這幾天，我看到她的指甲和原來的不太一樣，亮晶晶的，像水晶。我好奇地問她在哪裡做的，她笑得很神秘，搖頭不告訴我。過沒幾天，清早起來的時候，我發覺自己的指甲禿了，還參差不齊，宛如被老鼠咬過。我覺得奇怪，但沒幾天就忘記，後來也沒再發生過。昨天晚上，我迷迷糊糊做了個夢，夢見帕諾瞪大眼睛盯著我，一張嘴，嘴裡盡是各色指甲。」

「我立刻嚇醒，睜開眼，藉著月光，看見帕諾趴在床邊，拿著我的手，像老鼠一樣啃著我的指甲。當下我嚇傻了，只能大張著嘴，半天卻說不出一句話。發現我醒了，帕詫抬頭緊盯著我，張開嘴，裡面塞滿了指甲。她對我笑了笑，忽然舉起自己的雙手，瘋了似的啃咬。鮮血剎那噴濺而出，我甚至聽到咬斷骨頭的聲音。當她的手指被咬得血肉模糊時，好像恢復清醒，她看了看自己的手指，又望向我，喊了一句『別去那裡』。我根本不曉得她在說什麼，也不想知道她在說什麼，又不敢報警，只能守著屍體等天亮找你們。你們知道這一晚，我有多麼害怕嗎……」

屋子裡靜悄悄的，我腦補著那一幕幕恐怖的畫面，全身發冷。

月餅像是想到了什麼，輕緩地舉起帕詫的手仔細看著，「南瓜，你過來。」

我真的不願多看一眼，可月餅都這麼說了，只好憋住氣走過去。帕詫的每個指尖都被咬爛，碎肉裡刺出半截白森森的指骨。

「她的陽白沒了。」

月餅這句話提醒了我，我再看去，帕詫的殘留的指甲蓋上，沒有月牙狀的陽白。

她完全沒有陽氣。

「想到了嗎？」月餅又提了一句。

我登時聯想到一個地方，那間陽氣猛烈的美甲店。

「難道你沒有想到嗎？」月餅上下打量著傑克。

傑克愣愣地抬起頭，「想到什麼？」

月餅微微一笑，「沒什麼。這件事情……我們倆或許能處理。」

「你們知道原因？」傑克站了起來，雙手握拳，雙眼恨不得噴出火，「我也去。」

「不用，你留在這裡，把之後的事情處理好。」月餅自顧自地走出去。

難道月餅懷疑傑克？

可是我看傑克這副模樣，絕不像是裝出來的，卻又不敢肯定月餅的判斷。

此時，我和月餅正走向美甲店。

「傑克在裝傻。」月餅冷冷地說。

我想想這段時間的相處，傑克總是大大咧咧，一般人怎麼可能隱藏得這麼好，猶豫著說：「月餅，我認為你說的不一定有道理。事關己則亂，傑克可能太慌張了。」

「也許是吧。」月餅抬頭閉目，「終於來了。」

美甲店已經到了，夜晚時分，天色幽暗，路燈璀璨。所有的店鋪都亮著燈，唯獨美甲店漆黑一片，兩道玻璃門映著我們倆的樣子，根本看不見裡面的東西。

月餅推了推門，反鎖著。他從口袋拿出一枚迴紋針，在鑰匙孔裡轉了片刻，咯噔一聲，門開了。一股陰冷的寒氣從屋裡湧出……

04

「月餅，我覺得我們應該做點準備。」我擦了把冷汗，黑漆漆的空間總會帶給我莫名的恐懼。

月餅抬腿邁了進去，「準備？我早就準備好了。」

沒別的辦法，我硬著頭皮跟進去，按照那天的記憶，右手兩三米遠處應該是一張沙發。

月餅已經沒入黑暗中。這間屋子黑得超乎常理，我回頭向門外看去，居然找不到門在哪裡。剛進來沒兩步，怎麼會連門在哪裡都找不到？我登時汗毛全豎，伸出手向前摸索，卻根本摸不著東西。

「月餅？」我低聲喊著。

「我在前面。向前走三步，向右轉，沙發這裡。」

我這才放了心，按照指示，走到沙發前。眼睛完全看不見的感覺太難受，心裡總七上八下的，擔心黑暗中有東西冒出來，或者轉頭就看見一張蒼白的臉。

當眼睛稍稍適應了暗黑，隱約可見沙發上有道人影。我剛想過去，突然又想月餅怎麼可能坐在沙發上？

「我在這裡，快過來。」坐在沙發上的人又對我輕聲說著。

聲音窸窸窣窣，像是嬰兒的啼哭，又像一個女人捏著鼻子、尖著嗓子說話。

這不是月餅的聲音！

坐在沙發上的，另有其人，也可能是別的什麼東西！

我全身發麻，冷汗冒了一層又一層，想動又不敢動，完全不知該如何是好。等到視覺完全適應黑暗，看清楚沙發上坐著一個穿著白衣的人，看身材應該是個女人。她低垂著頭，長髮遮住臉龐，雙手捧在胸前，肩膀不停抖動，腦袋也隨著上下點動。

她是誰？

月餅去哪裡了？

那個女人的肩膀忽然停止抖動，慢慢抬起頭，對我含糊不清地說：「快來啊！來我這裡！」

我看清了她的臉。

帕詫！本來應該躺在傑克家裡的那具屍體——帕詫。

這一刻，我兩條腿已經軟了，根本不聽使喚。帕詫從沙發站起，慢慢向我走過來，身體僵硬地左右擺動，活脫脫一具殭屍。

她在我面前舉起雙手，強烈的屍臭令我頭暈目眩。接著，咧開嘴對著我淒慘地笑道：「你看我美嗎？我的指甲美嗎？」

手指早已連根啃食，舉在我面前的，是一雙光禿禿的手掌。

「喜歡我的指甲嗎？喜歡就吃吧！」她把手伸向我，眼球是死魚肚子的蒼白。

我終於承受不了這種視覺刺激，怪叫一聲，向後一躍，背部撞到牆上。牆上似乎有玻璃渣，刺得生疼。

「月餅！」我又喊了一聲，之後，瞥見白光一閃。

「快打開手機扔地上照明！」月餅叫出一句，隨即又嗚嗚地說不出話，好像被東西堵住嘴。

我連忙掏出手機，打開扔到地上。光線瞬間照亮整間屋子，那個當下，我真的很後悔照著月餅的指示這麼做！

05

牆壁上，縱橫交錯的褶皺，像蛆蟲一樣緩慢地蠕動著，又像魚身上的鱗片被拔起。密密麻麻的，全是一彎彎剪下來的指甲！

帕詫一見到被我撞落的指甲，霎時像野狗一樣衝過去，撿起來就送進嘴裡咀嚼。看著這畫面，我張嘴想吐，想起剛才靠在牆壁上，不知後背扎了多少指甲；又覺得那些指甲似是穿破衣服，不斷往皮膚裡鑽，便一邊撲打著，一邊往裡屋跑。

揭開布簾，我終於明白剛才月餅爲什麼說不出話了。

眼下三個女人把他圍在中間，抓著他的胳膊，其中一個女人還把沒有手指的手掌塞在他的嘴裡。

月餅看見我，嗚嗚地喊著，指了指這些女人。我瞧他無力招架，不禁疑惑他什麼時候變得這麼遜了。眼看帕詫吃完地上的指甲，又搖晃著向我走來。

她們好像沒特別強的攻擊性，就是想叫我們吃她們的指甲。

媽的，當鬼都這麼變態！

這下也顧不得許多，我把那幾個女人扯開，任由她們在地上爬著撿指甲吃。

「你搞什麼啊？」我不覺得害怕了，滿牆的指甲夠她們吃上幾輩子的，一時半晌應該不會惦記我們手上的。

月餅罕見地慌亂不已，嘴裡呸個不停，「不能打女人。」

「這哪裡是女人！」我差點被他氣暈，「這是女屍！」

「女屍還活著的時候也是女人。」月餅活動著手腕，「我們上當了。」

我明白了，「傑克？」

「他絕對有問題！」月餅看著這幾個已經死掉的女屍，眼中帶著怒火，「這間美甲店在收集陽氣！在每個來做指甲的女人身上下蠱，收集陽白。當她們陽白完全消失，體內再沒有陽氣的時候，就會在晚上睡覺時，也就是陰氣最重的時候，產生強烈的補充陽氣念頭，所以要不停地吃指甲。哪怕死了，也靠這股怨氣成爲活殭屍。傑克誘騙我們過來，肯定是想讓我們死在這裡。」

「傑克收集陽氣幹什麼？」我的腦袋有點轉不過來。

「不曉得。」月餅冷冷地說：「不過，應該很快就有答案。」

這段時間的相處，我已經把傑克這個熱情大方的外國人當作好朋友，可現實讓我感到憤怒，也非常沮喪。

「月餅，這幾個人怎麼辦？」我撿起手機，要跟著月餅走出店門時，想起那幾具活屍。回頭看去，她們仍然像狗一樣趴在地上，撿著指甲吃。

我心裡很酸。

月餅沉默良久，才開口說話，「我不知道。」

這幾個女的，除了帕詫，另外三個也是我們學校的學生，其中有一個教過我泰語。

傑克，你這個畜生！

「留在這裡，會帶來混亂的。」我喃喃自語。

這是一項艱難的選擇。

我不知拿這些昨天還活蹦亂跳的同學怎麼辦，可是什麼都不做，天曉得這些活屍會弄出什麼事？再說，如果被人發現了，造成的影響難以想像。

也是一場良心的較量。

對她們的憐憫，與對社會的責任感。

想起看的美劇《陰屍路》，每次演到主角面對變成喪屍的親人，寧可被吃掉也下不去手的橋段，我就覺得扯淡。人都已經變成殭屍，爲什麼無法殺死它們？

現在我終於明白，有些事，眞的很難做出抉擇。

轟！門口忽地傳來巨大的爆炸聲響，幾乎把我的耳膜震破，強大的氣浪把我們反推撞上裡屋的牆。

「你們已經被包圍了！放棄抵抗，雙手抱頭，從前門走出來！」擴音喇叭傳出威嚴的喊聲，在刺耳的警笛聲中不斷重複。

我們被警方包圍了？

「跑！」月餅飛身跳起，撞開後牆的窗戶，當先躍了出去。

我也跟著跳出去，身上被碎玻璃刮出幾道口子，熱辣辣地疼痛。更疼的，是心！

整個清邁似乎到處都是警笛聲，從後街看，影影綽綽的人影四處奔走，依稀能聽到他們在喊我們倆的名字。

孤立無援，我絕望得不知所措，幸好有月餅拽著我，「上屋頂。」

「我們還能去哪兒？」我苦笑著。

「傑克家。」月餅三兩下就爬到屋頂，「那裡現在最安全。」

西元二〇〇八年，清邁大學後街的美甲店曾經發生一起兩名留學生殺害四名泰國女大學生的恐怖事件。

在警方的重重包圍下，那兩名留學生神秘失蹤。長達三天的全城戒嚴，最後不了了之。作案動機不明，留學生身份不明。在他們的所屬國家，根本沒有任何資料證明有這兩個人的存在。

女大學生屍體連同美甲店，被留學生放的大火燒毀，殃及旁邊幾家店鋪。記者採訪時，鄰舖老闆心有餘悸，結結巴巴講述完。

那兩名留學生被冠以「指甲狂魔」的稱號，這個案子也排名泰國建國以來「十大神秘案件」第二，僅次於發生在這個案件之前沒多久的「曼谷人妖僵死」案。

第11章

古曼女嬰

泰國有一種很奇特的東西——佛牌。

佛牌有陰牌和正牌之分。

所謂的正牌，是指僧人親自加持，銷售以換取資金建造佛廟等佛教設施的牌，多為必達、崇迪、藥師、龍婆的佛牌。正牌可以增人運勢，求財送平安，沒有反噬作用。

陰牌又稱之為「古曼」，是指阿贊將嬰兒煉製成古曼童，施法做牌。由於靈力強大，陰牌比正牌靈驗得多，相對的，反噬力也更強。陰牌越霸道，反噬宿主也就越厲害。

相傳第一張陰牌，是由一位無意中得到本《蠱書》的黑袍阿贊將棄嬰屍體和動物器官，放進桃木棺材裡，用白蠟熬煉屍油製成的……

01

最危險的地方就是最安全的地方。

這句話我本來總覺得不靠譜，但是跟著月餅從屋頂躲過無數輛警車的追捕，來到傑克家，終於相信這句話果然沒錯！

這棟簡陋的兩層小樓漆黑一片，看上去沒有人。爲了小心起見，我們從二樓的陽台翻了進去。

「月餅，你怎麼想到要來這裡？」我擦了把汗，儘量使氣息平穩下來。

「帕諾的屍體在美甲店，說明傑克先我們一步到過那裡。另外三具屍體，也是他早就佈置好的。」月餅鼻尖還掛著汗珠，滿臉怒意。

我很清楚這憤怒是怎麼來的，因爲自己也滿懷恨意。

傑克處心積慮佈這個局，全然是衝著我們來的。想起平時嘻嘻哈哈，天天湊堆鬥地主喝酒的朋友，卻做出這樣的事，真讓我感覺到恐怖。

何況，他還殺死四個無相關的女生，是我最無法容忍的。

「進去查一下，看看有什麼。」月餅把陽台的門鎖撬開。

屋裡靜悄悄，完全沒有人在的跡象。

看來月餅的判斷沒有錯，我不由得打從心底佩服，在如此危急的關頭，他竟還能保持清醒的頭腦，選擇一個最安全的地方。

平時找傑克打混的時候，我們都是在一樓，從來沒有上過二樓。畢竟是人家的地盤，沒有邀請，我們也不好意思隨便亂溜達。

現在想想，可能二樓有不想讓我們知道的東西。

「南瓜，你聞到了嗎？」月餅剛走沒幾步就停下來，疑惑地看著左側那道門。

走廊裡有著濃郁的血腥味，還夾雜著說不出來的草藥味，全都是從那道門後面傳出來的。

難不成一連串的事情讓我的神經繃得太緊，一時間竟產生幻覺？我看到從門縫裡，向外流淌濃稠的鮮血！

直到月餅蹲下身，用手沾著血，在鼻端聞了聞，我才確定這不是幻覺。

「人血？」我無法像月餅那麼冷靜。

月餅手指拈著血跡，「不確定。進去看看。」

「等一下。」我覺得冒失不是一個好選擇。

月餅已經把迴紋針探進鑰匙孔，門打開，房間裡竟光亮一片。

長時間在黑暗中，突如其來的光線使得我暫時性眼盲，過了好幾秒，半瞇眼睛，勉強看清楚眼前事物。

我曾在許多書本裡看到十八層地獄的描述：作惡之人頭下腳上，放進油鍋烹炸；綁在砧板上，惡鬼揮斧將人剁成一塊塊；把人放進巨大的石磨裡，碾成肉沫……但這一切，都不如現在看到的震撼！

這才是眞正的地獄！

02

屋子正中央，一尺見方的血池正汩汩冒著血漿，橫七豎八的導管延伸至血跡斑斑的牆壁，探進一具具類似於人的東西，以肉眼幾乎不可見的頻率微微蠕動著……

那些人（如果還能被稱為人）實在讓我不忍多看一眼。

左側牆壁上掛著三個屍體，中間那具早已變成枯樹的黃褐色，乾裂的皮膚皺出一道道裂痕，裡面是如同敗絮似的肌肉。身軀完全失去水分，就像老樹皮黏在一架骷髏上面。而骷髏的頭頂，竟然長出一株妖艷鬼魅的紅色花朵——曼陀羅！

右側的則像一隻巨大的肥蛆，腫脹得起碼有三個人那麼大，快被撐裂的皮膚泛著油光，隱隱還能看到皮膚下流淌淡黃色的體液，而且似有一群小蟲在裡面游動。

左側邊那個人看上去還算正常，全身插滿刀子，活像個刺蝟。舌頭被鐵鉤拽出，連結著一條鐵鍊，掛在天花板，像吊瓜一樣掛在半空晃悠。全身劃出無數道細小的血痕，透著蜂蜜似的甜香，成片的螞蟻在身軀鑽爬撕咬。看到他尖尖的下巴，瘦小的身體，以及死後仍然晶亮的眼睛，我全身一顫。

這是一個我非常熟悉，以爲再也不會見到的人。

乍命的父親。

我再也忍受不了，張口嘔吐，直到膽汁都吐出來，才虛弱地抬起頭。月餅卻像欣賞大師級的畫作般，站在每具恐怖駭人的屍體前，挨個看遍。

「月餅，你怎麼能看得下去？」我想不透，難道他連一點同情心都沒有嗎？

這些人生前不曉得受到多少變態的虐待，才會變成現在看到的這副模樣。究竟是誰用如此殘忍的手法，把這些人殺死？

該不會是傑克吧？

傑克到底是幹什麼的？這其中到底隱藏什麼樣的秘密？

月餅回過頭，我才知道誤會他。

那是一張因爲憤怒而近乎扭曲的臉。

他拳頭緊握，渾身不停哆嗦，但不是因爲害怕。他眼中噴出的怒火幾乎能引爆屋裡的空氣，沉著聲音吼道：「我從來沒有像現在這樣痛恨過一個人。」

我明白月餅的想法，人最不能承受的背叛，不是愛情，而是友情。

我又何嘗不是這麼想的呢？

「這個人我認識，他是……乍侖的父親。」說完這句話，我突然有一種說不出來的感覺。

似乎想到什麼東西，卻又模糊不清。當下忘記這些被虐死的人所帶來的噁心恐怖，挨個看過去，一邊承受視覺衝擊的極限，一邊思索問題。

傑克除了會催眠，從沒向我們表示過會別的東西。

催眠？

我腦子裡劃過一道閃電！

我會不會是經傑克深度催眠，那段記憶被封印了？

如果是這樣，那麼一切就全都兜上了。難怪我第一次見到傑克時，會頭痛欲裂，還覺得似曾相識。

傑克在我失去記憶的那段時間裡，到底做了什麼？他這麼做的目的是什麼？

此時，我走到吊在牆上的另一具屍體前，類似荊棘的蔓藤在他的身體裡鑽來竄去。從眼眶中鑽出的蔓藤把眼球頂出，掛在藤尖上，那是一對紅色的眼睛！

我連忙向下看去。

沒有左腿！

我知道他是誰了！

清邁寺的阿贊——陳昌平！

「傑克在煉製古曼童。」月餅點了根煙。

「佛牌？」

血漿已經微微凝固。

看著地面或濃或薄的血塊，既像豆腐，又像果凍，我暗暗發誓這輩子再不吃豆花之類的東西。還有果凍，尤其是草莓口味的！

月餅就這麼在血凍裡走著，每跨出一步，都會發出嘰嘰咕咕聲。突然，他立定在一具屍體前，看了一會兒，像是發現什麼似的蹲下。只見他把手探進血凍裡，掏出一樣血淋淋的東西，叫道：「我明白了！」

03

要不是吐得肚子裡已經沒有存貨，我險些又翻腸倒胃地嘔吐！月餅手裡拿的是一截燒完的蠟燭，側頭看著屍體的腳尖，「南瓜，你看看別的屍體的腳底是不是也有被燒烤的痕跡。」

聞言，我看著陳昌平被荊棘鑽進鑽出的屍體，強忍著噁心蹲下，心裡把傑克十八輩祖宗罵了個遍。至於，他的祖宗們能不能聽懂中國話，就不是我操心的了。

幾個月前，和我在清邁寺一起經歷佛蠱之戰的阿贊，如今成了毫無生命的屍體。我心裡一陣酸，側頭看去，果然在他右腳底發現被火灼燒的焦炭色。奇怪的是，燒痕的中心有一個圓孔，周圍有一圈淡黃色的油。而腳底正下方的血凍，壓著一圈圓形的印痕，像是曾經放過什麼東西。

我起身退了兩步，儘量離屍體遠一些。月餅掏出手帕擦了擦手上的殘血，又狠吸一口煙，環顧房間的佈局。當他的目光循著導管落在血池，霎時臉色大變，吼道：「快離那個池子遠點！」

我不曉得發生什麼，聽月餅這麼吼，當下什麼都來不及多想，本能地向前竄去。

可惜，已經晚了！

我發現身體向前傾，腳步根本挪不動，雙腳如同被綁住。眼看自己就要摔在血凍中，一股無形的力量又把我扯回去。

在我身體前傾的那瞬間，月餅可以看到被我擋住的血池。只見他臉色難看，雙眼瞇成一條線，又猛地睜開。不用多想，我也知道身後血池裡一定發生超出想像的事情。苦於那股無形的力量牢牢束縛，我的後腦勺像是有一隻手，讓我動彈不得，根本無法轉身。

這時候，我聽到池子裡傳出嘩啦啦的水聲，伴隨若有若無的嬰兒哭聲，好像還有一雙小手摁住我的背。接著，一雙小腳丫踩著我的腰，爬上肩膀，在我耳邊呼著潮濕的熱氣。

我清晰地感受到冰涼黏滑，類似一塊肉的玩意貼著我，脖子上還沾著某種液體。有我看不到的東西從血池裡爬出來，趴在我的背上。

這次驚嚇非同小可，我連雞皮疙瘩都忘了起，全身僵硬得連血液都不流，牙齒不住打顫。大顆的冷汗冒了一身，更覺得背脊冰涼。

「月餅，我身後是什麼？」我帶著哭腔問道。

我膽子不大，遇到危險的事情至少能鼓起勇氣面對，但是對上未知的東西，就得另當別論了。假使你坐在電腦前，或者走夜路時，突然全身不能動，還有東西爬上你的後背，那就可以大略體會我的心情了。

人類永遠對未知的事物感到恐懼！

月餅笑了笑，「沒東西，你太敏感，產生幻覺了。」

「你這笑比哭還難看，還敢說沒東西！」我心想都什麼時候了，還給我吃寬心丸，有意義嗎？

月餅又擠出一個哭笑，「南瓜，你千萬別動，也別管身後是什麼東西，我一定會想辦法幫你解決。」

我的耳朵麻酥酥的，那東西似乎伸出舌頭在舔我，心裡更像是塞了無數隻毛蟲。他媽的，這下就算不被嚇死，也會活活被身後的東西噁心死！

「不要以為你喊小爺大號不喊外號我就能踏實點。你就告訴我後面是什麼東西，好讓我死也能做個明白鬼。」

「我不確定……」月餅向我走了幾步，「你現在能動嗎？」

「我他媽的要是能動，還會在這兒杵著嗎？你以為我植物人啊！」我氣不打一處來。

察覺身後的東西好像沒有立即的危害性，心裡踏實大半。但是，那種被舌頭舔的感覺由我耳根蔓延至耳尖，搞得全身發癢，很是憋屈。

此時，那東西似乎完全爬上我的肩膀，在耳邊輕輕說了兩個字。由於太過緊張，我沒聽清楚，月餅倒聽清楚了。他眉毛一揚，全然沒有方才的緊張，嘴巴緊緊抿著，一副想笑卻不敢笑的模樣。

不一會兒，那玩意又在我耳邊喊了一聲。這次，我總算聽清楚了。不聽還好，聽清楚了，差點沒一口血噴個滿屋，整出個血染的風采。

看著我錯愕的表情，月餅忍不住捧腹大笑。身處如此詭異的屋子裡，在這麼血淋淋的場景下，估計也就他還能笑得這麼沒心沒肺。

話說回來，那玩意喊的兩個字，也確實讓我哭笑不得。

「昆妹！」

翻譯成漢語就是：媽媽！

04

兩人走出那間如同地獄的屋子，月餅笑得前俯後仰，肆無忌憚。我滿臉尷尬地杵著，一個大約兩歲的小女孩，抱著我的腿，仰著小臉。她一雙晶亮的大眼眨巴著，透著股可憐勁，不停對我喊著「媽媽」。

「南瓜，哈哈哈哈哈……」月餅捂著肚子，眼淚都笑出來了，「你老實交代，到底有沒有做過變性手術？這個在泰國很流行啊！」

我翻了一記白眼，差點沒背過氣去，「你太缺德了吧？都生死存亡之際，還有心思拿我尋開心！拜託，小爺我可是根紅苗正的純爺們！」

「昆妹……」

小丫頭又喊了我一聲，可憐巴巴地要往我身上爬，我忽然想到一個非常嚴肅的問題，「月……月餅，她該不會是要吃奶吧？」

她剛從我身上爬下來的時候，渾身全是血，但那雙可愛的大眼睛讓我心疼不已。連忙把這孩子抱出房間，到廁所裡洗乾淨，胖嘟嘟的小胳膊像是白嫩的藕節，粉嘟嘟的小臉有兩個酒窩，活脫脫一個人參娃娃。

我們兩個大老爺們哪經過這種陣仗，琢磨半天才反應過來，撕了T恤給她做了個簡單的袍子。

其實，這麼熱的天，怎麼可能凍著孩子？可我們都沒帶娃的經驗，小丫頭看看我，又瞅瞅月餅，一頭埋在我腿上就喊媽媽。

我疼愛地摸著她的小腦袋，頓時悲從中來。自從來了泰國，八字走背，這且不說，還收了個義女。最慘的是當了媽，將來要是回國，怎麼找女朋友？

她的出現多少緩和緊張的氣氛，月餅嘲笑了我半天，聽到我說「她要吃奶」這件事，才斂起笑容，掐了掐小臉蛋，「她吃的不是奶，是人血和屍油。」

「你說什麼？」我眼睛瞪得比雞蛋還大，根本不敢相信月餅說的話，「你開玩笑要適可而止！」

月餅沒有回話，把食指放到嘴裡咬破，遞到小丫頭嘴邊。小丫頭含著月餅手指吮吸，月餅眼眶滾動著淚水，我傻了。

小丫頭吸了一會兒，像是吃飽了，咂巴著嘴，開心地對月餅笑，牙齒上斑斑血跡，連嘴角都掛著一絲血痕。

月餅替她抹去嘴邊的血，「南瓜，她是古曼童。」

我來了泰國這麼久，當然知道什麼是古曼童。許多商人、明星、官員政要到泰國，並非單單爲了觀光旅遊，主要目的是請佛牌。

佛牌是一種很神奇的東西，不但可以讓人轉運，更能夠助運。

佛牌又分正牌和陰牌，正牌從大的寺廟就可以請到，但威力遠遠不如陰牌來得霸道。陰牌又稱古曼，是由死去的嬰兒煉製，把煞氣依附到陰牌而成，因此這類嬰兒稱之爲古曼童。

想到這兒，我心裡突然疼得如同被扎了一刀。小丫頭好奇地看著月餅，伸出小手把他臉上的眼淚擦掉，又張著嘴開心笑著，很懂事地說：「叔叔，不哭……」

這舉動讓月餅背過身，不停擦著眼淚。我的眼前也白花花一片，很難相信這麼可愛的小女孩竟會是古曼童。

「昆妹……昆妹……」小女孩扯著我的褲管，瞧我的臉上帶著悲傷，癟著嘴也要哭出來。

我笨手笨腳地把她抱起來，「乖……不哭不哭。媽……媽媽做鬼臉給妳看，好不好？」

小丫頭破涕爲笑，點著小腦袋，認眞跟著我學鬼臉，再次咯咯笑出聲。

「她應該是個死嬰。」月餅擦掉眼淚，「傑克收集這麼多屍體，就是爲了煉製成這個古曼童，製作最強的佛牌。如此喪心病狂的事情，已經超出正常人思維範圍。我認爲，他絕對認識都旺，我們的每一次經歷，我相信他都藏在不遠處看著。而且，我們在草鬼婆的屋子裡找到他時，他根本不是被下蠱，而是自己在練蠱。他碰巧被我們撞上，在醫院的時候又被我解了蠱，轉而煉製古曼童。」

我轉頭看向小丫頭，她繼續玩著在她看來有趣的遊戲，「這個孩子怎麼辦？」

「不要問我。」月餅拳頭握得關節直響，「辦法是有一個，解決掉傑克，煉童人死掉，把這孩子身上的陰氣導出，她才會回復正常人身。但是，我們如果要對付他，又託付誰照顧這個孩子？而且，她在恢復前，必須要喝血才行。」

我想起了一個人，或許她可以幫忙。

05

我出車禍之後，在清邁醫院住過一段時間，那個幫我擋掉不少記者，始終彬彬有禮的小護士，名字叫蕁。後來我去醫院復診，都是她幫我安排的。時間久了，兩人彼此熟稔。

蕁對中國文化有濃厚的興趣，有事沒事就跟我學漢語，還經常嚷嚷著要和我一起回中國看看。後來，一起吃過幾次飯，成了關係不錯的熟人。

此時此刻，清邁的警方在通緝我們，眼下大概只有她能幫得上忙。

我和月餅商量過，如今也只能逼上梁山一條路。可是我們倆帶著小丫頭，要逃過重重阻截，談何容易？

瞅著小丫頭半歪腦袋，蔥嫩的手指含在嘴裡，我又是一陣心疼。月餅幫她擦乾淨嘴角的血跡，煩躁地走到一邊抽著煙。

「月餅，你倒是拿個主意啊！這裡待不了多長時間！」我腦子已經轉過無數念頭，卻沒有一個辦法可行。

月餅把煙往地上一扔踩滅，「萼的家距離這裡多遠？」

「三條街。」我估算著距離。

月餅對我笑了笑，「我出去引開警方注意力，你把小丫頭送到萼那裡。但願她是個有同情心的人……」

我著急起來，「月餅，你在開玩笑嗎？這不是找死嘛？」

月餅揉了揉鼻子，赤裸上半身的肌肉迸發著活力，揉了揉小丫頭的腦袋，「如果是爲了救她，也沒什麼不值得。」

我看著面前這個平時說話少得不得了，做起事情完全不講情面的少年，明白了他的意思：如果我們三個人得犧牲一個救活另外兩個，他願意做那個被犧牲的。

這已經不是什麼信仰或精神，而是最值得尊敬的人性。

「月餅，我覺得……」我頓了頓，努力擠出一絲微笑，好讓自己豪邁一些，「不如你帶著小丫頭去萼的家，由我引開警方的注意力？你想，如果你當誘餌，誰去幹掉傑克？我本事不大，肯定不是他的對手，所以現在這種簡單的活還是我來吧。」

小丫頭好奇地看著我們，好像聽懂討論的內容，扯著我的褲子，指著前方一道門，「媽媽，那裡。」

那是煉古曼童旁邊的房間。我們的注意力始終集中在地獄般的煉蠱處，也就沒有太注意。

都這種時候，我也沒心思怨念小丫頭喊我「媽媽」有何不對勁。

這個孩子看似和正常小孩沒區別，但她擁有我們不知道的奇特能力，或許會在那房間找到轉機也不一定。

月餅利索地把房門撬開，不像剛剛那一間燈光通亮，裡面相當幽暗。月光穿透窗戶，模模糊糊可見牆邊有一張床，覆蓋整張床的白布凸起一個人形，還傳出呻吟聲。

月餅把白布一角掀開時，我看到了做夢也不會想到的那個人——都旺！

早已死在萬毒森林裡的都旺！

06

四顆鋼釘貫穿手腳，把人活生生釘在床上！

都旺面色死灰，嘴唇乾裂出一道道血口子，嘴裡不時含糊地喊著，「救我……」

鋼釘插得很牢固，往外拔的時候，帶出的鮮血格外刺眼。都旺微微張開眼睛，目光已經渙散，不斷地痛哼著。

拔起鋼釘，我直接撕扯床單，替他做了簡單包紮。這個空檔，小丫頭看到鋼釘上的血跡，立馬歡天喜地地撿起來舔舐。

收拾完畢，我和月餅對視著，不知道該說什麼。一個已經死了的人，突然出現在面前，還被釘在床上，這種心情實在太難以形容了。

傑克，到底是什麼人？至於都旺，我們該怎麼處置他？

這一切到底他媽的是怎麼回事？

「那邊有個暗門……」都旺虛弱地指著牆上的一幅畫。

月餅扯下畫，一道兩尺見方的鐵門露了出來。向裡推開，陰冷潮濕的空氣從裡面湧出。

「不要管我了，你們走吧。」都旺無力地垂著手。

月餅猶豫了一下，還是把都旺背起，「南瓜，把小丫頭帶上，快走。」

在這種情況下，我沒時間考慮太多，也顧不得動作粗魯，一把奪過小丫頭手裡的鋼釘扔掉，抱起她鑽進那道小門。小丫頭不明所以，「哇」地哭了起來，聲音大得能把我耳朵震聾。

正當我手忙腳亂地哄著她，月餅背著都旺鑽進來，又順手把門反鎖。

四人沿著一條斜向下的地道往前走。

地道裡沒有一絲光線，什麼都看不見，好在月餅拿著手機照明，雖說用來當火把有些大材小用，可總比摸黑抓瞎強。如此走了十幾分鐘，地勢轉爲平坦，也比先前寬闊不少。潮濕的牆壁佈滿綠苔，地上積著大大小小的水坑，還經常能看見老鼠腐敗的屍體。

「再向前走，會有個岔路口，走左邊那條。」都旺對這條密道似乎很熟悉。

小丫頭此刻不哭了，已經趴在我肩膀上睡著。走了沒幾步，果然看到三條岔路，我想也沒多想，選擇左邊那條。

忽然，我覺得有地方不對勁，回頭看了看。月餅背著都旺跟過來，差點和我撞個滿懷。

「怎麼了？」

我向他們身後看著，並沒有別人，可心裡那種奇怪的感覺更加強烈，「沒什麼，我總覺得有人在跟著咱們。」

聞言，月餅倏地轉過身，用手機照著後方，別說人了，連鬼影都沒有。

也許是太緊張，產生幻覺。我甩了甩頭，索性不再去想。

再往前走一小段，出現一個差不多籃球場大小的地下空間。牆壁和地面都是用水泥澆築，難得的是還保持著乾燥，牆角堆積著各種大大小小的箱子，用泰文詳細地分門別類擺放。

食品、水、藥物、生活用品……

看到這幾樣東西，我眼睛一亮，小心翼翼地把小丫頭放下。看她甜甜地睡著，我心裡一暖，捏了捏她的小臉蛋才跑到那堆箱子處，打開藥品箱子。

果然有我需要的東西，看了看日期，抗生素類的藥品上面標著「西元一九四二」的字樣，早就過期。沒辦法使用，只好將主意動到酒精罐，拔開塞子聞了聞，又倒在手背上試了試。確定還沒有變質，又找了紗布和針線，替都旺消毒縫合傷口。

這時候，我倒沒覺得都旺曾經是敵人，看他這副慘樣，不救他於心不忍。月餅沒有吭聲，想來也默認我的做法。

酒精對傷口的刺激，針線穿過皮肉的疼痛，讓都旺疼得清醒過來，就是氣色越來越差。

「謝謝你們。」都旺苦笑著，「沒想到救我的，會是你們倆。」

「我沒有救你。」月餅冷冷地回道：「雖然你教過我很多東西。」

都旺神色悲戚，「我確實利用了你，也感到很抱歉。學蠱之人追尋的目標，你們是無法理解的。只是沒想到，我也被傑克利用了。他就是秀珠的弟弟。」

我腦子又一陣痛，好像想起什麼，可劇痛讓我無暇顧及一閃而逝的想法。

接下來，我聽聞的事情，完全超出我和月餅先前的判斷！

07

「我們蠱族，始終在追尋長生的秘密。如果能夠長生，世界就是我們的。」

我不耐煩地翻一記白眼，心想照著秀珠的長生辦法，一年醒一天，首先琢磨的不是統治世界，而是找床鋪。

「你們知道披古通嗎？」

「你才屁股痛！」我回口罵道。

都旺這個渾蛋，現在居然還有心思開玩笑，要不是我和月餅心腸好，扔下他不管絕對不會覺得內疚。

此外，不知是都旺太虛弱，又或者這個地道過於空曠，我總覺得他的聲音有些不同。而且，臉不太對勁，似是皮動肉不動。可月餅十分專注地聆聽，沒有察覺這一點。

「八百多年前，泰國有一名統治者，尚奴拉國王。他的女兒披古通公主，不但有出眾的美貌，烏黑的長髮還會散發出芬芳。有天，公主出城遊玩，看到山貂在吃腐臭的狗屍，隨意用粗魯的語言責罵，殊不知那是一隻山貂王。山貂王一氣之下，把披古通公主變成一隻醜陋的長臂猿。當公主以長臂猿的外型回到城中，沒有人認出她就是美麗的公主。」

「山貂王的報復還沒有結束，準備集結所有山貂襲擊城堡。被變成長臂猿的公主無法向父王傳達這個資訊，只好在他入睡的時候，偷偷爬進王宮，用毛髮散發的香氣與父王相認。國王得知山貂王的計劃，立刻請來僧侶，在對方入侵前做好準備。經過一番激烈的戰鬥，山貂王失敗了，披古通公主恢復美麗的相貌，但是她頭髮上的香氣消失了。」

「後來，披古通公主的子女，都有一個特殊的本領，可以藉由夢境控制他人，支使被控制的人爲自己做事。由於能力越來越強，導致被邪惡慾望支配，製造大規模的混亂和貧窮。至此，披古通家族成爲泰國最可怕的家族，直到所有白衣阿贊聯手，才把披古通家族消滅。然而，也有一種說法，披古通家族逃出來一個小孩，隱藏在人群中生活。」

「催眠？」月餅揚了揚眉毛，恍然大悟的表情。

「不錯！就是催眠。」都旺深吸一口氣，輕輕咳嗽著，「逃出來的那個孩子，跑進萬毒森林裡，居然誤打誤撞地進入人妖村。爲報復消滅他們家族的白衣阿贊，他對人妖村的所有人催眠，讓他們使出渾身解數勾引前去接受考驗的僧侶，食肉可以延壽。同時，他不斷積累力量，壯大子嗣，並聯合被驅逐到萬毒森林裡的其他部族，掀起了差點顛覆泰國的一場戰役。你們學了這麼久，應該知道那場戰役的慘烈吧？」

月餅搖了搖頭，我卻想到幾百年前，泰國最慘絕人寰的「巴部棟戰役」。史書上解釋，貧民忍受不了統治階級的暴政，創造巴部棟這個虛擬的夢幻大神，使貧民有了信仰，並在泰國國王誕辰舉行盛大慶典時起義。

義軍所到之處，燒殺搶掠，屠人無數。尤其對廟宇和僧侶，更是喪心病狂地毀滅，類似二戰時納粹對猶太人的屠戮。

此次起義聲勢浩大，卻在一夜之間，所有部隊的首領皆神秘失蹤，群龍無首的情況下，義軍潰散成流。

「披古通家族一夜消失，主要是因爲秀珠的村落介入。因爲，秀珠曾經對泰國一位著名高僧承諾，保得佛教在泰國興盛不衰。之所以說傑克是秀珠的弟弟，得追溯秀珠的重生。她每次重生都要附皮，在巴部棟起義之後，披古通家族的人都被軟禁在蛇村，且不允許他們結婚生子，確保再無後患。偏偏有個蛇村姑娘愛上披古通家族的男孩，他們衝破禁錮，相愛生下了龍鳳胎。女孩是泰國人模樣，男孩卻有著歐洲人相貌。爲了這兩個孩子不再被禁錮，母親偷偷送孩子出萬毒森林，可惜路上就被追回來。那時正值秀珠換皮，女嬰成了換皮對象，男嬰則在秀珠的保護下長大，卻在成年後失蹤。他，就是傑克。」

「都旺，你的故事編完了嗎？」月餅活動著手腕，「你怎麼會知道這麼多？」

「因爲……」都旺閉上眼睛，嘴唇不停哆嗦，「這都是傑克告訴我的。這一切也都是他策劃的。傑克想恢復披古通家族的榮譽，便找上了我。而我也想藉由他得到永生的秘密，因而從他口中套出蛇村。」

「那天，由南瓜引路，抵達蛇村的，不僅有我，還有傑克。只是他在暗處，我在明處。我被秀珠裹皮而死，你們掩埋屍體，也是他暗中把我挖了出來，利用蠱術讓我復活。其實，我也不算復活，只是被下了蠱，現在我的生命完全靠蠱蟲維持。傑克救我，完全是我還有利用價値，逼迫我說出古曼童的煉製方法。那些人的屍體、收集陽白，都是煉古曼童的方法。他要煉最強的古曼童，加強自己的運勢和力量。」

「而且，他還在尋找一本失傳已久的蠱書。」

又是一層眞相！

我聽得越來越糊塗，都旺不像在撒謊，但很多問題接踵而生，完全不符合我們經歷的這段事情的邏輯。

「我知道的就這麼多。做了這麼多錯事，我也明白所謂的永生，眞諦就是內心的平靜。隨你們處置吧。」都旺表情很安詳，彷彿看透了一切。

「能通過下水道找到蕁的家在哪裡嗎？」月餅忽然轉開話題，走到一側牆上摸索。

我不清楚他爲什麼這麼做，但肯定有他的原因。我在腦海對照地面上的街道，肯定地點了點頭。

「走吧，你教了我這麼多，我沒理由不管你。而且，我們的目標是傑克。」月餅背起都旺，「南瓜，你先去牆那邊看看，我覺得好像有夾層。」

「哦？」都旺有意無意地向剛才月餅摸過的地方看了看，「這種防空洞有密室也不奇怪。」

我一陣狐疑，這時候讓我看什麼夾層？可還是依照他的指示走過去敲了敲，牆壁發出紮實的砰砰聲，顯然沒有任何夾層。

月餅撓撓腦袋，不好意思地笑了笑，「大概是我神經太緊繃，觀察太仔細了。」

這句話和他平時的性格截然不同，我登時明白他的意思，再次低頭看去，上面有一排英文字母，是新劃上去的，字跡非常潦草，一定是他方才匆匆寫下的。

DWKNBSDW

這句話什麼意思？

爲什麼要透過這種方式告訴我？

我想了再想，仍然不得要領。

「既然沒有夾層，我們就走吧。這裡不安全。」月餅背著都旺向外走去，「我不是因爲你是都旺才救你，而是你還是一個活人。」

我應了一聲，抱起小丫頭，詫異地咦了一聲。

小丫頭還在睡，可就這麼一會兒工夫，竟然沉了許多。再一打量，居然長大不少，看上去像是六歲的孩子。

亂七八糟的疑問實在太多，我索性清空腦子，背著小丫頭搶在前面帶路。

「南瓜，你平時用什麼輸入法？上次給我發的短訊怎麼那麼多錯別字？」月餅跟在身後，沒頭沒腦來了一句。

我當下沒反應過來，隨後明白他的意思，冷汗立刻順著脖子滑到背上。

我知道那行英文代表什麼了！

都旺可能不是都旺！

在泰國，身著黑衣的僧侶，被稱為「黑衣阿贊」。有黑衣阿贊的寺廟裡，會有許多號稱盛放香油的罈子，實際上都是用屍油浸泡的古曼童，靠著香客的陽氣進行煉製。

古曼童一直是泰國最暗黑的神秘力量，各行各業的知名人士都會到泰國請佛牌回家供奉，以求助勢轉運。凡事都有利有弊，能力越強的古曼童，帶給養主的反噬力也越強。稍有不慎，如家中放入紅色飾品、木質擺件，會立刻招來血煞。另外有種說法：古曼童的好壞，全在養主內心的好壞。

一旦發生反噬，輕則家中起火破財，重則身體中風、生大病，更有家破人亡、發瘋自殺的事情發生。

最著名的一個例子是中國香港某著名女影星，二十世紀九〇年代曾被譽為最有魅力和靈性的女演員，尤其在泰國拍過一部電影後，名聲更是紅極一時，眾多香港大牌明星都對其展開追求。

可惜之後忽然精神出問題，入院治療數次不見好轉，成了窮困潦倒、又老又醜的街頭婦女，晚景淒涼，令人不勝唏噓。狗仔隊不放過能博取大眾同情心的話題，經常尾行偷拍。終於有人在照片中發現一件奇怪的事情：照片中，過氣女影星身後不遠處，總會出現一道淡淡的影子，像是一個小女孩……

第12章

鬼泰拳

古時候，泰國和緬甸發生戰爭，泰國戰敗，國王被俘。緬甸國王聽說泰國國王是搏擊高手，便提議派出兩國拳師比賽，並許諾泰國高手如果擊敗緬甸高手，即當場釋放泰國國王。果然，泰國完勝，緬甸國王也只好遵守諾言。之後，泰國國王把多年的搏擊經驗編纂成拳法，傳授給將士，這套拳法正是泰拳。

據《泰國民間史》記載，泰緬拳賽時，緬甸派出全國最強武士亞加拉達，而泰國的拳手卻是一個不起眼的黑瘦青年。

比賽前，青年用了足足半個時辰進行一段奇怪的舞蹈表演，嘴裡還一直念念有詞。

比賽過程更是詭異，亞加拉達如若中邪似的，一動也不動，任由黑瘦青年一拳擊倒。他全身青紫，不省人事，在家昏迷一個多月才甦醒。之後，任憑家人朋友如何詢問，他都閉口不言。直到一個夜晚，亞加拉達突然闖入皇宮，活生生撕裂國王，又把自己的肚子扯剖開，扯斷腸子，當場死亡。

黑瘦青年使用的神秘拳術，就是泰拳。賽前的舞蹈，則是用來召集陰魂助戰的鬼舞。直到現在，泰拳比賽前，對戰雙方依然保持著跳鬼舞的習慣。搏擊高手或者行內人士，光通過雙方舞蹈的姿勢，通常便能立刻判斷出誰勝誰負。

01

我越想月餅那句話越心驚，回想再次遇到都旺，這一切未免太過巧合！而且，我的確發現都旺的聲音和相貌有那麼一點不同。更何況這個心理變態的人，怎麼可能保持這麼平靜的心態？

加上他告訴我們的那些話，聽上去合情合理，又似乎少了些邏輯。

如果不是都旺，他會是誰？

或者，他就是都旺，被傑克用什麼法門控制了？比如催眠？

而我們在其中扮演什麼樣的角色？

爲什麼會捲入其中？

這麼想著，不知不覺已經來到蕁住的那條街區。

我抬起頭，上方的人孔蓋有幾個排水孔，灑落柔和的月光。想到如果出去，可能有一群員警荷槍實彈正對著我腦袋，內心多少有些怯意。

月餅一路都在和都旺說話。

都旺時而清醒，時而昏迷，可有關月餅問的事情，又都能回答上來，稍稍動搖了我們的判斷。

我把小丫頭綁在背上，爬上台階，順著排水孔看去，視線所及的範圍內不見人影。小心地挪開人孔蓋，凌晨三點多的街上空無一人。

我和月餅各背一人，從下水道爬出，待辨認出方向，果然見到萼的住所。沿著街邊，貓腰跑了過去，正要敲門，卻被月餅攔手制止。

都旺又陷入昏迷，我把小丫頭放下時，發現她又長大不少，已出落成十歲模樣。

月餅把都旺斜靠在門前，眼睛瞇成一條線，迸射出銳利的光芒。

烏雲遮月，天地間頓時陷入灰暗的虛無，一道閃電破空劈下，留下開膛破肚的血色殘紅。悶雷聲滾滾，風雨呼嘯而來，肆無忌憚地砸在我們赤裸的上身，帶著點冰涼的快感。

小丫頭和都旺在門口位置，橫出的門簷把雨擋住，恰巧形成一柄保護傘。

「來了！」月餅低聲喝道，迎了過去。

奇怪的感覺！

徹骨的寒氣從街頭席捲而來！

黑暗中，遠遠走來三個人，中間那人如同走在溫暖的陽光下，讓任何一位少女都能為之著迷的臉上，嘴角微微上翹，掛著邪邪的微笑。又一道閃電劃過，金黃色的頭髮下，是一雙淡藍色近乎銀白的眼睛。

傑克！

在他身邊的兩人，衣服已經被雨水淋濕，暴露出凹凸有致的身材，長髮被雨水打成綹，濕漉漉地貼著肩膀。只是這兩個女人走路的姿勢有些奇怪，膝關節僵硬，每一步不像是邁出，而是用身體帶起腿，機械地踩進雨水裡。

傑克對著我們揮了揮手，更強的寒氣爆出，彷彿凝固了時間、空間，阻擋雨滴，「當兩隻被貓玩弄的老鼠感覺怎麼樣？」

「感覺還不錯。不過，我們是貓，你是老鼠。」月餅微笑著回答，像是和多年未見的老友寒暄。

「哈哈哈哈哈……」傑克仰天狂笑著，良久才收起笑容，傲然喊道：「知道對天吐口水會是什麼下場嗎？就如同這雨水，落到自己臉上。」

「所以，你滿臉都是雨水。」我並肩站到月餅身邊攤了攤手。

02

傑克面色一冷，「交出那本書，我或許能因爲鬥地主的友情，考慮放過你們。」

「書店裡有的是書，不知道你要哪本？」我打了個無聊的哈欠。

月餅摸了摸鼻子，「說不定他要的書店買不著！我可以提供你小道消息，紅燈區的街頭商販應有盡有。」

「住嘴！」傑克被我和月餅冷嘲熱諷得惱羞成怒，「就是你們去丹島洞找到的那本書！」

我不多話，從包裡掏出一本書扔了過去。

傑克連忙接住，剛看到封面，就甩手撕得七零八散，「我的忍耐是有限度的！」

「南瓜，給的是蒼老師，還是東京熱？」月餅故作心疼狀。

我挑著眉頭看了南瓜一眼，「那兩本書我怎麼捨得，給他的當然是學校課本。」

傑克嘿嘿笑著，伸出舌頭舔著嘴角的雨水，緩慢地後仰身體，發出狼嚎般的叫聲。

「三天。」他豎起三根手指，「我給你們三天時間。」

月餅也豎起三根手指，「我只需要三分鐘，就可以把你斃了。」

「呵呵，我倒想看看你如何斃了最偉大的披古通家族後人。」傑克冷笑著，雙目幻彩連連，瞳孔忽大忽小，如同水紋蕩漾。

這時候，他身邊兩個女人猶如提線木偶，猛地直起身體，並抬起頭，露出被濕漉漉的頭髮遮擋的臉部。

一道閃電劃過，兩人的相貌清晰地映入眼簾，我驚叫一聲，顫慄著退了幾步。

那兩張臉幾乎一樣，鼻子被削去，露出黑洞洞的圓孔，十多支鋼針由眉毛處穿過被挖出眼球的眼眶，直到鼻孔的位置，上下貫穿，把皮肉緊緊擠在一起。嘴唇則像被熱水燙過，血肉模糊地黏連在一塊，還鼓著黃色水泡。整張臉更是佈滿芝麻狀的顆粒，讓人看了頭皮都發麻。

「這兩個屍變的人妖可是我費了好大勁，才在曼谷逮住的。」傑克微笑著揮揮手。

剛才還走路僵硬的屍變人妖，隨著他的手勢一擺，疾如閃電般衝向我們。月餅不慌不忙，摸出瑞士刀，對準人妖殭屍的肚子橫切。

「砰！」刀子在空氣中撞上一層無形的屏障，傳出讓人牙酸的摩擦聲。

兩具人妖殭屍全身被雨霧籠罩，伸手抓向月餅。月餅臉上不知是汗水，還是雨水，渾身繃得緊緊的，死命撐住它們的手，雙腳卻不停向後挪動。

見狀，我急忙向前衝去，想著多少能分擔一點都是好的。

豈料，傑克戲弄地對著我搖了搖手指。我火從心起，對著人妖殭屍報以老拳，月餅大喝一聲，操刀刺出。

隨著月餅前衝的身形，刀刃沒入人妖殭屍的腹中。下一秒，它們倆晃了晃，上下半身跟攔腰斬斷的樹幹一樣，啪地分開。鮮血暴噴，內臟零零碎碎流了一地，幾截被斬斷的腸子也暴露在地面。

此時此刻，月餅已經站在傑克面前，又一道閃電劃過，兩張英俊的臉上都掛著自信的微笑。一柄刀架在傑克的脖子，微微劃破皮膚，隨時準備切下。

「還有什麼要說的？」月餅單手攏了攏擋在眼前的瀏海。

傑克仰起頭，深深吸著氣，「你們往後看。」

03

我回過頭，不由得心裡暗罵一句，「該死！」
剛才只顧著戰局，忘記照看都旺和小丫頭。萼的家門口，門已經打開，她目光芒然地站著，手裡拿著兩把刀子，分別架在兩人的脖子上。
「我早料到你們會來找她，所以提前催眠了她。」傑克舔了舔嘴唇，「她現在只有保護我的意識，如果我死了，她失去保護對象，會陷入無止境的催眠狀態。而且，她最先要做的事情，你們應該知道……」
「啪！」傑克一巴掌搧在月餅臉上，緊接著又一下、兩下、三下！
月餅非常憤怒，眼中幾乎噴出火。傑克每一巴掌，都把他打得側過臉，鼻血流出，但他仍倔強地繼續怒視著傑克！
「我操你大爺！」我攥住拳頭，很想揍這個變態，卻又無法動手。
傑克輕輕拍了拍月餅紅腫的臉，「放心，今天不是殺你們的時候。我給你們三天時間，三天後會有人通知你們該去哪裡。既然是在泰國，那就用泰拳決定勝負吧！那兩個人我帶走了，如果你贏了，包括這個美麗的小護士，都還給你；如果你輸了，我要那本書。」

月餅微微抬起頭，斜睨著傑克，居然笑了！

「我告訴你一件事。今天你不殺我，將會是你這一生最後悔的事情！你一共打了我十七下，我會一下不少地還給你。」

傑克打了個響指，萼嬌小的身材居然毫不費力地扛起都旺和小丫頭，逕自走到他的身邊。接著，傑克摁住萼的腦袋，近乎蹂躪地吻著，最後撕咬她的嘴唇，直到斑斑血跡。

我心裡一疼，深深感覺到面對一件事情無能為力，卻又心懷憤怒的衝擊。

「你們可以放心休息三天，等待泰拳之戰！」傑克一副無謂地和萼轉身走進迷茫雨霧中。

刺耳的破空聲傳來，一個貝殼般的東西落在地上，從裡面探出爪子和腦袋，是一隻從未見過的小蟲。

「這是誓蠱，吃下它。三天後，如果你們逃跑，或者比賽時不用泰拳，蟲蠱就會鑽進心臟……」傑克的聲音遠遠傳來。

我看著那隻蟲子，一步搶去，想拿到手裡吞下。萬萬沒想到，月餅的速度比我還快，眨眼工夫，那隻蟲子已經被他吞下。

我急促地叫道：「月餅，快吐出來！」

月餅吞嚥著蟲子，從他的表情看得出正忍受巨大的痛苦，「你這三腳貓功夫，還是免談了。」

「你會泰拳嗎？」慌亂間，我竟然冒出這麼一句。

「不會！」月餅回答得很乾脆。

「那你還吞這隻蟲子！」我一聽立刻急了。

月餅摸著臉，「因為他打了我十七下！況且……自尊也許不值什麼錢，但那是我們唯一眞正擁有的東西！」

04

萼的家我來過幾次，既然傑克說這幾天我們不會出事，就把她家當作臨時避難所。

我和月餅的臉色都不好看，悶頭抽煙，許久不發一語。都旺的生死無關緊要，但萼和小丫頭是無辜的，必須要救。

現在的問題是：月餅根本不會泰拳，又吃下了誓蠱。如果不按照傑克所說，蠱毒發作的可怕後果可想而知。

假如傑克是解開所有謎團的鑰匙，那麼月餅不會泰拳這件事情，就成了一把永遠打不開的密碼鎖。

「南瓜，我需要你做一件事情。」月餅放下手機，「我剛才上網大略看過泰拳，三天頂多能學個皮毛。但是，要每一招都用泰拳，完全不可能。所以……」

我沒有明白他的意思。

月餅摸了摸鼻子，「我需要你用那個辦法。」

「我不同意！」我反應過來，不加思索地拒絕了。

「不行也得行！」月餅站起身走了幾步，「不置之死地，怎麼能後生？」

我也擺出少有的強硬態度，「那招太危險，稍有差池，你就會變成白癡！」

「我寧可變成白癡，也不能因爲不敢冒這個險而被打敗！」月餅冷笑著，「何況，我已經吃下蟲蠱，如果掌握不了泰拳，我的命從現在開始算起，只有三天了。」

我當然明白其中的道理，但是對最好的朋友使用這個方法……很抱歉，我辦不到！

兩本古書裡，有一章名爲〈過陰渡憶〉，介紹一種很奇怪的法門——人體裡有陰陽兩氣，陽氣是俗稱的「生命力」，陰氣則爲體內的「靈魂」。用銀針依序封住所有陽脈，將陽氣納入丹田，再由泥丸宮導出陰氣。靈魂出體後，因爲陰陽時限不同，靈魂在世間一刻，即爲生命力在陽世一時辰。換言之，靈魂在世間可以做正常人短時間內做不到的事情！

中國的「五鬼搬運」、「神遊千里」都是用了類似的法門。

後果，必須自負。靈魂極難操縱，稍有差池，無法回體，那麼留在世間的就會只剩一副空殼。

正因爲如此，〈過陰渡憶〉這一章最後，用朱砂寫下幾個繁體字：千萬愼之，切勿亂用！

起初看到這一章，我還和月餅打趣，說按照他的學習成績，可以在考試的時候用上這招，一夜之間掌握所有習題，免得補考丟了祖國的臉。

怎麼也沒想到，今天卻要用在這裡。

這個方法我只是看過，根本沒有機會實際操作，倘若因爲我的失誤，導致月餅出了問題……

「能不能乾脆一點？」月餅往沙發上一坐，「大姑娘出嫁都比你乾脆！」

我冒了一頭的汗，「我覺得以你的資質，三天掌握泰拳精髓，不是什麼難事。」

「你是在說神話嗎？」月餅抽完最後一口煙，「小爺時間有限，拜託南少俠爺們兒點。」

我從未覺得手有這麼沉重，前段時間一時興起買的銀針，此刻更是重如千斤。

「哦！對了！」正當我取出銀針，翻開古籍對照，準備下針的時候，月餅突然說道：「南瓜，如果你學藝不精，小爺變成白癡，千萬別帶著我這個累贅。我這麼驕傲的人，很嫌棄被你救，還欠你個人情還不上。你就趕快跑吧，回國藏起來，把這段時間的事情忘掉！」

我鼻子一酸，「我沒那麼廢柴！」

銀針拿起，按照穴道依序挨個刺下。這是我第一次使用針術，卻在拿朋友的生命當賭注。

我扎進最後一根銀針時，手已經因爲緊張，哆嗦得完全不聽使喚。此時，月餅陷入昏迷，身體白得和紙一樣，體寒如冰。我的心臟快速跳動，幾乎快要炸了。

一道白影從月餅頭頂緩緩鑽了出來，潔白得如同蔚藍天空飄浮的雲彩。

人的靈魂由白至黑分爲七色，代表內心的善惡。月餅的靈魂，是最乾淨的白色！

那道白影漸漸形成人形，依照月餅陰氣離竅前的意識，專注看著手機螢幕上顯示的泰拳短片。

這是我第一次與靈魂近距離接觸，卻在思考一個問題：我的靈魂是什麼顏色？

05

三天後。

月餅坐在巨大的鐵籠邊，對我說：「回看台吧。」

我突然有種不祥的預感，讓我十分不舒服。再看對面掛著陰冷微笑的傑克，發現這種感覺不是來自那個瘋子。

這會兒，對面坐著被催眠的萼，還有都旺。他手腳經過了包紮，被捆得和粽子一樣，嘴巴上還綳著條白布，一條毒蛇在肩膀上吐著芯子。小丫頭看上去又長了幾歲，已經是個十七八歲的大姑娘。讓我無法忍受的是，她的脖子上套著一條鐵鍊，像狗一樣被鎖在椅子上。

「公平吧？」寬廣的廢棄地下拳場迴盪著傑克的喊聲，「只有我們，誰贏，誰就帶走想要的！」

那瞬間，月餅彷佛置身古羅馬競技場，腳上纏著沉重的鐵鍊。

對面的傑克，是和他一樣扛著長矛、舉著盾牌的奴隸，就等著他露出哪怕一絲破綻，長矛便會貫穿他的身體。在噴流的鮮血中，高舉雙手，迎接主人們的歡呼和咒罵，期待下一場不知生死的角鬥。

傑克漫不經心地活動胳膊，猶若月餅是他的一個小小玩物，等著任他宰割。月餅沒有搭理傑克，對著我揮了揮手。

不祥的預感越來越強烈了！似是有一股強烈的陰氣，帶著野獸臨死前最後一擊的殘忍，慢慢覆蓋這個廢舊的地下拳場。

我不安地環顧四周，除了坐在對面的三人，拳台上的月餅和傑克，再無一人！

那麼這種感覺到底是從哪裡來的？

「開始吧！」月餅退到拳台一角。

傑克沒有言語，雙手合十鞠躬，跳著拳賽前的泰舞。我對月餅有著近乎盲目的信心，過陰渡憶順利完成後，他對泰拳的掌握絕對達到最頂級的水準。

除非傑克有什麼陰謀！

月餅轉身對著拳台一角的泰拳神位置鞠躬時，傑克忽然停止泰舞，縱身一腳，側踢向月餅！

「操！你他媽的偷襲！」我氣憤地大吼，「小心！」

月餅反應迅速，向旁邊一閃，傑克的一腳擦著月餅髮梢掃過。月餅沒有回頭迎戰，反而指著我身後，眼中滿是不敢置信的神色。我匆匆回頭一看，什麼都沒有，又站起來吼道：「傑克，你違規就不怕被誓蠱鑽心嗎？」

「哈哈哈哈！」傑克仰天長笑，「你們倆眞是傻得可愛！就像每次鬥地主我故意輸，你們還覺得占了便宜一樣！誓蠱，我又沒有吃下！守規則的只有月餅啊！」

我氣憤難當，騰地站起身的一刻，才認知到我們倆的閱歷少得可憐。這麼明顯的一個圈套，兩人居然都沒有意識到。

月餅的表現更讓我覺得奇怪，傑克再起一腳，他卻連躲都沒躲，反而伸著手衝著我喊道：「你小心背後！」

傑克的側踢正中月餅左臂！骨頭斷碎的喀嚓聲響起，劇烈的疼痛使得月餅在刹那臉色煞白，左臂軟軟地耷拉下來，垂頭斜靠在拳台棕繩上。

傑克一記肘擊，又正中月餅胃部。

月餅悶哼一聲，半蜷縮在拳台上。他擦了擦嘴角流出的鮮血，奮力站起，仰天長嘯，骨骼發出咯咯的聲響。接著，一股青白色的氣焰從身上冒出，把他籠罩在其中。他赤裸的上身，竟隱隱顯現出鳳凰的紋身。

「鬥氣！」傑克眼中貪色暴漲，「鳳凰！難道……」

淡青色的氣焰和鳳凰的紋身一閃即逝，我擦著眼睛，不確定剛才那瞬間月餅身上到底發生了什麼！

忽然，一陣涼意從我的肩胛貫穿前胸，刺痛隨即傳遍全身。我納悶地低下頭，刀尖滴著血珠，在胸前兀自顫顫晃動。

我被刀刺了？

我勉強扭過頭，原本該是簡單的動作，因爲胸口的疼痛變得異常艱難。

這一刻，傑克站在我的身後，依舊掛著淡淡的微笑，「很快就會不疼了。」

我的視線越來越模糊，依稀看到他施施然地走遠。可再回頭看去，拳台上的傑克明明和月餅保持著三米的距離。

怎麼會有兩個傑克？不管了，此刻我只剩下一個信念：如果我得死，也要在死前看到月餅把台上的傑克幹掉！

06

月餅注意到我發生的事，輕輕張了張嘴，「南瓜，我會替你報仇！」

我點了點頭！

男人的承諾！比烈酒更灼熱，比死亡更永久！

渾身輕飄飄的酥痲感，讓我忘記疼痛，任憑鮮血流淌、生命消逝，只希望看到月餅在我死之前，把台上那個傑克幹掉！

至於眞相，僅能留給他探索了。

月餅深吸口氣，後退幾步，後背頂著棕繩，冷冷地看著傑克。

傑克抖了抖拳，肌肉高高隆起，勾勒出文藝復興時代雕刻最傳神的男性肌肉作品。他跟進數步，左腳爲軸，右腿帶著必殺之勢向月餅臉部踢去。

月餅猛然蹲低身形，腳尖抵住地面，狠狠發力。隨即，他向前躍出，頭部向傑克腹部撞去。

傑克慘叫著歪倒在地上，雙腿死夾住月餅的脖子，拳頭胡亂落在月餅的身上。

這個當下，月餅死咬著牙，強忍越來越緊的壓迫感，奮力掙出右手，摸到傑克臉上，直接挖向他的眼珠。

吃不住痛，傑克又一聲慘叫，雙腿跟著一鬆。

月餅急欲起身，卻覺得手掌傳來劇烈的咬痛。不願受到牽制，他發狠把被傑克咬住的手掌向外扯，隨著黏熱的鮮血噴湧，好大一塊肉從手掌剝離，留在傑克口中。

此時，月餅整個人壓在傑克身上，獸性大發，低頭也張嘴咬住他的喉嚨。喉結上下翻動，將鮮血吞嚥進肚子裡。

傑克的雙手在月餅身上擊打，只是越來越無力。

肉搏，真正的肉搏。

吃人肉、喝人血的肉搏！

月餅的喉嚨發出嗚嗚的狼嚎，牙齒牢牢地嵌在傑克喉嚨上。猛地抬起頭，大塊的血肉從傑克喉嚨撕下。一注鮮血從傷口噴出，激灑了月餅全身。

傑克睜大雙眼，喉嚨上的缺口往外翻湧帶著大顆氣泡的血沫，似乎要說什麼，卻無法發出任何聲音。

月餅從嘴裡吐出一樣東西，是蠶蠱怪蟲！

「我不會傻到把這個東西吃進肚子裡的！不管你是誰，我贏了！」

聞言，傑克雙目圓瞠，右手緩緩伸起，豎立幾秒鐘，終究軟綿綿地垂落在地上。

月餅往傑克臉上摸索一陣，唰地撕下一張人皮！

我看不到冒充傑克的人長什麼模樣。因爲，我已經快要什麼都看不到了。

月餅，以後……就，靠你了！

我緩緩閉上眼，接下來的意識是從被猛烈晃動搖醒開始。月餅焦急地盯著我，吼道：「南瓜，你醒醒！南瓜！」

我發現自己沒有死亡前的枯朽，而只有失血過多的冰涼。幸運女神降臨，那一刀沒有傷到要害，只是穿過我的膀子！

「靠！」我嘴裡噴出血沫，「還不快送老子去醫院！我他媽的還是處男呢！我要掛了，月公公你負責得起嗎？」

「你他媽的迴光返照啊？」月餅居然哭了！

「月餅，那天我們倆都掛了會怎樣？」我喝著酒，望著藥劑點點滴滴注入手臂，若有所思地問道。

月餅順手接過二鍋頭，灌了一口，直接把點滴速度調到最大，「那就來世再當兄弟吧。」

說巧不巧，門鎖響了，我神色緊張地說：「操！快把酒藏起來！」

月餅手忙腳亂，不曉得該把酒藏哪裡，最後滿臉惋惜地把酒瓶從窗戶扔了出去。

聽見酒瓶清脆的粉碎聲，我的心也跟著那瓶月餅歷盡千難萬苦帶過來的好酒一起碎了。

門開了，都旺帶著小丫頭進來，後面跟著滿臉怒容的蕚。

「別裝了！又偷喝酒！」蕚把一堆藥往桌上一放，「這樣怎麼會好？」

距離與冒牌傑克一戰，已經過去三天。月餅撕開那張人皮面具，躺在地上的是泰國拳王阿凱。

都旺倒像眞的悔過，不但幫我治傷，還安安分分地照顧小丫頭。我和月餅默默接受他這份有些不合常理的好意，其實，我們都在等一個解釋。

都旺分析，應該是傑克催眠術起的作用，在阿凱的思想裡製造另外一個人格。至於傑克爲什麼這麼做，還需要找到他本人問才行。

我的肩膀被扎了個對穿，沒有傷及內臟，不得不說是個奇蹟。

倒是月餅渾身上下斷了不少地方，只得老老實實地躺在醫院裡還陽。

小丫頭身體停止生長，出落成十八、九歲的少女，身材相貌很不錯，也不再以人血為生，能夠正常吃飯喝水。都旺說她身上的蠱已經解除，以後就是個正常人，唯獨智商還停留在三歲小孩。

萼非常喜歡小丫頭，認她當了妹妹。當她想替小丫頭取名字時，我順口說了一句，「就叫秀珠吧！」

月餅有一口沒一口地吃著飯，我手癢癢地拿出煙放在鼻子上聞著。在醫院裡不好公然抽煙，不然萼的護士守則神功一旦發作，可不是鬧著玩的。

這時候，我對月餅使了個眼色，「都旺，我有事和你談談。」

都旺愣了一下，點了點頭。

我指著窗外綠意蔥蔥的樹林，「去林子裡聊吧。」

07

我替都旺把石椅擦乾淨，分別坐下。
「想聽我說一個故事嗎？」我仰望著天空。
都旺手裡把玩著還沒有點燃的香煙，表示默許。
「一個人的仇恨有多深，我不曉得。我只知道，如果他出生後，就面臨被禁錮的命運，姐姐又成爲別人續命的工具，無論誰都不會心平氣和地面對。而他本身又有催眠的能力，隨著年齡的增長，仇恨也在他心中長成一株大樹。他從萬毒森林逃了出來，利用各種機會，認識會蠱術的人。目的很簡單，要利用這些人達到他的野心，也要消滅佛教和蛇村。你說，對嗎？」
都旺目光變得越來越陰冷，「我怎麼知道？」
我微微一笑，「嗯，也許你知道，可不願意告訴我。當我搭上飛往泰國的班機，曾經遇到一個女孩，名字叫秀珠。她講了一個很恐怖的《人皮風箏》故事。後來，我才知道秀珠的眞實身份。說實話，我本以爲那天遇見的，是秀珠的鬼魂，且深信不疑。傑克懂得催眠，又在我們面前催眠被人骨皮帶裡惡鬼附體的蔡參，我就察覺到不對勁。可是，當時我把傑克當成朋友，所以沒有深究，直到這幾天，才琢磨過來。傑克早就通過你，得知我要來泰國，於是和我搭上同一班飛機。我在飛機上，被他催眠了。同時，他也催眠了機上的所有人。當我聽完《人皮風箏》的故事後，大家都失去對他曾上飛機的記憶。」

「傑克冒用一個很有泰國風格的名字，拓凱。這麼做的原因很簡單，他需要對蠱族的人有個交代，表示仍是合作關係，讓我安安穩穩抵達泰國，參加佛蠱之戰。下了飛機，傑克製造另一個局，好讓我親眼目睹他被蠱族消滅。由明轉暗，把身份完美地隱藏起來，一步步將我引入這個局，也讓你們都相信，他已經死了。如此一來，他就可以在暗中做想做的一切。也就是收集蠱族和人鬼部的屍體，煉製古曼童。」

「關於蛇村和草鬼的事情，你已經告訴我，我也就不多說了。丹島洞的事情，其實是傑克催眠護士，趁我們不注意之下，佈了血蠱。爲的就是誘使我們尋找解蠱的屍灰，還有那本他夢寐以求的蠱書。偏偏月餅沒有拿蠱書，還順手解了傑克的蠱，他變得什麼都不會了，僅剩下催眠的天賦，只好假裝成我們的朋友。」

「我曾經想過很多次，紅瞳者到底有何用處。在這裡，我提出一個大膽的設想，紅瞳者是煉製古曼童最關鍵的材料，對吧嗎？直到我和月餅偶然遇上指甲事件，傑克認為我們對他產生懷疑，決定提前把我們引入圈套。哪知我們誤打誤撞，不但逃脫了，還發現古曼童的秘密。只是都旺……你為什麼在那裡，是一件很有趣的事情。」

「到目前為止，我說的都對嗎？傑克！作為披古通家族最後一個人，你這個局佈置得不錯。因為失去蠱術，你只能冒充都旺，用苦肉計再次接近我們，找機會詢問蠱書的下落，甚至催眠一個人。雖然我不知道那個人是誰，但他戴著跟你長相一樣的面具，刺了我一刀。你偽裝得很好，卻是那一刀提醒了我。那人是用右手刺出刀子，傑克是左撇子，都旺卻不是。而此時此刻坐在我面前的，是個左撇子。」

坐在我面前的那個人，左手拿著煙。

我已經知道他的真實身份了。

傑克！

「呵呵。」傑克輕輕把人皮面具撕掉，「你根據那個拳擊手的人皮面具，聯想到我也是喬裝的？」

「我不得不承認，人皮面具太逼真！不過，能改得了面孔，卻改不了心！都旺那種充滿貪婪的眼神，和你這種仇恨的眼神是不一樣的。」

傑克從眼睛摘下黑色的瞳孔放大片，露出淡藍色近乎銀白的瞳孔，「戴著瞳孔放大片，看世界都是混沌的，還是這樣舒服。」

「心不乾淨，看什麼都是混沌的。」我依舊漫不經心地坐著。

「南瓜，有時候做個聰明人，不如做個愚蠢的人活得久。」說著，傑克手背的皮膚鼓起、裂開，從中鑽出許多奇怪的蟲子。

我不慌不忙地站起身。「你沒有覺得全身開始麻痺，手腳不聽使喚呢？」

此話一出，傑克大驚失色，看著自己不受控制的手指。想起身，雙腿也完全失去控制，整個人重重摔在地上。

我走到他身前，慢慢蹲下，「傑克，我一直是廢柴，但我相信，智慧在很多時候是更強的力量。」

「我怎麼了？」傑克嘶啞著嗓子問道。

我從他坐的石椅上撿起一根細若牛芒的尖刺，說道：「酥心草，剛才我就把它放在上面了。」

傑克臉上沾滿潮濕的泥土，口水不停地流著，「你確實很聰明，可你搞錯了一件事情。月餅身上的鳳凰紋身，那……那是……」

「那是什麼？」我已經解開所有的環，唯獨這點始終百思不得其解，連忙問道。

傑克的身體，已經僵硬冰冷……

這剎那，我瞥見他的後耳處皺了一塊兒，伸手摸去，隨著手指用力，他整張臉輕微地滑動。

人皮面具。

我撕下了那張皮。

不是傑克，而是一個我完全不認識的陌生人。

08

回到病房坐下，我久久沒有言語。秀珠和蕁不知道去哪裡了，只有月餅看著點滴發呆。

「解決了？」月餅活動著身體。

我靜默地點了點頭，實在不想說話。

月餅加快輸液速度，「南瓜，你平時膽子不大，但我還是很佩服你，越到關鍵時刻，腦子越清醒，也越容易超越恐懼。」

我摸著胳膊上的一排針眼苦笑著，「取憶術實在太疼了，腦子裡跟刀割一樣，我不想再經歷第二次。」

「如果不用取憶術，你也不會記起傑克在巴士出現，也不會記起養屍河的事情。我們就很難從中發現端倪，推斷出前因後果。」月餅低聲說道：「若換做是我，不一定有勇氣在自己身上使用沒有把握的取憶術。承受如此疼痛，還能保持冷靜以銀針刺穴，也就你能做得到。」

回想剛住院時，下定決心恢復那段記憶所承受的疼痛，心裡直打哆嗦，趕緊轉移話題，「死的人不是傑克，我不認識那個人，搞不好也是被傑克催眠的。他提及你身上的鳳凰紋身，沒說完就毒發身亡。」

「哦？」月餅揚了揚眉毛，一副欲言又止。

「你不知道自己身上有鳳凰紋身嗎？」我覺得月餅有事瞞著我。

月餅摸著鼻子，喃喃自道：「也不知道真正的傑克在哪裡。」

這一連串的經歷讓我異常暴躁，不耐煩地吼道：「你別岔開話題！」

月餅看著窗外，再不言語……

每個人都有不爲人知的秘密，哪怕是對最好的朋友……

「披古通家族的人，遇上危急的事件，身上會浮現鳳凰紋身！」月餅的聲音很冷，「所以，我被選爲看守你的人。這是我從秘傳的泰國古書上看來的。也許，我們的命運，都是被詛咒的。」

我不敢置信地瞪著月餅。

他居然也是披古通家族後人！

那他的父母是誰？這到底是怎麼回事？

「別問我，我不知道。可是我相信，如果我們有良心，什麼家族，什麼身份，都去他媽的！英雄，不問出處！南瓜，我要做一個好人！」

月餅這幾句話，讓我豁然開朗，心中的疑慮徹底消散。

是啊！

英雄不問出處！

我們爲什麼相信人生會有逆轉，因爲誰都不知道未來自己到底有多麼強大！

泰拳一向以兇狠、搏命著稱，習泰拳之人也都認為泰拳天下無雙。練泰拳者四處約戰，與世界各國拳術高手比武的事情常見諸新聞，中國少林寺也曾經接到過泰拳的約戰，卻以「佛門清修，不爭俗事」的理由回絕，讓世界各地的拳術粉絲大呼失望。

西元二〇〇七年至西元二〇〇八年，泰國曾崛起一位天才泰拳少年——阿凱。由於他的拳術太過凌厲兇狠，招招致命，在比賽中經常被判違規出局，只能在泰國拳術界排名第三。但是，在以命相搏的世界地下暗黑搏擊賽中，他保持著三十七勝〇敗的驕人戰績。正當全球暗黑搏擊粉絲為之瘋狂的時候，他卻神秘消失了。

眾說紛紜，有人說他為了習得泰拳精髓，進深山苦修；也有人說阿凱在第三十七戰贏得太艱辛，元氣大傷，不能再戰；還有人說，他愛上一個女孩，從此隱姓埋名，過上普通人生活。

在他失蹤一個多月後，泰國警方於清邁一個廢棄的練拳場發現一具屍體，因高度腐爛無法辨認，且死者的臉皮被完整割下。經過指紋和DNA鑑定，死者正是阿凱。

坊間又有傳聞，他的狂熱粉絲實在太崇拜他，不知用什麼手段殺害他，割下他的臉作為紀念。還有種更離奇的說法：阿凱因為殺孽太重，在獨自練習泰拳，進行泰拳舞的時候，引出惡鬼而喪命。

尾聲

01

日本，神奈川縣。

稚子半跪在門口為丈夫荒木穿上鞋子，鞠躬目送丈夫出門，「這一天又要辛苦你了！」

荒木滿意地點了點頭，拎著公事包出門。開車路上，荒木回味著昨晚和稚子的旖旎時光，不由得面紅舌燥。

自從生了第二個孩子，稚子對夫妻生活完全提不起興趣，雖然每次沒開口拒絕，但是不難能看出她的敷衍。再者，稚子的身材在產後完全走樣，原本小巧玲瓏的身體變得肥腫不堪，以致於荒木也沒太大興趣。

每次路過紅燈區，看著妖艷的妓女們搔首弄姿，受薪階層的荒木只能摸著乾癟的錢包望之興嘆。下半後，去影音店淘一批最新的女優片，半夜偷偷打發時間。

一個月前，鄰街開了一家減肥美容中心，聽說是一個帥氣的金髮外國人開的，療程更是用上催眠療法。稚子在鄰居麻生理太太的慫恿下報了名，短時間內瘦了二十多斤，且全身散發說不出的魅力。

這幾天可能縱欲過度，荒木覺得渾身輕飄飄的，身材沒有明顯消瘦，可實際量體重，卻發現自己瘦了快十斤。

「看來需要休息幾天。」荒木走進公司，搭乘電梯時，眼睛直盯著前方女子渾圓的屁股暗想。

趁著老公上班的期間，稚子和麻生理太太有說有笑地向減肥美容中心走去。

「荒木太太，那個外國小帥哥真的好可愛，如果能和他……」

「麻生理太太，拜託不要在大街上說這種事情，可以嗎？萬一讓別人聽到，會臉紅的。」

「哈哈，難道妳不想？」

兩名家庭主婦滿懷期待地走進減肥中心，淡紫色的落地窗簾把屋裡的光線調整得異常曖昧。一個身材高大的外國人整理著燦金色的長髮，翹著二郎腿，桌前擺放一杯香氣濃郁的炭焙特級藍山咖啡。

「傑克先生，你好！」兩位太太恭敬地鞠躬。

麻生理太太今天特意穿了低胸裝，這樣鞠躬時乳溝就會若隱若現。

然而，傑克那雙淡藍色近乎銀白的眼睛，連瞥都沒有麻生理太太一眼，端起咖啡喝了一口。

對此，麻生理太太多少有些失望，但很快又被傑克風度翩翩地喝咖啡的動作迷住。

「開始吧！」傑克起身走向內室，「或許會有不同的體驗。」

「很期待呢。」她們相視一笑。

「哦，對了！東西帶來了嗎？」傑克聲音裡透著股不可抗拒的誘惑。

「帶來了。」兩位太太從包裡掏出個小瓶子，裡面是白色的黏稠液體。

「喝下去吧！」傑克溫柔地說。

02

「你說，這食譜不是唬弄人嗎？」我端著一勺鹽，急頭敗臉地說。

月餅正專心切著酸蘿蔔，「怎麼了？」

我看著一鍋燉得香氣撲鼻，漂著一層金黃色油花，上下翻騰著雪白鴨肉的老鴨湯，「食譜上說加鹽少許！少許到底是多少？中國食譜就不能像老外的一樣，精確標註多少克嗎？」

「因爲那時候的中國只有秤砣，沒有天秤。」老吳推門而入，手裡拿著一疊A4紙，吸了吸鼻子，「南瓜，火太猛，鴨肉老而不肥，膩而不油。這樣燉出來的酸蘿蔔老鴨湯，頂多只能算中品。」

我依言把火調小，月餅小心翼翼地端著酸蘿蔔倒入鍋中。

老吳接過鹽勺，把那疊紙遞給我。「細緻活還是我來吧！話說，我剛剛在校園裡看見一個小丫頭，皮白貌美，胸大臀翹，當眞是人間極品，只是不確定是不是人妖。月餅，你什麼時候替我試探試探？這裡有照片！對了，南瓜，萼剛才還問你這幾天怎麼沒有去找她玩，秀珠發育得很快，這一個月，智商就達到十五、六歲的水準，老是嚷嚷著要見媽媽。」

我聽得頭皮一陣發麻，月餅忍不住哈哈大笑。

「你們看看那份資料，日本異事組傳過來的。」老吳專注地往湯裡撒鹽，時不時湯勺嘗鹹淡。

這一個多月，泰國異事組在老吳協助下重新成立，人員想當然是經過嚴格篩選，確保不會出現都旺、傑克這類人混入。

我們除了跟老吳進行特訓，剩餘的時間就是三個吃貨研究各類美食的吃法，反正以我們的能力，搞到珍貴的食材不是難事。萼對我好像有點意思，秀珠更是不靠譜，媽媽長媽媽短地喊我，弄得我好一陣子不敢去找她們玩。

月餅看了第一頁，眉頭一皺，「南瓜，快來！」

我接過那份資料，剛看了第一眼，當場倒抽一口涼氣。

第一張是照片：狹窄的電梯裡，滿是血跡，橫七豎八擺著人體殘肢。最不可思議的是，一具從衣著看像個男人的身體，腦袋竟插在一個女人的肚子裡。

月餅又遞過來一張：兩張按摩床上，並排躺著兩具屍體。暗黃色和枯樹皮一樣褶皺的皮膚下，可見全身骨骼，雙目乾癟成曬乾的棗子。整具屍體猶如一層老皮包覆骨頭，跟剝開裹屍布的木乃伊沒兩樣。

第三張是詳細介紹。

死者：荒木稚子、麻生理杏結。

年齡：均為三十二歲。

死因不明。

死亡地點：神奈川縣川崎區「美神減肥美容中心」，該店註冊負責人為外籍人士，傑克。

資訊下方附上一張照片：金色長髮，藍得近乎銀白的眼睛，嘴角永遠掛著不羈微笑，雕像般稜角分明的臉。

月餅眼睛瞇起，迸出尖銳的光芒。

最後一張紙，是電梯事件的詳細文字解釋：荒木大雄，荒木稚子丈夫。上午上班乘坐電梯時，突然失去控制，以驚人的力量，短時間內逐一殺害同乘電梯的其他人，最後豁開柳生寶雅肚子，把頭伸進去窒息而死。

酸蘿蔔老鴨湯的香氣瀰漫，我卻聞到濃烈的血腥味。

「吃完這頓飯，咱們要去日本了！」老吳打了個哈欠，「對了，把這兩件T恤換上。我接到傳眞後，立刻讓泰國異事組趕製，效率挺高，一個小時就弄出來了。」

我接過T恤，頓時被上面一幅圖畫和歪歪扭扭幾個大字搞得腦殼發炸。

那是一個蔥綠的小島，上面寫了七個大字：釣魚島是中國的！

「你確定我們要穿著這件衣服去日本？」月餅忍不住開口問話。

老吳拍了拍胸膛，不知道什麼時候已經把衣服換上了，「少廢話，快穿上！到了日本，誰要是有意見，我就用桃木釘戳死他！」

迫於無奈下，我們只好穿上那件T恤。

月餅豪氣干雲，「流川楓，我來了！」

我說：「月野兔，我來了！」

老吳雙眼綻放精光，「蒼老師，我來了！」

•全書完

鬼話連篇
BT公寓·夜
壹 雙喜

飛行城堡

158

泰國異聞錄全集

作　　者　羊行屮
社　　長　陳維都
藝術總監　黃聖文
編輯總監　王　凌
出 版 者　普天出版社
新北市汐止區康寧街 169 巷 25 號 6 樓
TEL / (02) 26921935（代表號）
FAX / (02) 26959332
E-mail：popular.press@msa.hinet.net
http://www.popu.com.tw/
郵政劃撥 19091443 陳維都帳戶
總 經 銷　旭昇圖書有限公司
新北市中和區中山路二段 352 號 2F
TEL / (02) 22451480（代表號）
FAX / (02) 22451479
E-mail：s1686688@ms31.hinet.net
法律顧問　西華律師事務所・黃憲男律師
電腦排版　巨新電腦排版有限公司
印製裝訂　久裕印刷事業有限公司
出 版 日　2019（民 108）年 4 月第 1 版
ISBN◉978-986-389-597-8　　條碼 9789863895978

國家圖書館出版品預行編目資料

泰國異聞錄全集

羊行屮著.—第 1 版.—：新北市,普天

民 108.04 面； 公分. -（飛行城堡；158）

ISBN◉978-986-389-597-8（平裝）